카나리아의 흔적

카나리아의 흔적

Canary's Wake

발 행 일 | 2013년 8월 2일 초판인쇄
지 은 이 | 이윤영
펴 낸 이 | 이윤영
편　　집 | 임은미, 최은숙
마케팅 출판팀
펴 낸 곳 | CJI 한국언론연구소
출판등록 | 제349-2005-7호
주　　소 | 400-102 인천광역시 중구 신흥동 2가 37-19
대표전화 | 032-762-9983
홈페이지 | www.cjinstitue.org
대표메일 | webmaster@cjinstitue.org

한국언론연구소는 독자의견을 기다립니다.

ISBN 978-89-957886-5-3
가격 12,500원

※ 잘못된 책은 구입한 곳에서 교환해 드립니다.

「이 도서의 국립중앙도서관 출판시도서목록(CIP)은 서지정보유통지원시스템 홈페이지(http://seoji.nl.go.kr)와 국가자료공동목록시스템(http://www.nl.go.kr/kolisnet)에서 이용하실 수 있습니다. (CIP제어번호 : CIP2013012124)」

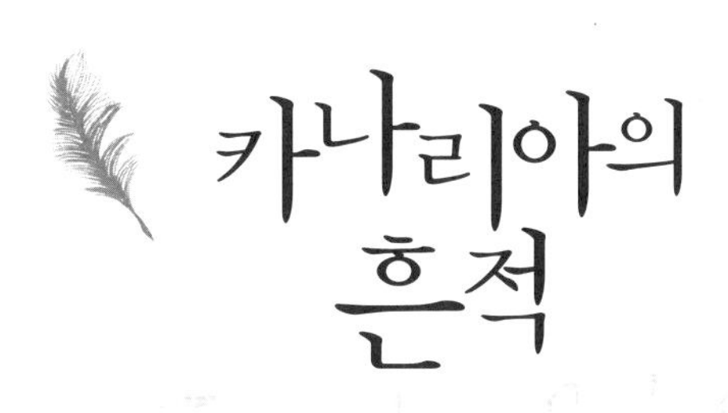

Social Fantasy Novel

| 이윤영 지음 |

CJI 한국언론연구소

CONTENTS

프롤로그

새벽녘부터 잿빛으로 짙게 깔린 안개가 몹시 오싹했다. 시간이 한참 지나도 사라질 기미가 전혀 보이지 않았다. 조류학자의 꿈을 키워 온 김찬휘는 자신도 모르게 몸을 부르르 떨며, 서둘러 안개등을 켠 채 고속도로 톨게이트에 들어섰다. 오늘이 바로 어렸을 때부터 갈망한 조류학 박사논문 심사를 받는 날이지만, 짙은 안개로 어둠 속을 헤매고 있는 듯했다. 심지어 그는 교통체증이 심한 오전 때에 논문심사 시간이 잡혀 있는 터라, 바삐 서두를 수밖에 없었다.

그는 힐끔 쳐다본 자신의 손목시계가 심사시간까지 20여 분도 채 남지 못했다는 걸 알고는, 순간 그의 목덜미가 뻣뻣해지면서 식은땀이 배어나기 시작했다. 그는 가속 페달을 오른발로 급히 밟아댔다. 고속도로 아스팔트 표면에 자동차 바퀴가 미끄러지면서 고무 타는 냄새가 차창 틈새로 고약하게 스며들어와 그의 눈살을 찌푸리게 했다.

이젠 마지막 고속도로 톨게이트만을 빠져나가면, 곧 논문 심사가 있을 H대학 고생물연구실에 가까워질 것이다. 잔뜩 찌푸렸던 그의 눈과 얼굴에 불안감과 안도감이 교차했다. 하지만 불행하게도 여전히 잿빛의 짙은 안개로 앞뒤가 잘 보이지 않아 여기가 어딘지 분간이 되지 않았다.

그런데 바로 그 순간…… 멀리서 일식현상을 방불케 하듯 가느다란 태양 빛의 흔적 모두를 가리며, 그의 자동차를 향해 날아오는 낯선 어두운 그림자가 그의 한눈에 잡혀 왔다. 그는 당황스러운 나머지 핸들을 급히 꺾어 도로 옆 갓길에 급브레이크를 밟아 차를 세웠다.

그 그림자는 하나가 아니었다. 수십 개 같았다. 그것들은 잔잔히 바람을 일으키며, 그의 멈춰 선 자동차 앞 가까이에 내렸다.

그러고는 어두운 그림자들 중에 하나만이 그에게 서서히 다가왔다. 육감적으로 '새' 같았다. 그는 급히 자동차 전조등을 위로 올려 켜서 그 그림자들을 자세히 눈여겨보자마자, 자지러지게 놀라고 말았다. 말로만 들었던…… 늑대처럼 잔인한 '날개 달린 사람'이었다. 온몸이 떨려왔다. 하지만 그에게 다가온 그림자는 전혀 잔인해 보이지 않았다. 긴 머리를 뒤로 질근 묶은 맑고 투명한 하얀빛 날개를 지닌 가련한 어린 여인이었다.

그런 안도감도 잠시뿐이었다. 하얀빛 날개의 여인과 그녀를 둘러싼 어둠 속의 날개 달린 사람들이 그의 자동차 앞 유리를 인정사정없이 거칠게 깨뜨렸다. 유리 파편 조각이 그의 살 속으로 파고들었다. 거친 비명이 전 사방으로 울려 퍼졌다. 하얀빛 날개의 여인은 그의 비명도 아랑곳하지 않고, 자신의 날개를 바짝 세워 그의 가슴을 찢었다. 사방에 피가 흩어지면서, 공포에 질린 그는 어린 그녀의 얼굴을 노려볼 뿐이었다.

"하지 마, 제발 하지 말라고! 왜 날 죽이려는 거야!"

그는 가엾이 죽음 앞에 울부짖었다. 그녀는 여린 목소리로 거침없이 대꾸했다.

“넌, 우리의 정체를 알아버렸어.”

이 말이 떨어지기가 무섭게 그녀 바로 뒤에 있던 날개 달린 장정들이 그에게 바싹 다가와서는, 그의 배를 갈라버리려 했다. 그는 죽음에 임박했다는 것을 깨달은 모양이었다.

“누가 거짓으로 일러바친 거라고! 대체 너희들의 정체가 뭐란 말이냐!”

“난 신데렐라가 되길 원하지만……”

그는 그녀의 말을 끝까지 듣지도 못한 채, 눈이 감겨왔다. 그의 배가 갈라지고, 그 틈새로 뜨겁고 시뻘건 창자가 새어 나왔다. 그리고 어디에선가 갑작스럽게 쥐와 도마뱀 두 마리가 호박을 들고 나타나서는, 게걸스럽게 그 징그러운 창자를 다 먹어 치웠다.

하얀 날개의 어린 여인은 그 호박에 걸터앉아 그걸 유심히 끝까지 지켜봤다. 그러고 나서 그 옆에 자신의 유리구두 한 짝을 벗어 남겨두고 왠지 다리가 불편한지 절뚝거리며 그 자리를 떠났다.

근 거 : 클레멘스의 예언 전문

#1. 서막

기원전 305년 11월 초, 캄캄한 어느 늦가을 밤.

차가운 칼바람이 불었다. 피바람도 거셌다. 어디에도 나약한 자들을 위한 배려와 용서는 없었고, 육신과 마음의 상처만이 가득했다. 모든 일들이 막막하기만 했다.

알렉산드로스대왕의 부하로 알려진 프톨레마이오스 장군 때문이었을까? 그는 가차 없이 나약한 이들의 소중한 걸 빼앗고, 스스로를 '구원자'로 칭할 정도로 자신감이 넘쳤다. 게다가 그는 예리한 눈매를 드러내며, 신의 형상이 그려진 고액의 화폐를 축적하여, 그 돈으로 새 발톱처럼 날카로운 막강한 군사무기까지 사들였다. 당연히 이웃 나라의 여린 여자마저도 그의 차지가 됐다.

결국 그는 천신도 질투할 정도로 거대한 힘을 갖게 된 것이다. '희생'

이란 종교적인 말은 그에겐 무력해 보였다. 그런 그가 이집트의 거대한 영토를 큰 무리 없이 장악한 건 전혀 이상한 일이 아니었다. 그가 거동하면, 죽은 듯 엎드렸고, 모두들 긴장한 나머지 침을 꼴깍 삼키는 소리가 유난히 크게 들릴 정도였다.

그런데 그는 한 어머니 뱃속에서 태어난 그의 절친한 형제들 가운데 막내 동생, 크리스를 시기하고 학대했다는 기록이 있다. 크리스가 어릴 때부터 자신의 몸이 남다르다는 것을 알고 왕족임에도 친교를 꺼려한 데다가, 공기저항을 뚫고 자유롭게 하늘을 날 수 있는 능력을 갖고 있어서였다. 이 때문에 프톨레마이오스는 은둔적이고 날 수 있는 능력까지 겸비한 동생이 그의 절대 왕권을 넘볼 거라는 불안감을 떨쳐내지 못했다. 급기야 자신의 친 혈육인 크리스를 먼 이국땅으로 추방하고 말았다.

크리스는 이에 굴하지 않고 마침내 인근 지역에 또 다른 왕국을 건설하기에 이르렀다. 하지만 프톨레마이오스는 화염이 터져 나오는 탄산구리가 섞인 신식무기로 그의 왕국을 끊임없이 위협했다. 그는 동생에게도 권력 확장의 욕망을 과감히 드러냈다.

크리스의 오랜 여인으로 여겼던 가냘픈 미모의 젖가슴이 풍만한 젤로스. 그녀마저 프톨레마이오스의 막강한 힘에 매료되어, 크리스를 배신하기에 이르렀다. 그녀는 프톨레마이오스와 격렬한 입맞춤을 하자마자, 자신의 치마를 올려 그의 몸을 온전히 받아들였다.

'유리구두 한 짝을 잃어버린 가엾은 신데렐라, 젤로스.'

크리스의 마음 한구석엔 항상 자신을 떠나간 그녀에 대한 슬픈 연민으로 가득 차올라 있었다.

#2. 태동

이처럼 어느 누구도 감히 털끝 하나 침범하기 어려운 프톨레마이오스의 전성기인 이집트 왕조 시절(기원전 4세기)[1], 해질 무렵으로 기억된다. 어느새 불타오르는 적색 하늘빛이 사그라졌다.

이때, 주술사들을 시중들던 한 예언가인 노파가 왕가의 골짜기에서 천신으로부터 프톨레마이오스 왕조의 안위를 위협하는 환청을 들었다. 거짓을 유혹하는 마녀의 목소리 같지는 않았다. 그녀는 엉겁결에 천신의 거룩한 소리를 자신의 집게손가락에 피를 내어가며 어설픈 상형문자[2]로 양피지[3]에 기록했다. 양피지가 그녀의 피로 얼룩져, 마치 예리한 칼날에 피범벅이 된 어깨를 촘촘히 싸맨 흰 천 조각 같았다.

그녀는 놀란 가슴에 피로 붉게 물든 양피지를 품고, 궁정을 향해 자신이 손수 훈련시킨 흰말을 채찍질해가며 황급히 몰았다. 그러고는 친분이 두터운 궁정의 경비대장을 찾아 이를 전했다. 그 후 며칠이 지났는지 정확히 알 수 없었지만, 그녀는 안타깝게도 새들의 먹잇감이 즐비하다는 크렘린 호숫가에서 변사체로 발견됐다. 더군다나 가랑비까지 내려 그녀의 시신을 흠뻑 적셨다. 그때만 해도 그녀의 시신이 묻힌 무

---

1) 한국의 고대국가 출현 시기는 기원전 4세기로 보는 주장들이 있다. 고구려 소수림왕, 백제 근초고왕, 신라 내물왕 때부터이다. 기원전 4세기 말 제사권과 군사권을 장악한 왕이 출현한다.

2) 상형문자는 그림문자로만 알려졌지만, 실제로는 음가(부엉이: M, 물결: N, 종달새: U 등)도 지녔다고 한다. 당시 상형문자 기호들이 꽤 많이 늘어났다. 그 이유는 갈수록 전쟁이 빈번하다 보니, 적대적인 점령자들과 밀고자들에게 자신의 생각을 들키지 않고 적절하게 감추기 위해서 복잡한 서체를 개발할 수밖에 없었다.

3) 언론의 역사에서는 대체로 기원전 190년경 페르가몬왕 에우메네스 2세에 의해 공식적으로 발명된 것으로 기록하고 있다. 그러나 그전에도 간혹 덜 완성된 모양으로 양의 피가 뚝뚝 떨어지는 것도 감수한 채, 사용된 적이 있었다는 말들이 입으로 전해져 내려오고 있다.

덤이 어딘지 아는 이는 거의 없어 보였다. 단지 그녀의 죽음만큼은 누군가의 밀고인지는 알 수 없었지만, 프톨레마이오스의 시기를 받아온 날개 달린 크리스의 측근들 소행으로 보는 이들이 많았다. 하지만 주변의 왕국 또한 프톨레마이오스의 침탈을 받아 온 터라, 이들 왕국의 저항이라고 볼 여지도 충분했다.

여하튼 노파의 희생으로 전해진 이 양피지는 경비대장의 정성 어린 노력으로 회색빛 석기함에 보관되어 전수되어 왔다. 그러다가 1217년 8월 17일 중세의 저명한 기호학자와 언어학자들에 의하여 번역됐다. 1217년은 제5차 십자군 원정이 시작되던 때였다. 어느 누구도 침범하기 어려웠던 프톨레마이오스 왕조마저도 멸망한 후, 여러 왕들을 거쳐 크리스 왕족이 아닌 순수 인간 혈통의 말리크 알카멜이 집권한 때로 여겨진다. 그가 이 세상의 모든 것을 휩쓸어 간 것처럼 보였다.

그런데 그때 긴 백발 머리를 한 당시 최고의 번역검수관 이노스 사케스[4](1154-1230)가 노파의 양피지 번역판에서 오역된 다섯 개의 문장을 발견하게 된다. 이 오역으로 인해 왕좌의 위협을 느낀 이집트 군주 알카멜은 가차 없이 번역책임자 가일레 히도스 주교[5](1150-1217)에게

4) 그는 왕의 오른팔이었다. 왕은 그의 말이면 신의 계시처럼 믿고 따랐다. 당시 왕의 둘째 딸 공주가 희귀한 병에 걸렸을 때, 그가 직접 인근 산 모네스에서 신의 신탁을 받은 상형문자를 해독하여 그녀의 병을 고치기까지 하였다. 왕은 그의 공로를 인정해 주었고, 궁정의 일등공신이 되었다.

5) 그와 그의 궁정연구원 동료들이 상형문자를 해독하는 과정에서 중대한 실수로 발견된 것은 왕의 이름을 새긴 긴 타원 윤곽(카르 투슈) 위에 있는 별은 왕을 상징하는데, 그 별 머리에 활을 맞은 모양의 그림문자를 두고 그 의미를 해독하다가 '타살된 왕'으로 기술하고 말았다. 이 문자는 당시만 해도 '전쟁이 일어날지 모르니 정신을 똑바로 차려라.'는 권고의 의미로도 해석될 수 있어서, 왕을 모독했다는 괘씸죄로 처형됐다는 논란이 일었다. 그의 아버지도 그가 태어날 무렵 궁정의 번역관이었는데, 어린 왕에게 민생안정의 소홀함을 직언한 후 독약 먹고 자살했었다.

책임을 물었다. 안타깝게도, 그는 자그마치 500여 명의 군중들이 밀집하여 에워 싼 서슬 퍼런 단두대에서 목이 달아나는 처참한 형벌을 받았다. 연약하고 가엾은 목숨이었다. 그 후에도 일곱이나 목이 잘려나갔다. 예리한 눈매의 알카멜은 처음부터 끝까지 이 광경을 진지한 눈초리로 지켜봤다. 그는 자신이 손수 비싼 돈을 들여 한국 등지에서 사들인 청동재질의 첨단 군사무기를 실험하는 겸해서[6], 이들 일곱을 잔혹하게 죽인 것으로 전해 내려오고 있다.

그런데 이들 중에 하나가 '몸에 날개가 달려 있다.'라는 소문이 무성했고, 목이 달아나는 순간 '크리스왕'을 외쳐댔다고 한다. 그의 이름은 정확하지는 않다. 별칭처럼 이집트 고대신화에 나오는 '호루스'[7]로 전해 내려오고 있을 뿐이었다.

놀랍게도, 그의 죄명은 '잘못된 번역'이 아니었다. 노파가 남긴 피로 얼룩진 양피지 가운데, 날개 달린 사람들이 인간과의 전쟁에서 이길 수 있는 극비의 병법 첫 장을 다른 데로 빼돌렸다는 것이다. 그가 이 병법을 노파의 무덤 안에 감췄고, 그녀의 무덤의 장소를 상세히 지도로 남겨 뒀다고 하는데……. 하지만 호루스는 크리스 왕족 중에 지혜와 열정 있는 자만이 이 병법을 차지할 수 있도록 주문을 걸어놓았다. 지혜와 열정 중에 어느 하나라도 부족하면, 절대 그 병법을 차지할 수가 없었던 거였다.

열정만으로 병법을 차지해서 인간을 정복했다고 하더라도 지혜가 없

---

6) 한국에서는 이미 청동대포를 유통시킬 정도로 군무기 생산 강대국이었다. 300여 년 후 1557년에는 완벽에 가까운 청동대포 '지자 총통(우리나라 보물 제862호)'이 있었다.

7) 이승의 신, 하늘 태양의 신이다. 매의 머리를 갖고 있다. 아버지 오시리스로부터 병법을 전수받아 아버지의 원수를 갚는다.

다면, 언젠가는 인간들에게 또 다시 정복될 것이 뻔했다. 이 때문에 처음부터 그 길을 차단한 그의 깊은 심정을 읽을 수 있는 대목이었다.

그리고 지도가 보관된 노파의 무덤이 있는 곳도 도저히 알기 어려웠지만, 날개 달린 사람들 사이에서 암암리에 전해 내려올 거라는 추측은 가능했다. 아마 알카멜 군주도 이 사실을 아예 모르지는 않을 듯싶었다.

군주는 진상 조사를 꺼려했고, 오랫동안의 1, 2차 번역수정본 작업 끝에 1247년 4월 2일 자정 녘에 완성본을 내놓았다. 이렇게 하여 탄생한 게 바로 예언가 노파 이름을 딴 '클레멘스 예언서'[8]였다.

이 예언서는 호루스가 빼돌린 병법 첫 장을 제외하면, 57장으로 이뤄진 장대한 문서이다. 여기에는 날개 달린 사람들이 그들의 날개를 거추장스러운 옷 속에 숨기며, 이 세상 여러 도처에서 살고 있다는 것이 자세하게 기록되어 있다. 또 이들을 라틴어로 날개나 깃털을 뜻하는 '페나(Penna)족'이나 간단히 '페나'로 불렀다.

언젠가는 페나족이 이 세상을 지배할 거라는 예언도 거리낌 없이 적어 놓았다. 이것은 왕의 안위를 위협하고, 허황된 마술이나 마법의 환상을 키운다고 하여 기원후 7세기경[9] 거의 대부분이 불에 태워 사라졌다. 현재 내려오는 내용들은 2장 정도에 불과하다. 이마저 국가기밀이라서 수십여 명의 장정조차 들기 어려울 정도의 무게가 나가는 금고에

8) 이 예언서가 요한묵시록 혹은 계시록과 문체가 유사하다든지, 그리스도교 신앙에 위배된다든지 등의 비판은 가급적하지 않길 바란다. 이것은 역사적으로 일어날 수 있는 사건을 나열한 것이다.

9) 이때는 601년부터 700년까지를 말하며, 4대 칼리프 알리가 암살 당하고 무아위야 1세가 우마이야 왕조를 세우고(661년), 일테리시카간이 돌궐을 재건했다(682년). 또한 신라가 나당전쟁에서 승리하여 삼국통일을 완성하고(676년), 발해가 대조영에 의해 건국됐다(698년). 한 나라의 권력을 세우기 위해서 국가안위에 위협이 되는 문서나 책 등의 모든 요소들을 없애버렸을 거라는 것이 쉽게 추측된다.

보관되어 전해져 내려온다는 데.

물론 이 금고가 있는 장소는 일급비밀로 되어 있고, 단 한 번도 열린 적이 없다고 한다. 클레멘스의 모든 정황이 이렇게 맞아떨어졌다.

#3. 원본

클레멘스 2장의 전문을 마이크로 포토기로 촬영하여 휴대용 콘텐츠 저장 칩에 보관하고 있는 정보요원들이 있다는 소문이 있다. 극비이지만, 그들은 과묵한 입을 열어 그 내용 일부를 흘리고 다닌다는 전언도 있다. 그날만큼은 어디선가 카나리아의 맑은 노랫소리가 들려오고, 유난히 비도 많이 내리는데다가 가로등의 불빛도 사그라진다는데…….

그들의 은밀한 말들은 천신만이 귀를 기울인 듯하다.

이러한 그들의 언어가 누군가에 의해 염탐되어 리코딩이 됐을 가능성은 당연히 희박하다. 몰래 그들의 의중을 면밀히 캐고 들어갔다 해도, 진실에서 한참 엇나갔을 듯싶다.

하지만 가온이의 눈으로 이것들은 본론으로 접어들고, 희미한 잔상들과 흔적들이 구체적으로 낱낱이 밝혀진다. 가온이가 형장의 이슬로 사라진 클레멘스의 번역책임자 히도스의 화신이라고 생각하지는 말라. 또 바라건대, 심지어 이 글이 수기 정도에 불과하다고 폄하되는 것도 원하지 않는다. 아래처럼 '인간을 이길 병법'을 제외하고 드러난 전문 내용들은 가끔씩이나마 거리낌 없이 밝히려 한다. 하지만 이것도 정확한 전문이라고 단언하기는 어렵다. 대부분의 사료들이 다 그렇지 않은가.

클레멘스 1장(Cremense I)

내가 보고 듣는다. 페나들(날개 달린 사람)이 큰 북을 치고 있다. 인간이 인간을 지배하는 세상에 저항한다. 인간권력의 영원한 종언을 알린다.

또 다른 페나들이 날아들었다. 금향로를 가지고 와서 그 향기를 이 땅에 뿌린다. 에메랄드빛 날개를 지닌 한 인간이 향로에 불을 담아 불을 먹는 새에 뿌린다. 그 새는 다 삼켜버린다. 천성이 날지 못하는 그 새는 인간들을 비웃기라도 하듯 날개를 활짝 펴 날았다. 하늘도 놀랐는지 천둥과 번개, 지진이 함께 일었다.

나팔 가진 장수가 한번 나팔을 부니, 피와 고름이 섞인 우박과 불이 나서 땅에 쏟아졌다. 수목의 절반이 탔고, 각종 푸른 풀도 죽어갔다.

나팔 가진 장수가 두 번 나팔을 부니, 공중에서 날아드는 새로 인하여 땅에 있는 모든 게 다 멸종해 갔다.

클레멘스 2장(Cremense II)

내가 또 보고 들으니, 힘센 다른 페나가 하늘에서 내려오는 데, 그 머릿속에는 열정이 있으나 잘 드러나지 않고, 그 얼굴은 태양과 같으며, 그 발은 붉은 새의 족이더라.

그의 분신인 아들 새가 이 땅 저 땅에 부르짖어, 페나들의 멸종을 분노하리라.

그 소리가 우레가 되어 하늘까지 이르느니, 마지막 나팔소리가 바다와 땅을 처참히 짓밟고 서 있는 인간들과의 전쟁을 또 다시 선포하리라. 칠흑 어둠을 이겨내리라.

"그들은

허구의 가면을 벗어던졌다."

제1장

희미한 기억 속에서

1

인천 국제공항에서 제주로 향하는 여객기 OZ8909편.

여객기는 어젯밤부터 그칠 줄 모르는 가랑비를 스치며, 거침없이 활주로를 지나 날아올랐다. 비행선 아래에서 엔진이 포효하는 소리가 요란하게 들려왔다. 꺼진 지 오래된 내 호주머니 속 휴대 전화기의 벨소리가 마치 꿈틀거리며 살아 움직이는 듯했다.

"우와! 새 등에 올라타면 이런 느낌이겠지. 마치 흰 몸에 검은 날개깃을 가진 황새 같아."

승객들은 저마다 여객기가 새처럼 가볍게 날아오르는 것에 대해 한 목소리를 냈다.

'흠, 새에 대해서 알지도 못하면서…….'

나는 어른처럼 헛기침하고 이들의 탄성을 능글맞게 웃어 던졌다.

맑게 닦인 창문 밖에는 기름때가 얼룩진 작업복을 입은 비행기 정비사 둘이 활주로를 떠나지 않은 채 한동안 가만히 서 있는 게 보였다. 이미 활주로에서 벗어난 비행선에서 정비사들의 모습이 보인다는 건, 기이한 일임에 틀림없었다. 내 두 눈이 의심스러워 양손으로 허둥대며 비벼봤지만, 더욱 선명해질 뿐이었다.

그들은 근심 어린 눈빛으로 내가 타고 있는 여객기를 쳐다보는 듯했다. 사냥개처럼 날카로운 눈빛도 있어 보였다. 하지만 그들은 점점 난쟁이와 엇비슷하게 작아 보이더니, 피어오르는 구름에 가려 자취조차 사라져버렸다.

그러고는 얼마 지나지 않아서였다. 검붉은 안개가 짙게 깔리더니 날렵해 보이는 이 비행기에 어림잡아 200여 마리나 되는 새떼가 느닷없이 달려들었다. 새들이 눈이 멀었거나, 정신 나간 테러범 같았다. 새들이 여객기 엔진에 빨려들면서 새들의 붉은 핏줄기가 가랑비에 섞여 이리저리 천공에 튀었다. 사람만큼 큼직한 새도 간혹 허깨비처럼 '환영'으로 다가왔다. 이들은 암살자처럼 보였다. 슬슬 걱정이 몰려오기 시작했다.

"승객 여러분들, 제발 진정하세요! 안전벨트는 단단히 메셨죠?"

승무원들의 다급한 목소리가 갈라져 나왔다.

연이어 270여 명의 승객들의 거친 비명과 비행기 엔진의 요란한 굉음이 죽음을 예고하고 있었다. 삶과 죽음을 넘나드는 천신의 주사위놀이가 시작된 거였다. 여객기가 좌우로 거칠게 흔들렸다. 다들 하얗게 질린 얼굴들이었다. 모처럼 제주 여행으로 이 여객기에 탑승한 나에게 새들이 떼거리로 지옥 같은 마술을 거는 듯했다. 겁이 더럭 났고, 막막하기만 했다. 더군다나 여객기가 흔들리면서 불행하게도 나는 내 머리가 의자 왼쪽 뾰족한 모서리에 부딪히고 말았다. 그러자마자 그만 나의 넋이 어디론가 떠나버렸다.

말로만 듣던 ‘버드 스트라이크(bird strike)’의 증상들이었다.

‘엄마는 살아있겠지…….’

옆에 함께 앉아 있던 어머니의 거친 비명 섞인 숨소리는 점점 작게 들려왔다. 비행기의 엔진을 뚫는 것 같은 날카로운 쇠의 마찰음도 내 귀를 스쳐 지나갔다. 그러더니 안개 낀 검붉은 천공이 자취를 감추고, 아주 급히도 흰 원색의 천공이 내 앞에 드리워졌다. 다채로운 깃털을 지닌 새들이 나를 감쌌다. 이들 너머 폭이 30센티미터쯤 되어 보이는 기내 한 원형의 유리 창문에 ‘클·레·멘·스’라는 글자가 붉은 피로 물들여 흐릿하게 적혀 있는 게 보였다.

*

내 눈앞이 더욱더 어둑해져만 갔다. 갑자기 피를 흘리는 전쟁이 내 눈앞에 잔인하게 그려졌다. 어디에선가 나팔소리가 고요히 두세 번 길게 들려왔다. 불까지 먹는다는 꼬리털이 긴 푸른 빛깔의 화식조가 땅거미 진 하늘에 날아들었다.

언뜻 보기에 화식조의 가운데 발톱은 칼날처럼 예리했고, 눈빛마저 싸늘했다. 그것의 보랏빛의 머리는 투구처럼 꽤 두껍고 단단한 가죽으로 뒤덮여 있었다. 갑옷 입은 병사들이 휘두른 어떤 단도도 이를 뚫거나 찢기 어려워 보였다. 그 새는 근육질 다리에 덩치도 워낙 크고, 육식동물까지 한 번에 먹어 치울 포유류의 주둥이처럼 부리까지 날카로웠다. 그것의 부리에 머리를 쪼인 병사들은 붉은 피로 눈앞이 가린 나머지 이렇다 할만한 반격도 제대로 하지 못했다.

마침내 그들은 가파른 암벽 아래에서 고통스러운 신음소리를 내면서, 이리저리 피를 흘리며 죽어가고 있었다. 하지만 그것은 오래가지 않았다.

'날지 못한다는 화식조가……'

나의 기억도 어두워졌다. 어디에선가 풀이 듬성듬성 나 있는 흙바닥을 디디며 황급히 뛰어가는 말발굽의 요란한 소리, 그리고 군중들의 웅성거리는 소리가 한껏 뒤섞였다. 그러더니 안개가 깔리듯이 희미해져 갔다. 한 늙은 여인의 배신당한 것 같은 피 섞인 절규도 어렴풋이 내 귓가를 스쳐 지나갔다.

어느덧 피비린내는 사그라지고 누군가의 음성이 애처로우면서도 다급하게 들려왔다.

*

"가엾은 가온이……"

'뭐? 가엾다고? 지긋지긋한 나의 가난 때문이겠지. 근데 이 여인은 누구지? 내 앞에서 코를 골며 자고 있는 비쩍 마른 아줌마인가? 설마……. 날 계속해서 부르는 이 여인의 목소리는 더없이 달콤하면서도 왠지 처량하네.'

"당신의 열정을 갖고 싶어……. 왕가의 골짜기로 같이 가자고요."

'으이그, 예의도 모르는 것아! 잘 지칠 줄 모르는 내 열정마저 빼앗아 간다고? 유일하게 남은 나의 자산인데…… 그건 안 되지. 칫, 왕가의 골짜기는 또 뭐야.'

나는 혼잣말로 불만스럽게 구시렁댔다. 그러고는 턱을 괴고 있던 왼손을 내리고 구겨진 카키색 체크무늬의 웃옷까지 펴가며, 정신을 좀 더 가다듬었다. 하지만 누군지 모르는 그녀의 입에서 풍겨 나오는 지독한 시신 썩는 냄새가 나의 코끝을 진동시켰다. 나는 더 이상 참을 수가 없었다.

"어휴, 꼴도 보기 싫어요. 내 이름은 어떻게 알았담."

나는 짓궂은 표정을 지으며 날카로운 소리를 지르려 했지만, 힘없는 목소리만이 흘러나왔다.

그래도 참을성 있게 자세히 들여다보려 했다. 에메랄드빛 망토를 입은 한 아담한 여인이 내 앞에 아른거렸다. 내 앞좌석의 코골이 중년 부인 같지는 않았다. 그녀는 멀리서 내 말은 들은 척도 하지 않고, 구슬픔은 어느새 온데간데없이 청명한 목소리로 나에게 '이리 오라'는 손짓하며, 날고 있을 뿐이었다.

그녀는 다소 수척한 모습이었지만, 엷게 미소를 지으며 귓가로 살며시 흘러내린 머리카락을 쓸어 올렸다. 내 또래나 많게는 20대 초반쯤 되어 보였고, 넓고 가지런한 이마와 오뚝 솟은 코에 엷은 흑갈색머리였다. 희끗희끗한 새치 따윈 불필요해 보였다. 그 순간만큼은 하얀 천공이 오렌지빛 수채화 물감으로 흠뻑 물들인 천공으로 뒤바뀌더니, 그녀는 새처럼 어디에도 구속받지 않은 듯 자유로워 보였다. 단지 그녀의 간절하고 절박한 눈빛만은 느껴졌다.

나는 혼미한 정신에 점점 졸음까지 쏟아져 와, 손에 쥐었던 반쯤 차 있는 콜라 캔을 여객기 바닥으로 떨어뜨린 것도 잊고 말았다. 마치 콜라 캔은 비행기 몸체가 크게 흔들리면서 살아 있는 것처럼 통통 튀기더니 한 모퉁이에 낡아 보이는 갈색 구두 한 짝에 살짝 부딪히고서야

기내 바닥에 멈춰 섰다. 그 갈색 구두가 왜 여기에 있는지 도저히 알기 어려웠다. 그것도 한 짝만이…….

이제는 그녀를 자세히 들여다볼 여력조차 없었다. 가느다란 실눈을 뜨고 쳐다보기만 했다. 그녀의 살짝 벌어진 입에서 나는 고약한 시신 썩는 냄새로 구토증이 생길 지경이었다.

그래도 그녀는 그것 빼고는 영락없이 동화책에서나 나올 법한 신비스러운 요정에 가까웠다. 나처럼 연약하거나 우스꽝스러워 보이지 않았다. 게다가 그녀는 우아한 티가 물씬 풍긴 건 분명했다. 위엄이 가득한 한 나라의 여왕처럼 말이다. 게다가 그녀의 봉긋 오른 가슴만큼은 날 설레게 했다. 시신 썩는 냄새만 풍기지 않았어도, 나는 곧장 그녀에게 달려갔으리라.

그런데 마치 그녀의 흠집 하나 없는 신비스러운 망토는 새파란 하늘을 등지고 유유히 날아오를 수 있는 날개처럼 보였다. 내 옆에 잘게 부서진 부싯돌이라도 있으면, 은은한 등잔불이라도 밝혀 더 자세히 보고 싶어 안달이 날 지경이었다.

*

'뭘까?'

나는 억지로 별 게 아닌 듯이 눈썹을 치켜 올리려 했다.

나는 현실성 없는 생각을 하거나, 애써 평범한 일들을 기이하게 꾸며 이야기하는 이들과는 상종하기 싫었다. 가끔은 몸서리도 쳐졌다. 하루하루가 힘들어 잠시라도 긴장하지 않으면, 경쟁에서 밀리거나 생존조차 하지 못할까 봐서다. 기인한 신화 같은 이야기들은 배부르고 할 일

없는 자들의 사치 정도로 여겨왔다. 나의 생각은 늘 이렇다.

그런데 오늘만큼은 이처럼 치밀어 오르는 호기심을 억누르려면, 엄청난 양의 진통이 뒤따를 것만 같았다.

하지만…….

현실인지 꿈인지 알 수 없을 정도로 나의 촘촘히 주름진 '뇌'의 활동은 맥없이 멈춰가고 있었다. 어느새인가, 갑자기 망토를 입은 제법 성숙해 보이는 여인이 네 발 달린 하얀 실뱀으로 돌변하여 나의 매끈한 목을 잽싸게 휘감았다. 눈 깜짝할 사이에 일어난 일이었다. 저항할 틈도 주지 않았다. 그 뱀이 한 자 넉넉히 되는 긴 혀를 쭉 내밀어 뱀파이어의 긴 이빨을 내 목에 깊숙이 꽂듯이 푹 박았다. 그러더니 내 목의 그물망처럼 얽히고 섞여 있는 실핏줄을 뚫고, 그 속으로 분수처럼 끈적거리는 독을 내뿜는 게 아닌가. 독 말고는 예측되는 게 없었다. 그 순간 나는 소스라쳤다. 내 심장 박동은 요동치기 시작했고, 몸은 급격히 팽창해갔다. 조금 전에 들렸던 요란한 말발굽 소리도 다시 내 귀에 울려댔다. 아무리 소리를 질러대도, 밖으로 어떤 소리도 나오지 않았다. 등골이 오싹했고, 모든 게 내 뜻대로 되지 않았다.

하지만 어느덧 실뱀의 은밀한 '쉿쉿' 소리는 점차 누그러지고, 내 몸에서 빠져나간 혼이 되돌아오듯 어디에선가 다급한 소리가 들려왔다.

2

"가온아! 얼른 일어나렴."

잔뜩 찌푸렸던 내 눈이 활짝 열렸다. 어머니의 목소리 같았다. 숨 막히는 어두컴컴한 암실 밖으로 급하게 뛰쳐나온 듯했다.

"일어나라니까!"

이번엔 그녀의 목소리가 또렷이 들려왔다. 그때서야 나는 눈을 뜰 수 있었다.

"엄마, 나 살았어? 여긴 어디지?"

"어디긴 어디야. 정신 좀 차려! 다시 비행기가 인천국제공항으로 되돌아가고 있어. 새들 때문에 죽을 뻔했다니까. 망할 놈의 새……. 하늘이 도왔어."

그녀의 목소리는 윽박지르듯 격양되어 있었다. 나는 영문도 모르는 채, 이리저리 목을 돌려가며 눈이 빨갛게 충혈될 정도로 두리번거렸다. 약간 찌그러진 유선형 모양의 비행기가 덜 깬 내 눈에 들어왔다.

실성한 듯 한쪽 다리만 길게 뻗은 채, 엉거주춤 앉아 있는 내 또래 여자애들과 남자애들이 쉽게 목격됐다. 심지어 머리가 유난히 길어 보이는 한 여승무원의 흰 셔츠 어깨선 자락이 찢겨져 흰 가슴속 살이 훤히 들여다보였다. 비행기에 탑승한 여러 승객들은 마치 지옥을 경험한 듯 진한 긴 한숨만을 내쉬고 있었다. 죽음을 가까스로 피한 안도의 한숨 같았다.

그런데 내 오른쪽 옆에 같이 제주여행을 하려고 탑승한 깡마르고 제 잘난 맛에 사는 내 친구 세진이. 그는 조금 전과 별반 다르지 않게 졸려 하는 눈을 비벼 될 뿐, 허둥대지도 않았다. 단지 그는 아무 말 없이 날 한심스럽다는 듯이 쳐다만 봤고, 그의 손에 쥐고 있던 돌하르방의 그림이 있는 '제주여행 가이드' 책이 기내 바닥에 떨어져 있을 뿐이었다. 이 친구는 나처럼 당황해 하는 기색이 전혀 보이질 않았다. 아마도 그는 집이 넉넉하다 보니, 잦은 해외여행 경험 덕분일 듯싶었다. 하지만 나에겐 이 순간이 어찔했고, 뭐가 현실이고 꿈인지 분간조차 힘들었다.

'현실이었을까? 날아다니는 화식조…… 고집통이 영감 마법사가 날도록 혹독하게 훈련이라도 시켰나? 또…… 단단한 말발굽 소리와 군중의 웅성거리는 소리는?' 그리고 들릴 듯 말 듯한 늙은 여인의 절규…… 완전히 생판 모르는 망토 입은 한 여인…… 왕가의 골짜기…… 실뱀…… 이 모두가 나에 대해 알고 있거나, 뭔가 관련이 있는 것 같아……'

내 머릿속이 복잡한 퍼즐로 가득 차 버렸다.

'그럴 리가…… 아, 갈색 구두는 또 뭐였지? 승무원이 빨려고 벗어 놓은 신발인가? 쯧, 냄새나게……'

나는 혼잣말로 서로 연관 없어 보이는 낱말들을 두서없이 중얼거렸다.

어느새 가랑비는 그쳤고, 비행기 창문 밖으로 맑게 갠 하늘 아래에 웅장하고 뱀처럼 긴 인천대교가 눈에 들어왔다. 그리고 저 멀리엔 겨울을 난 마로니에 나무가 새순을 피워내는 경쟁을 하듯 흐드러져 있었다. 큰 탈 없이 인천국제공항 활주로에 이륙한 지 40여 분만에 내렸다. 공항으로 되돌아온 여객기는 새들의 깃털과 피로 붉게 물들어 지저분하다 못해 불쌍하기 조차했다. 승객들은 뒤도 돌아보지 않은 채, 저마다 바쁜 종종걸음으로 서둘러 공항을 빠져나갔다. 이때만큼은 세진이도 이들과 다를 게 없었다. 어머니는 못내 아쉬워 공항 출구에서 머뭇거리는 나를 주차장에 세워놓은 HD605i 자동차에 억지로 떠밀듯이 태웠다. 어머니는 서둘러 차 열쇠로 시동을 걸더니, 80킬로미터의 제

한속도도 어겨가며 좌우로 핸들을 꺾어 집으로 되돌아왔다. 조만간 집으로 교통 범칙금 고지서가 잔뜩 날아올 게 분명했다.

"아무리 그래도 그렇지. 괜히 미안하게……. 네 친구 세진이는 인사도 않고 그냥 가버리고……. 넌, 기분은 좀 괜찮아졌니?"

어머니는 집으로 되돌아오면서 세진이와 내가 몹시 실망했다고 생각했는지, 걱정됐나 보다. 뾰로통한 나는 어머니가 묻는 말엔 대꾸조차 하지 않았다.

'모처럼……없는 돈도 써가며 몇 달 전부터 작정한 여행이었는데, 쥐꼬리 같은 운도 없다니…… 엄마는 나 걱정 말고 범칙금이나 걱정하셔!'

나는 머릿속에서만 이렇게 대뇌었다.

우연히 하늘 위로 날아오르는 새들이 내 눈에 들어왔다.

'우라질! 저놈의 새들 때문에. 모든 게 물 건너갔어. 하지만 새들이 뭔 죄가 있다고…….'

나는 허탈했고, 의자 모서리에 부딪힌 머리까지 몹시 욱신거려 짜증이 한꺼번에 몰려왔다. 하지만 불만이 뒤섞인 나와 달리 어머니에게 예전과 달라진 점은 거의 없어 보였다. 단지 그녀의 목 언저리가 발갛게 부어올라 있었고, 그녀는 그 부위가 몹시 가려운지 이따금 긴 손톱을 세워 긁어대는 것밖에는……. 그녀의 목만이 외롭게 꿈틀거리고 있다고나 할까.

그래도 나에겐 죽음을 직면하면서 봤던 에메랄드빛의 여인은 너무 황홀했다. 그것만큼은 현실이길 내심 바랐다. 그러고는 쉼 없이 하루하루가 지나갔다. 기억하기도 싫은 시시하고도 지루한 봄 방학은 쏜살처럼 지나가고, 학교를 가는 날이 어김없이 찾아오고 있었다.

3

검푸른 암흑 속에서 두 사람의 밀담이 들려왔다.

한 사람은 그의 어깨가 피투성이로 비행기 날개에 찢겨 있었다. 여왕의 자태를 한 다른 이는 어디에도 상처 하나 있어 보이지 않았지만, 온몸에 땀이 흥건해 있었다.

"네가 호루스의 자손이냐?"

여왕의 모습을 한 여자가 애써 앞으로 팔짱을 낀 채, 자신의 신하에게 대하듯 말을 건넸다.

"네, 그렇습니다."

지금이라도 당장 병원에 긴급 후송될 정도로 어깨에 피를 흘리고 있는 젊은 남자가 아픈 내색을 전혀 하지 않고, 정중히 예의를 갖춰 대답했다.

"몇 명 정도가 죽었느냐?"

여자는 슬픈 표정을 지으며 씁쓸하게 그에게 물었다.

"지금 인원을 파악하고 있는데…… 제일가는 공격대장이 죽은 것 같습니다."

젊은 남자는 암살범들을 지휘하는 통솔자 같았다.

어떤 빛줄기도 이들의 대화를 포착하지 못하고 있었다.

"안타깝군. 하지만 우리는 중대한 임무를 완수하지 않았는가? 분명 그는 크리스 왕족이었고, 이젠 그가 우리 편이 될 수 있을 걸세. 거친 비행기 엔진을 뚫고 그에게 우리의 마술을 걸었잖은가. 그가 공격대장의 죽음을 헛되이 하지 않을 거라고 믿네. 너도 몹시 다친 것 같은데…… 수고 많았네."

여자는 젊은 남자를 위안하듯 말했다.

"아…… 그런데 그는 갈색 구두 한 짝에 대해선 그다지 관심이 없는 것 같았…… 아닙니다. 그……리고…… 제 몸에서 피비린내와 공격대장의 시신 썩는 냄새가 나서, 밖에 나가봐도 되겠습니까? 크리스 왕족은 인간을 이길 병법을 찾아 다시 태어날 겁니다."

젊은 남자는 이렇게 답례하곤 의기당당하게 어둠 속으로 사라졌다. 여자는 그때서야 팔짱을 풀어 내리면서, 고개를 떨어뜨렸다. 여자는 한동안 자신의 왼발에 없는 갈색 가죽 구두 한 짝을 생각하고는 깊은 한숨을 연이어 몰아 내쉬었다. 한참을 지나서야, 여자도 시신 썩는 냄새가 그녀의 온몸에 배어 있다는 생각을 하는 듯했다. 그녀는 더 이상 참을 수 없었는지, 얼굴을 찡그리며 가랑비에 젖은 웃옷을 벗어들고 오른켠 구석에 있는 샤워실로 발을 옮겼다.

4

새 학년 첫날부터 지각하는 건, 남보다 유난히 자존심이 강하고 지기 싫어하는 나에게는 여간 부끄러운 일이 아닐 수 없다. 나는 평상시에 눈 뜨면 일어나기 싫어 어머니가 작년 여름의 끝물에 값싸게 산 포근한 목화솜 이불 속에서 뭉그적대기 일쑤였다. 하지만 오늘이 바로 불행히도 새 학년 첫날이었던 거다.

나는 일어나자마자 이불도 개지 않은 채, 내 딴에는 늦지 않으려고 몸을 둥글게 말아 정신을 차리려 했다. 그러고는 침대 머리맡에서 어머니에게 아침밥을 달라고 졸라댔다. 그녀는 감자껍질을 바삐 깎다가 나의 다그치는 말을 듣다가 그만 손가락을 베고 말았다.

"악, 너 때문이야! 네 녀석이 왕이라도 된 줄 알아! 이 아까운 감자, 어떡하누. 피에 얼룩지는 바람에 버리게 생겼잖아! 나도 늦었다고!"

어머니는 날 나무라다 울화가 더 치밀어 올랐는지, 침대를 미처 떠나지 못한 나에게 달려왔다. 그녀는 못마땅한 표정을 지으며, 난데없이 내 등짝을 신경질적으로 찰싹 때려버렸다.

"아야, 엄마, 왜 그래! 난 엄마가 아직도 자고 있는 줄 알았다고!"

"뭐라고? 이놈아, 음식 하는 소리 못 들었어! 지금 내 손에서 피나는 거 안 보여!"

"……아, 알았어. 미안하다고요."

나는 그녀를 진정시키기 위해서라도 용서를 빌 수밖에 없었다. 그녀도 초등학교 교사라서 지각해선 안 되는 나 같은 처지이다 보니, 허구한 날 아침이면 이렇게 전쟁을 치른다. 그런데 오늘처럼 그녀의 손가락에서 피까지 나는 건 거의 흔치 않은 일이었다.

"……엄마, 다쳤어?"

그녀는 내 말에 대답 대신 입술만 지그시 깨물었다. 나는 급히 거실 한쪽 모퉁이에 쓸모없어 처박아 놓았던 의료상자와 붕대를 들고 다소 진정된 그녀에게 다가갔다. 그녀의 손이 칼에 깊숙이 베였는지 피가 쉽게 멈추지 않고 줄줄 흘러내렸다. 나는 깜짝 놀란 마음을 가라앉히고, 먼저 의료상자에서 솜을 꺼내 그녀의 손에 갖다 대려 했다. 그 순간, 나도 모르게 그녀의 목에 눈이 갔다.

그녀의 목 언저리가 고무풍선처럼 부어 있다 못해 비둘기의 목처럼 검푸르게 변해있었다. 봄방학 때 비행기 사고 직후 그녀의 목이 발갛게 부어 있었지만, 이 정도로 심각할 거라고는 생각조차 못했다.

"엄마, 아직도 목이 안 좋아?"

"어…… 이거…… 아프지는 않은데, 병원 가봐야 하는 건가? 시간도 없는데. 피부과를 가야 하나?"

그녀는 대수롭지 않게 생각하며, 좀 진정이 되었는지 간단히 손에 약을 바르고 방수밴드를 대충 붙이고는 얼른 나에게 멸치가 곁든 감자국과 밥을 챙겨줬다. 하얀 붕대는 낯선 손님처럼 쓸모없이 식탁 바닥으로 굴러떨어졌다.

'그녀가 몹쓸 병이라도 걸렸다는 걸 진단받게 되는 날엔, 우리 집은…… 어떻게 되는 걸까?'

생각하는 것조차 끔찍했다. 그렇게 되는 날에는 생활하기조차 빠듯한 우리 집 살림이 거덜 날 게 뻔했다. 아마 그녀도 왠지 겁났는지 병원 문턱에 들어서는 것마저도 쉽지 않을 거라는 생각을 한 모양이다. 정말 가난은 불편한 거 이상으로 눈물겹고 슬픈 거였다.

어느새 벌써 거실에 있는 조그만 괘종시계가 7시 30여 분을 가리키고 있었다. 어머니와 나는 적어도 8시 전까지는 교문을 통과해야만 했다.

그녀는 정신없이 옷을 갈아입고는 방문을 걷어차다시피 하며 집 밖으로 나갔다. 나도 허겁지겁 서둘러 학교를 향했다. 나는 교문에 들어서자마자, 10여 분 일찍 학교에 도착한 걸 알고는 깊은 안도의 숨을 내쉬었다. 내 마음을 이미 아는 것처럼, 넉넉지 못한 손수레 수리공 아들로 태어난 하이든의 교향곡 102번 'B플랫장조'가 운동장에 울려 퍼졌다. 게다가 목청껏 재잘거리는 친구들의 목소리에 기분이 조금이나마 상쾌해졌다. 햇살도 눈부셨다. 하지만 그것도 얼마 가지 못했다.

쉴 틈 없이 나의 가난처럼 지긋지긋한 수업이 이어졌다. 결정적으로 목소리만 들어도 눈이 스르르 감기는 오늘 마지막 7교시, 에머튼 선생님의 영어독해 수업이 시작된 것이다. 내 눈은 무거워져만 갔다. 내 자신이 마치 수면제를 과도하게 복용한 것처럼, 잠에 취해갔다. 무덥지만 썰렁하고 차가운 기운까지 맴돌았다.

나는 막상 정신을 차리고 수업에 전념하려 해도, 현실인지 꿈인지 알 수 없는 무의식 세계로 끊임없이 점점 빠져들고 있었다. 갑자기 말발굽 소리가 내 귀청을 울려댔고, 늙은 여인의 절규도 들리는 듯했다. 며칠 전 '버드 스트라이크'가 있었던 봄방학 때가 연상됐다.

그때의 충격의 증상들이 재발하려는 듯싶었다. 정신을 차려야 했다. 공부도 하지 않고 이렇게 넋 놓고 있을 수만은 없었다. 나만의 밀실에서 탈출해야만 했었다.

사실 나뿐만은 아니었다. 우리 학교는 특히 왕처럼 구는 부유한 학생들이 많은데다가, 전국에서 공부는 상위권을 맴돌기에 잠과 힘겹게 싸우려고 발버둥치는 학생들이 대부분이었다. 심지어는 학업 스트레스나 나 같은 외상으로 정신적 이상증세를 호소하는 이들도 있었다.

그럼에도 예외 없는 법칙은 항상 있기 마련이었다. 윤리 수업에서 인상 깊게 배웠던 성 아우구스티누스가 오랫동안 참된 진리라고 믿어온 마니교에 환멸을 느꼈던 것처럼[10], 실망스러운 법칙들이 조금씩 생겨나지 않는가. 아니, 애당초 기대를 걸지 말았어야 했던 일들도 많지 않은가.

큼직한 궤짝처럼 생긴 교탁 앞에 있는 몇몇 아이들, 특히 속눈썹이 유난히 길어 보이는 서영이와 말 많고 다소 성격이 거친 알미안은 아예 거의 책상에 눕다시피 졸다가 집에 간다. 때론 장하게도 그들이 기운을 차리고 깨어나 있다 싶으면, 교과서 대신에 반나체의 날개 달린 사람과 흉물이 등장하는 휴대폰 게임을 하고 있거나, 손때로 꼬질꼬질한 다른 책들을 펴대기 일쑤다.

그들은 수업이 끝나기가 바쁘게 선생님들의 눈을 교묘하게 피해 딴 짓했던 걸 어깨를 으쓱거리며 자랑삼아 떠들어대곤 했다. 심지어는 자기 자신이 게임 속에 등장하는 날개 없이 태어난 종족이라며, 너스레를 떨기도 했다. 한참 이들의 말을 듣고 있으면, 일순간에 나의 얼굴 표정은 일그러지고 말았다. 나는 숱이 제법 많은 내 머리카락을 스스로 헝클어뜨렸다.

'이 녀석들은 정말 제정신일까? 게임 속의 세계와 현실을 언제쯤 구별할 수 있을는지……. 아마 미래의 꿈과 호기심 따윈 없을 거야.'

봄방학 보충수업이 시작된 지 이틀쯤 지났을 때였다. 하루 내내 그들의 모습이 내 마음에 걸렸다. 알미안은 학교에서도 소문난 싸움꾼인데

10) 354년에 출생한 초대교회의 위대한 사상가인 그는 373년에서 382년까지 마니교의 추종자였다. 하지만 그 후 신아카데미아 학파의 온건한 회의주의에 설득되었다. 마니교는 선과 악을 구분했고, 선한 것은 인간 영혼 같은 영들의 창조자이고, 다른 악한 것은 악인 질료의 창조자이다. 마니교는 인간이 이성만으로도 지혜로울 수 있다고 자부한다.

다가, 그의 아버지의 위력도 대단해서 반 친구뿐 아니라, 선생님도 그에게 어떤 조언조차 하지 못했다. 하지만 나는 도저히 참을 수가 없었다. 5교시 생물 수업이 끝나자마자, 그들을 위한답시고 오랜 시간에 걸쳐 충고를 해댔다. 결국 우려한 일이 터지고 말았다.

나의 세치의 혀가 그들의 자존심을 몹시 상하게 했나 보다. 그들은 머리를 조아리기는커녕 나의 말허리까지 잘라가며 길길이 날뛰는 바람에, 나만 곤욕스러웠다.

바로 그때 서영이는 얼굴만 붉히고 있었지만, 알미안은 흥분한 나머지 오른손을 번쩍 들어 날을 세웠다. 그러더니 피멍이 들 정도로 내 아래턱을 강하게 두세 번 연타를 날렸다. 나는 그의 손힘에 정신없이 교실 바닥에 내동댕이쳐졌다. 주위의 반 친구들은 갑작스럽게 일어난 일이라서 일제히 자리에서 일어서고 말았다. 하지만 알미안을 평소에 두려워했던 반 친구들은 얄미울 정도로 그 자리에서 멍하니 지켜볼 뿐이었다.

나는 자존심을 잃지 않기 위해서라도 정신을 추스르고 기우뚱거리며 알미안을 향해 섰다. 그의 화가 풀릴 때까지 맞을 수밖엔 별도리가 없어 보였다. 나도 사실 그가 무서웠으니까. 하지만 갑자기 내 몸에 또 다른 나의 영혼이 스며들어 온 것 같은 착각을 일으켰다. 내 몸이 부르르 떨렸고, 새처럼 가벼워졌다. 왠지 모르게 반격하고 싶어졌다. 그는 저항하려는 내 모습이 건방져 보였는지, 또 다시 손을 들어 날 내치려 했다.

나는 문득 바로 그 빈틈을 노려야겠다는 생각이 들었다. 나도 모르게 내 몸이 교실바닥에서 높게 떠오르더니, 그의 허리를 두 손으로 움켜잡아 들어 그를 책상 위로 던져버렸다. 그 순간엔 나는 유도 수업 때 게으름을 피우지 않은 결과라는 생각만 들었다. 그는 불쌍하게도 책상 위로 나뒹굴더니만 코를 바닥에 박고 쌍코피를 터트렸다. 당황한 그는 코를 휴지로 틀어막고는, 더 이상의 저항을 하지 않았다. 나의 거센 반격에 다들 환호성을 질러댔다. 다들 학업 분위기를 망치는 알미안에 대한 반감정이 있었던 모양이다. 이를 처음부터 끝까지 지켜봤던 서영이만이 눈물을 터트리고 말았다.

다행히 우리 반 친구들 빼고는 어느 누구에게도 알미안과의 싸움은 들키지 않았다. 그 후로 가끔 교실에서 우연히 그와 마주칠 땐, 서로 지지 않으려고 매섭게 쏘아보곤 했다. 반 친구들은 나를 그들의 '수호신'으로 여겼는지, 가끔 나에게 머리를 조아렸다. 어느 순간 나도 모르게 강해진 내 모습에…… 내 자신도 당황스러울 정도였으니까.

5

여하튼 수업시간에 내 눈을 거슬리게 한 것은, 서영이와 알미안이 흠뻑 빠져서 하는 '날개 달린 종족' 게임은 물론이고, 또 있다면 다름 아닌 그들이 즐겨 읽던 '무녀'란 책이었다. 그들은 그 책을 선생님 몰래 읽어가느라 정신없어 보였다. '겨드랑이 속에 5센티미터 크기만 한 날개가 있는 무당이 있다.'는 황당무계한 대목이 그들을 무녀 책에 홀리게 만든 거였다.

'그들은 그 날개로 무녀가 하늘을 날 수 있다고 생각한 걸까? 설마 날개의 위쪽은 곡선이어야 하고, 아래쪽은 직선으로 돼 있어야만 한다

는 사실도 모르는 바보 멍청이들은 아니겠지.'

유체의 속력이 증가하면, 압력이 낮아져 떠오르게 되는 비행(飛行)의 원리를 설명한 스위스의 수학자 요한 베르누이를 그들이 알 턱이 있겠나, 싶었다.

이런저런 이유로 해서, 그때만 해도 나는 그들이 학교에 굳이 올 이유가 있을까 싶은 철딱서니 없는 부잣집 애라고 여겼다. 특히나 말 많고 거친 알미안은 자신의 아버지가 무기 밀매업자라고 공공연히 떠들고 다녔다. 아버지의 한 달 수입이 무려 '억대'라는 소문도 그의 입을 통해서 학교에 퍼져 나갔다. 도서관 2동도 그의 아버지의 후원으로 시공되고 있는 걸 보면, 아주 근거 없는 헛소문은 아니었다. 그러다 보니 알미안은 공부 잘해봤자 소용없다는 식의 말들을 자주 늘어놓곤 했다. 하지만 그도 가끔은 복리로 은행이자를 계산하는 수학문제가 나올 땐, 누구보다도 집중하는 모습을 드러냈다. 돈밖에 모르는 고리대금업자 같았다.

그의 장래희망도 아버지처럼 무기 밀매업자라는데……. 재산깨나 있으니 부럽기도 하지만, 나는 이들의 값싼 매력에 동화되기는 싫었다.

그런데…… '날개 달린 종족' 게임의 스토리도 그렇겠지만, 다른 건 몰라도 그들이 즐겨 읽던 '무녀' 책이 나에게 섬뜩하게 다가올 줄은 그때만 해도 도저히 알기 어려웠다.

*

운 좋게도, 아니 거꾸로 운이 금방이라도 쏟아질 소나기를 몰고 올

먹구름에 묻혀버렸는지도 모르겠다. 나처럼 촌스러운 가난뱅이하고는 말 섞기조차 꺼리는 콧대 센 '여배우'가 우리 반에 있어서다. 그녀의 얼굴은 갸름했고, 서구적인 코에 개미처럼 잘록한 허리까지 갖추고 있었다. 그리고 몸에 꼭 끼는 민소매 옷은 그녀의 어린 가슴을 봉긋 돋게 했으니……. 게다가 방송사의 청소년 신인배우상은 당연히 그녀의 몫이 될 정도였다. 중세 시대였다면, 절름발이 늙은 마부라도 데리고 다닐 영락없는 영주계급이었을 것이다. 이 정도면 어리바리한 남자들의 마음을 흔들어 놓기엔 충분했다.

하지만 나는 누가 뭐라고 해도 그녀에게서 어떤 황홀경도 느껴 본 적이 없었다. 그녀는 수업 때면, 서영이와 알미안과 별반 다르지 않을 정도로, 잠 속에 파묻혀 있었다. 얼굴이 아밀라아제 소화액이 담뿍 담긴 침으로 뒤범벅이 되어 있는 것도 모르는 채……. 어떨 때는 남 보기 싫을 정도로 그녀의 속눈썹 마스카라 화장마저도 침에 녹아 눈가에 번져 있었다. 그녀의 치솟는 인기에는 전혀 어울려 보이지 않았다. 금세라도 꺼질 거품 매력임에 틀림없었다. 이런 그녀의 뒷모습을 보니, 내 자신도 그녀와 엇비슷했을 거라는 생각이 불현듯 들었다. 그녀보다 여러 면에서 학업 부담이 더 있을 법한 나에겐 자존심이 구겨지는 순간이었다. 더군다나 나는 며칠 전 제주비행 길에 겪었던 괴이하고 찝찝한 뱀의 독기운을 애써 벗어나기 위해서라도, 졸린 눈을 비벼댈 수밖에 없었다.

그러고는 내 자신이 의심이 됐는지, 에머튼 선생님이 알아차리지 못하게 손거울을 가방 속에서 바스락거림조차 없이 꺼내 내 목 주위를 이리저리 보았다. 웃음이 절로 나왔다. 뱀의 독침 자국은 어디에도 없었다.

'어휴, 나도…… 참…… 바보군.'

나는 전혀 망설임 없이 그때의 일을 완벽한 꿈으로 단정해버렸다. 점점 나의 눈은 또렷해지고 있었지만, 아직도 여전히 멍한 기운이 몸속에 맴돌고 있었다.

6

어쨌든, 지겨운 에머튼 선생님의 강의는 계속 이어지고 있었다. 잠을 깨려는 나의 강렬한 본능 탓인지, 몽롱한 기운이 사라지는 듯했다. 이미 나의 귀청을 울려 댄 말발굽 소리는 사라진 지 오래고, 아주 흐릿하게 들렸던 늙은 여인의 절규조차도 더 이상 들리지 않았다. 마치 내가 사악한 영혼의 빙의라도 벗어난 것처럼, 내 어깨도 한결 가뿐해졌다. 그젠가 교회 목사님이 심각한 표정을 지으면서 빙의에 대해 설교한 게 기억났다. 그가 종교학자 엘리아데(M. Eliade)를 인용하면서, 신령이 몸 안으로 들어오는 '빙의'라는 걸 말할 때는 내 몸에 찬 얼음을 댄 것처럼 오싹했었다.

어느덧 이런 상념도 무색할 정도가 되어갔다. 교실 창문 밖에는 짙은 석양이 하얀 잇몸처럼 드러낸 콘크리트 벽을 가로질러 뉘엿뉘엿 넘어가고 있는 것이 내 눈에 확연히 들어오게 됐다.

그리고 그리 넓지 않은 파릇한 학교 잔디밭 운동장과 멀리 상티밸리 골짜기와 어우러져 보이는 고층 아파트 여럿이 훤히 내다보이는 교실 안. 이곳에는 석양에서 흩어지는 엷은 오렌지 빛이 감돌았다. 여느 때처럼 잠에서 덜 깬 얼굴을 한 학생들은 하루가 저물기 전에 얼른 영어로 빼곡한 너덜너덜한 책장을 접고, 밖으로 뛰어나갈 기세였다.

오늘 하루가 올 들어 가장 무더웠던 탓인지, 교실에는 퀴퀴한 땀 냄새가 진동했다. 유일한 생명선 같은 오렌지 빛마저도, 공부에 지쳐 잠에 취해 있는 어느 누구의 오감도 자극하지 못했다.

*

오늘 수업이 얼마 남지 않았다는 걸 직감한 나는, 심연으로 빠져들었던 혼미한 정신을 더욱더 말끔히 챙기려고 노력했다. 내 왼쪽 옆에 세진이가 내 멍한 기운을 치유라도 해주려는 듯 집게손가락을 바짝 세워 내 어깨를 '톡톡' 쳐 줬다. 그는 내가 수업에 집중 못하거나, 수업이 끝날 쯤 되면, 이렇게 신호를 주었다. 간혹 내가 아무 기척도 없기라도 하면, 사정없이 나의 윗옷자락을 잡아 끌어당기곤 했다. 그는 매사 성실한 나머지 나까지도 챙겨줬다. 뒤늦게 안 일이지만, 제주여행 때도 비행기 의자 모서리에 머리를 부딪쳐 실신한 나를 이리저리 잡아 흔들어 깨워줬던 것도 나의 어머니가 아니라 세진이었다고 들었다. 잘난 체한다는 생각도 들었지만, 여러모로 쓸모 있는 인간이었다.

그제야 정신이 번쩍 들었고, 얼마 남지 않은 마지막 수업의 종을 예감할 수 있었다.

"오, 기특한 녀석!"

나는 그에게 '고맙다'는 표현으로 이렇게 말해 주곤 했다.

하지만 그로부터 되돌아온 말은, 나를 종종 '킥킥' 웃게 만들었다.

"너, 죽을래?"

아마 내 칭찬이 민망해서일 거다.

그런데 이쯤 되면, 잠시 뒤에 어김없이 들려오는 소리가 있다. 구레나룻이 자칭 멋지다는 영국계 한국인 에머튼 선생님이 작은 막대기로 교탁을 '탁탁' 두들기는 소리, 그 소리를 연상할 수 있었다. 그는 평소에 가장 아끼는 보물이 애지중지하는 훈계용 뾰족 막대기와 버릇처럼 다듬는 구레나룻이라고 입버릇처럼 말해왔다.

놀랍게도, 그와 중에 우연히 왼쪽 모퉁이가 살짝 깨진 교실 창문 틈새로 보이는 바깥은 평소와는 다른 기괴한 일들이 벌어지고 있었다.

처음엔 제주여행에서 환영으로 본 에메랄드빛 망토를 입은 여인인 줄 알았다. 다채로운 빛깔의 새들이 잔뜩 화원 주변의 곡물 창고와 운동장 위로 날아들고 있지 않은가. 간혹 사람처럼 크고, 드래곤처럼 험상궂은 새들도 눈에 띄었다.

'꿈이 아니었나? 죽음 속에서 나를 감싼 그 새들이 우리 학교까지 온 건가? 조금 전까지만 해도 창밖엔 짙은 석양만이 감돌았는데……'

이런 생각이 들면서, 나는 갑자기 소름이 돋았다. 새들은 오렌지빛 석양까지 가리며 빙빙 돌다가, 창문 틈새엔 두세 마리 새들이 앉아 요란하게 지저댔다. 도시 한복판에 자리 잡은 학교라기에는 기이한 일임에 틀림없었다.

가뜩이나 졸고 있는 학생들 때문에 신경이 곤두선 에머튼 선생님은, 사정없이 사방으로 뻗쳐있는 그의 구레나룻을 다듬는 것도 잊은 채 발걸음을 창가로 옮겼다. 마치 새에게 화풀이할 것이라는 나의 짐작을 가능케 한 것처럼, 그는 막대기로 요란하게 지저대는 죄 없는 새의 머리를 인정사정없이 갈겨댔다. 그가 휘두른 막대기의 뾰족한 끝 부분이 여러 갈래로 부서져 나갔다. 얼마나 세게 때렸는지를 쉽게 가늠할 정도였다.

나는 순간 "악" 소리를 내고 말았다. 그는 내 비명도 무색할 정도로 거칠게 교탁을 두세 차례 두들겼다. 그리고 맥없이 졸고 있는 학생들을 향해서 얼굴을 붉혔다. 그는 새 머리가 졸음을 못 이겨내는 학생들의 머리로 여겨졌나 보다. 나는 창가에서 공부하고 있다 보니 새 머리에서 피가 흘러나온 것을 다른 학생들보다 더 정확히 직감할 수 있었다. 나는 오늘 아침부터 피에 익숙한 터라, 그나마 격양된 마음을 억누를 수 있었다.

하지만 어느 누구도 그 새가 살았는지 죽었는지는 관심이 없어 보였다. 남달리 어렸을 때부터 새를 사랑하다시피 한 나에게는 잠이 확 달아나는 섬뜩한 순간이었는데 말이다. 내 머리가 몹시 지끈거리기 시작했다.

에머튼 선생님은 냉혈인간처럼 새의 죽음쯤은 아랑곳하지 않았다.

"이 녀석들, 여기 주목하라니깐! 학교에 남아 못다 한 공부를 정리하고, 일찍 집으로 돌아가서도 단어 암기와 문장 해석 공부에 게을리 하지 말고. 알았지!"

우리가 마치 철없는 어린 학생인 것처럼, 침 튀겨가며 신신당부했다. 그도 이런 말을 할 때가 하루 중 가장 짜증나는 순간일 수밖에 없었겠지만.

7

재벌가와 타국의 외교관 아들딸들이 다닌다는 가람국제고. 학교에서는 낡은 운동화와 가방에 별 볼 일 없어 보이는 짝꿍 세진이의 집조차도 '중세왕가'를 보는 듯했다.

한번 쯤 시간 내어 그의 집에 놀러 가면, 담쟁이덩굴이 뒤덮인 대저택에 최신식 무전기를 든 까다로운 경비원 서너 명은 거쳐야 했다. 가끔은 내가 세진이의 친구인지 아는지, 연세가 환갑 쯤 되어 보이는 경비원이 손자뻘인 나에게 땅에 닿도록 굽실거리곤 했다. 나도 당연히 머리가 땅에 묻도록 인사했다.

하지만 이처럼 유복한 학생들이 대다수인 이 학교는 최근 5년 동안 대학 입시 진학률에서 전국 상위권을 벗어난 적이 없는 데도, 이상스럽게 매년 명문대 진학률은 점점 줄어갔다. 그래서 선생님들은 조금이라도 성적이 떨어지는 조짐이 보이기라도 하면, 긴장을 늦출 여유가 없었다. 에머튼 선생님에게는 수업에 방해되는 거라면, 새 따윈 안중에도 없었던 이유로 충분했을 것이다.

그래도 나는 새를 애지중지해왔고, 조류 분야의 고생물학을 연구하는 학자 꿈을 갖고 있다 보니, 그의 행동은 상식 이하일 수밖에 없었다. 나는 그가 보는 앞에서 그의 보물 1호인 뾰족 막대기를 무참히 산산조각내고 싶었다.

*

새 생각만 하면, 나만 믿고 사는 불쌍한 어머니……. 얼굴에 굵직한 주름살만 늘어가는 내 어머니가 운명처럼 떠오른다. 어머니도 분명 그의 생각 없는 행동을 용서하지 않았을 것이다. 그래도 어머니는 나보고 무조건 참으라고 하겠지…….

어머니는 내가 어렸을 때부터 아버지를 닮아 새들을 너무 좋아한다며, '조류도감' 책들을 사주곤 했다.

그런데…… 어렴풋이 기억나는 나의 아버지. 그는…… 이 세상 사람이 아니다. 하지만 그에 대한 기억이 전혀 없지는 않다. 그가 있었더라면, 가난하더라도 괜히 남들 앞에서 위축되고 자신 없어 하는 지금과는 사뭇 달랐을지도 모른다. 불행하게도 내가 열 살 때, 아버지는 조류학 박사 논문을 심사받으러 바삐 차를 몰고 가다가 뜻하지 않은 사고로 이 세상을 떠났다. 아버지는 당시 앞에서 뭔가 날아오는 물체를 피하려고 핸들을 급히 꺾었지만, 도로 옆 난간에 부딪히고 말았다는데…….

사고가 나자, 맨 먼저 달려온 이는 아버지랑 깊은 친분이 있었던 로컬신문의 '킴란스' 기자였다.

그는 지적인 외모에 훤칠한 키로 정치인도 벌벌 떤다는 로컬신문의 칼럼을 도맡아 쓴데다가, 어느 기사 내용을 선택하고 버릴지 결정하는 '게이트키핑'[11]까지도 그의 몫이었다고 한다.

검찰 경찰뿐 아니라, 주위에서는 아버지의 죽음을 단순하고 우연한 사고로 치부해버렸다. 말하기 좋아하는 무속인들도 마녀가 질투한 나머지 귀계로 데리고 갔다고들 했다. 하지만 그만은 달랐다. 그는 사고 난 당시 새 깃털이 아버지 차 안에 잔뜩 흩어져 있는 걸 보고 수상히 여겨 오랜 시간에 걸쳐 취재했단다. 심지어 차의 뒷바퀴 밑에서 우연히

---

11) 뉴스를 취사선택할 때, 대개 뉴스 편집인(게이트키퍼)이 결정하게 되는데, 이들이 사내의 내부 압력이나 정치적인 외부 압력에 의하여 뉴스 내용을 수정, 또는 왜곡할 수 있을 정도로 주요한 역할을 한다.

발견한 어린아이의 발 크기만 한 유리 구두 한 짝을 주워들고, 저명한 조류전문가들을 만나러 독일, 미국, 이집트도 갔었다. 특히나 청와대 국방부 과학수사부에도 잦은 출입을 감행했다.

그는 천신만고 끝에 취재한 자료들을 노트북 디스크에 저장해서 오다가, 안타깝게도 우리 학교 근처 상티밸리 골짜기 난간 밑으로 떨어져 즉사했다는 것이다. 취재한 자료들은 그가 50여 미터 절벽 높이에서 바닥으로 떨어지면서, 자연스럽게 산산조각 난 노트북처럼 복원이 불가능할 정도로 흔적조차 발견하기 어려웠다.

그때도 밖으로까지 창자가 난자해 있던 킴란스 기자의 시신 옆엔 어김없이 수십여 개의 새 깃털이 떨어져 있었다는 거다. 게다가 아버지가 죽었을 때처럼, 유리구두 한 짝이 덩그러니 그의 허리춤 옆에 놓여 있었고, 그의 오른쪽 바지 호주머니에는 4B연필로 엉성하게 베껴 그린 지도가 꼬깃꼬깃 접혀있었다는데. 그 지도는 결국 유리구두와 함께 공개되지 않은 채 경찰 손에 넘어갔다고 한다.

경찰은 그가 일의 스트레스로 매춘부가 따라준 세상에서 독하기로 정평이 나 있는 폴란드산 '스피리터스' 술을 자제 없이 마셨다가 일어난 봉변이라고 잠정 결론을 내렸다. 자연스럽게 필사 지도와 유리구두에 대해서는 언급을 회피했다. 자살이라는 추측이 무성했고, 그 지도에 표시된 곳에 관해선…… 심지어 킴란스 기자가 마약 중독자라서 은밀하게 소량의 마약 거래를 하려고 가던 장소였다는 소문도 있었다. 하지만 그가 남긴 자필 유서가 어디에서도 발견되지 않았고, 독실한 금욕적인 청교도 신도라서 입에 술 한 방울도 대지 않았다는 점을 미뤄 보면 말도 안 되는 억측들에 불과했다.

누구든 고개를 끄덕이며 수긍할 정도로, 타살이 아니라는 판단이 일관되지도 않았고 구체적이지도 않았다. 그러다 보니 저마다의 가슴속으로 터무니없는 공포가 끔찍할 정도로 밀려들었다. 하지만 애매한 정황 탓에 그의 죽음을 선뜻 타살이라고 주장할 변호사도 그 당시 그리 있어 보이지 않았다. 아무 인기척도 없는 좁고 어두운 복도를 지나는 느낌이라고나 할까. 나는 지금도 이런 동요에 잠길 때마다 먹고 있던 과자를 입에 가져가는 것도 잊은 채, 봉지 안에 든 과자들을 손가락으로 바스락거리기만 했다.

말도 많고 탈도 많았던 킴란스 기자의 시신은 결국 상티벨리 골짜기에서 600여 미터쯤 떨어진 국립지역묘지에 묻히게 됐다. 나의 아버지 묘소는 우연인지는 몰라도 그와는 불과 10여 미터쯤 떨어진 곳에 있었다. 킴란스 기자가 무덤에 안치될 때는, 햇살이 흘러들어오는 듯싶다가도 어둑해지면서 붉은빛 우박이 금방 지나가는 소나기처럼 잠시 동안 떨어졌다. 그러더니 그의 죽음을 애도하듯, 하늘에서 도토리 크기만 한 장난감처럼 생긴 긴 머리의 거위벌레 수십여 마리가 산등성이를 타고 날아들었다. 그것들은 일제히 단단한 등껍질을 열어 레이스 모양의 섬세한 날개를 활짝 폈다. 인도양의 섬나라 마다가스카르의 서식하는 그것들이 어떻게 이곳까지 날아 왔는지 신기할 정도였다. 한참 그의 무덤 주위를 서성거리듯 맴돌다가, 지친 몸을 가누지 못한 한두 마리 거위벌레는 그 자리에 떨어져 죽고 나머지는 어디론가 날아가 버렸다.

이런 일들이 일어난 직후였다. 잔뜩 그림자 진 얼굴을 한 어머니는 악마의 하수인이라도 될 작정을 한 것처럼, 아버지를 따라 생애를 마감하려 했다는데. 하지만 그녀는 주위의 끊임없는 만류로 참혹한 기억의 잔재를 송두리째 지워버리기라도 하는 듯 모든 걸 잊고 일에 더 매진했단다.

그래도 그녀는 이 세상 사람이 아닌 아버지에 대한 애틋한 감정이었을까. 나를 아버지가 다녔던 귀족들의 학교, 가람국제고에 입학시켰던 것이다. 어머니는 내가 갑부 아이들과 어울리다가 상심할 거라고는 아예 생각조차 안 했나 보다. 나는 지적 갈증과는 무관하게 학교생활에 적응하기 힘들어할 때가 종종 있었다. 우울하고 마음이 답답하여 속이 부글부글 끓어오르기도 했다. 그때마다 어머니 앞에서 보라는 듯이 어깨에 메고 있던 가방을 사정없이 내팽개쳐 봐도 소용없었다. 역효과만 있을 뿐이었다.

그녀를 사로잡는 건 오로지 아버지였다. 날 보면 조류 연구밖에 모르던 아버지가 기억나는 모양이다. 그녀는 새에 대해 애착을 넘어 광적으로 집착하는 나를 보면, 나중에 새랑 결혼하라고 핀잔을 주는 것도 잊지 않았다.

8

시간은 스스로 끝을 향해 움직인다고 누군가 말했던 거 같다. 마침내 수업 마치는 소리가 교회 탑 종소리보다 더 요란하게 울려댔다.

얼굴을 잔뜩 찌푸렸던 나는 에머튼 선생님에 대한 불편한 심기를 억지로 자제하려 했다. 그런 노력에도 불구하고, 나는 더욱더 언짢아져 갔다. 아버지에 대한 처참한 여러 기억들과 함께, 새가 땅바닥에 꼬꾸라져 피 흘리며 시름시름 앓고 있다는 생각으로 만감이 교차됐기 때문이다. 나는 수업이 끝났어도 뒤끝이 깨끗한 해방감을 전혀 느낄 수가 없었다.

잠으로 일관하던 학생들은 뭐가 그렇게 좋은지, 웃음꽃을 피우며 한꺼번에 교실 밖으로 쏟아져 나왔다. 어떻게 해서든지 앞다퉈 누가 먼저 교문 밖을 나가는 경주에 내기를 건 것처럼, 긴 생머리를 휘휘 날리며 체리 호두파이를 입안에 가득 넣고 뛰어가는 여학생 여럿이 눈에 띄었다. 애써 태연한 척하며 스스로를 감옥에 가두듯, 밤늦게까지 교실에 남아서 자습을 하는 졸업반 선배들과 그 밖의 몇몇 학생들과는 대조적인 모습이었던 거다.

심지어 같은 반 친구들, 특히 서영이와 알미안. 그들은 에머튼 선생님을 흉내 내듯, 교문 밖을 나서면서 작은 나뭇가지로 새들의 머리를 내갈기는 안타까운 모습까지도 쉽게 눈에 들어왔다. 나는 가던 걸음을 멈춰 서서, 빈정대면서 가증스러운 이들을 후려치고 싶었다. 아니 두들겨 패고 싶을 정도였다.

'죽일 놈들! 코도 오뚝하고 예쁘장한 서영이는 알미안이 뭐가 좋다고 따라다닌담. 살생무기 팔아서 얼마나 잘 사나 두고 보자!'

나도 모르게 내 머리를 헝클어뜨리고, 팔까지 걷어 올렸다.

그 더러운 물결 속에서도 멀리 시끌벅적한 복도 오른쪽 맨 끝에서부터 나에게 종종걸음으로 뛰어오는 녀석을 볼 수 있었다. 아무도 알아차리지 못하게 나의 가방 틈새로 쪽지를 넣고, 별일 없듯이 멀리멀리 교문 밖을 나서는 나의 '천수인'

그녀는 피 흘리는 새조차 잊게 만들 정도였다. 그녀를 생각하고 있으면, 어느새 내 손끝이 떨려왔고, 내 온몸의 힘이 빠지면서 흩어지다가, 내 몸 어디론가 몰려갔다. 어느 또래 여인보다 더 황홀했고, 어른스러운 저돌적인 욕망으로 다가왔다.

기다림 외엔 그대는 나를 고통스럽게 한 적이 없다.
뱀으로 가득 차서
뒤얽혀 꼬여 있던
저 시간들
그때
나의 영혼은 추락해가고 있었고 나는 질식해 가고 있었어
그대는 걸어오고 있었지
그대는 발가벗은 채 할퀸 자국으로 오고 있겠지
……
나는 고통스럽지 않았나니, 내 사랑이여.
나는 오로지 그대를 기다리고 있었을 뿐이노라
……

빠블로 네루다 시집 『그대사랑 내 영혼 속에』〈그대는 오고 있었지〉에서

언제나 기다려온 그녀의 조그만 쪽지…… 거기에는 늘 몇 글자 정도만 적혀있었지만, 그녀가 정성스레 꾹꾹 눌러 쓴 짙은 검정 볼펜 자국이 내 이목을 잡기에 충분했다.

'에메랄드 숲으로'

마치 불미스러운 마약 거래를 연상케 하는 만남 방식. 나와 수인이의 소극적인 성격 때문일까. 아니면 우리가 남들에게 드러낼 정도로 성숙함이 무르익지 못해서일까. 우리는 서로 핑곗거리를 약속한 것처럼, 아직은 어른이 아니라는 점에서 그 이유를 찾고 있었다. 그러다 보니 만남을 위해선 남들의 시선을 의식해야 했다. 또 있다면, 만일에 학교 교과 성적이라도 떨어지는 날에는 주변의 노골적인 질타가 수인이에게 향할 게 뻔해서일 수도……. 수인이와 먼 지방이나 해외여행을 한다는 것은 상상하기 힘들 정도였고, 당연히 어머니는 수인이가 나의 친구라는 것도 짐작조차 할 수 없었을 것이다.

가람국제고는 생활의 여유가 있는 학생들이 많은데다가 남녀공학이라서, 연애담이 꽤 있을 듯싶었지만, 실상은 그렇지 않았던 거다.

다들 원하는 대학, 명문대학에 들어가기가 쉽지 않아 머릿속에만 애틋하게 있을 뿐이라는 데. 실제로 있기라도 하면, 주변에서 말리는 경우가 허다했다. 급기야 대학을 못 가면, 애꿎게도 주위에서는 '남 탓 친구 탓' 하며 삿대질까지 하는 분위기니, 있어도 몰래 만날 수밖에 없었다.

심지어는 체육관 3층 욕실에서 리듬체조 여자 주장으로 있는 혜른이가 막 샤워를 마치고 벌거벗은 채 물을 가냘픈 몸 선을 따라 흘리며 나오는 모습을, 우연히 내 친구 성호가 본 적이 있었다. 어둠 속에 숨어 있던 여러 갈래 빛줄기가 조금씩 제 몸을 드러내는 듯했다는데. 그 순간 그는 그만 넋을 잃고 우두커니, 그녀를 바라만 봤단다. 그는 이 얘기가 눈덩이처럼 부풀려 입소문으로 퍼져 나가자 크게 곤욕스러워했다. 하루가 악몽처럼 지나갔고, 불명예스러운 자퇴까지도 결심했었다. 다행히 둘 다 교내 봉사 정도의 징계에 그쳤고, 지금은 그때 둘의 영혼이 서로에게 스며들어 갔는지 우리처럼 비밀리에 만난다고 한다.

마치 어둡고 캄캄한 벽으로 둘러싸여 있는 중세시대의 수도원 생활 같았다. 중세의 성직자 아벨라르와 수녀 엘로이즈의 아름답지만 금지된 사랑과 흡사해 보였다. 그래도 수인이가 나를 탓하지 않을 것이라는 믿음이 앞서서 여기까지 왔다고나 할까.

*

그녀가 쪽지에 적어 준 에메랄드 숲은 학교 근처에서 훤히 내다보이는 상티밸리 골짜기와는 불과 1, 2킬로미터 정도 떨어져 있는 곳이다. 지금은 아무도 찾지 않아 풀이 길게 뻗쳐있는 킴란스 기자의 무덤과는 거의 붙어있을 정도로 가까운 거리에 있었다. 여기서 저녁밥을 거뜬히 먹고 가족끼리 산책을 하기도 한다. 조금만 더 깊숙이 들어가면, 빽빽이 들어선 기술연구소 등의 고층 건물들로 둘러싸인 도시 모습이 어느덧 사라지는 '마법의 공간'이 등장한다.

그곳은 인적이 드물고, 가끔 부끄러움 없이 은밀한 부위까지 내놓고 달리는 타조나 에뮤가 있다고 한다. 급기야 사람처럼 생긴 신비스러운 색깔의 새들이 날아다닌다는 소문도 있었다.

이건 말하기 좋아하는 사람들의 괜한 장난이겠지…….

사랑하는 연인들의 입맞춤 소리가 고요히 잠자는 다람쥐들을 깨우게 하는 깊은 숲 속이라고 이곳을 설명하는 게 나을 듯싶다.

원래 이 숲 이름은 에메랄드 숲이 아니다. 숲 이름을 말해 버리면, 너무 유치하고 촌스럽기조차 해서 대답에 대한 유혹을 멀리 던져 버리고 싶어진다. 말하고 나면, 고약한 냄새가 물씬 풍기는 명칭이라서 지금만큼이라도 진짜 숲 이름은 비밀로 부치련다.

고등학교에 갓 입학했을 때는 어머니랑 몇몇 친한 친척들과 함께 이 숲에서 종종 물통을 어깨에 둘러메고 산책을 하곤 했다. 그러던 어느 날 초저녁, 달이 숲 속을 환히 비추고 있을 때였다. 기억을 되짚어보면, 비가 한참 오다가 잠시 개이더니 어둠속에서 눈부실 정도의 에메랄드빛 블라우스를 입은 한 매력적인 소녀, 그녀가 내 앞을 지나가는 게 아닌가! 꿈속에나 가끔 등장하는 요정처럼 신비스러웠고 내 품에 가까이 있게 하고 싶었다. 제주비행 길에 비몽사몽간에 봤던 에메랄드빛의 망토를 입은 여인보다 훨씬 더 귀엽고 깜찍했던 건 분명했다.

그녀는 내 앞을 서둘러 지나가면서, 오른발에 신은 구두 한 짝이 벗겨지고 말았다. 나는 엉겁결에 그 구두 한 짝을 종종걸음으로 주워 그녀에게 건네줬다. 그 구두는 맑고 투명한 유리로 만들어졌고, 라임빛을 냈다. 이것이 우리의 첫 만남이었던 거다.

나중에 우연하게나마 알게 된 사실이지만, 당시 우리 학교의 같은 1학년 학생이었던 거다! 1여 년 동안 나의 스토커 같은 적극적인 구애로 지금은 누구보다 더 가까운 나의 친구가 됐다. 에메랄드빛의 블라우스 추억으로 이 숲 이름은 냄새나는 명칭을 쉽게 벗어 던지고 '에메랄드 숲'이 된 것이다.

수인이는 친구가 된 지 불과 며칠 되지 않아서, 속속들이 털어놓은 말들이 있었다. 그녀는 특이하게도 아버지가 한국인이고, 어머니는 이탈리아 출신이라고 했다. 유럽과 아시아의 피가 그녀의 몸에 흐르고 있었다. 하지만 그녀의 아버지도 나의 아버지처럼 이 세상 사람이 아니라는 그녀의 말에 서로 두 손을 움켜잡고 얼마나 울었는지 눈시울이 발갛게 부어오를 정도였다. 그녀는 어린 나이에 어머니를 먼저 일찍 여의었다. 좀 지나 아버지마저 돌아가시면서 그가 라임빛 유리 구두를 주며, 잘 간직하라고 유언을 남겼다고…….

그리고 그녀의 이름은 원래 '베르너스 천'인데, 이국적인 이름 탓에 학교 친구의 놀림으로 언제부터인지 '천수인'으로 불리기 시작했단다. 나도 편하게 그녀를 '수인이'로 불렀다. 또 그녀는 수업을 마치면, 늘 해왔던 것처럼 학교 화장실 변기에 앉아서 교복을 에메랄드빛의 블라우스로 바꿔 입고, 이 숲에 와서 자유를 만끽했다나……. 블라우스 틈새로 살짝 비친 그녀의 속살은 무척 희어 보였고, 이따금 회색빛도 감돌았다. 에메랄드빛과는 사뭇 달라 보였다. 나는 그녀의 변신 덕분에 만날 운명을 갖게 된 걸까.

그런데 오늘만큼은 수인이 보다는 피 흘리고 있을 새가 더 내 마음을 사로잡았다. 이런 적은 거의 없던 것 같다. 새가 죽을지도 모르기 때문일 것이다. 나의 우려스러울 정도의 광적인 새의 집착이 서서히 일어나고 있었다. 얼른 찾아서 늙은 마법사가 파는 약이라도 발라주고 싶었다. 새 몸통의 상처 부위를 샅샅이 찾아가면서 말이다. 나는 먼저 거칠고 가쁜 숨소리를 내쉬며, 다급히 에머튼 선생님의 막대기를 맞고 피 흘리고 있을 새를 창가 아래에서 이리저리 찾았다.

하지만 시름시름 앓고 있을 법한 새는 아무리 찾아도 보이질 않았다. 유령처럼 사라졌다. 괴이한 일이 연이어 일어났다. 아마 장난기 많은 반 친구들이 힘없이 바닥에 떨어져 있는 새의 가느다랗고 연약한 한쪽 다리를 잡고 '휙휙' 돌려 날려버렸을 거라는 생각까지 들었다. 그들의 이름들이 떠올랐다.

젠장, 서영이와 알미안…….

속이 즉시 메스꺼워졌다. 어느 누구에게 하소연해야 할지…….

나도 모르게 눈물이 뺨에 흘러내렸다. 이리저리 찾아도 결국 새는 온데간데없었다. 나는 그 자리에 털썩 주저앉았다. 씩씩한 웃음 따위는 아무 의미가 없어 보였다. 나는…… 새 찾기를 단념할 수밖에 없었다.

그런데 바로 그때 내 앞에서 바람이 잔잔하게 깔리며 땅의 흙이 일더니, 구레나룻이 무성한 에머튼 선생님이 내 앞을 지나가고 있었다. 그는 날 어렵지 않게 발견하고는 정중하게 날 향해 머리를 숙이는 게 아닌가. 나에게 잘못한 일을 해서가 아니라, 날 마치 자신의 상관인양 머리를 조아린 것이다. 이 일을 같은 반 친구들에게 말한다면, 믿을 이가 누가 있겠나, 싶었다. 아마도 그를 정신병원에 구급차로 긴급히 후송할 생각만 할 게 뻔했다.

그러는 사이 시간은 정처 없이 흘러가고 있다는 게 쉽사리 느껴지기 시작했다.

본능적으로 날 애타게 기다리고 있을 수인이가 떠올랐다.

나는 그때서야 그녀가 있는 에메랄드 숲으로 부리나케 내달음쳤다. 오늘처럼 정신없이 서둘러 그녀를 향해 갈 때가 가끔 있었다. 유독 그 참에, 학교 가는 길로 두 블록쯤 지난 길모퉁이에서 날 멀찌감치 지켜보는 아이가 있었다. 섬뜩하거나 놀랄 정도는 아니었다. 그 아이 이름은 '실비아'였다. 종교적 색채가 짙어 보이는 이름이었다. 성은 알 수가 없었다. 그녀의 이름도 겨우 떠돌아다니는 말들을 주워들은 거였고, 성을 애써서 알아내고 싶을 정도로 그녀에게 좀처럼 관심이 가지 않았다. 지금 생각해보니, 실비아가 우아해 보인 망토 입은 그녀와 닮은 것 같기도 했다. 쌍둥이일 리도 없겠지만 말이다. 이건 말도 안 되는 추측이겠지만.

그런데 실비아가 날 '흠모'한다는 말들이 학교에 퍼져있었다. 이를 모르는 동급생들과 선생님은 거의 없었다. 간혹 실비아의 청초한 외모 때문에, 심지어 선생님들조차도 날 부러워하는 눈초리를 보낼 정도였다.

감정이 메말라 있는 나로서는 처음엔 이런 것들을 알 턱이 없었다. 시간이 흐르면서 조금씩 깨달아 갔을 뿐이다. 지금은 그녀가 나에게 동급생 여자 친구가 생긴 것 정도는 알고 있는 듯했다.

내가 수인이를 만나러 서둘러 뛰어갈 때마다, 멀리서 나를 보고 흐느껴 울고 있는 것도 어렵지 않게 느낄 수 있었다. 창백한 얼굴로 실비아는 나에게 마치 이렇게 말하고 있는 것 같았다.

'너의 곁에 있을 수 없는 거니?'

나는 속이 뒤틀려왔다. 어쩔 수 없는 거였다. 수인이 말고는 나의 마음을 사로잡을 수 있는 게 없다고나 할까. 그런데 그녀의 일방적인 사랑, 아니 집착이 결국 차마 입에 담기 어려울 정도의 처참한 비화를 낳게 될 줄이야……. 만일 그게 벗어날 수 없는 운명이었다면, 또 그게 나의 삶이라면…….

9

나는 숲 속 길목으로 바삐 들어섰다. 하지만…… 그녀는 없었다. 희미한 안개만이 발밑에 자욱할 뿐이었다. 한참을 뛰어가서야 그녀를 어렵게 발견할 수 있었다. 나는 웃옷 단추 하나하나까지 꽉 끼게 잠근 에메랄드빛의 블라우스를 입고 있는 수인이 앞에 허리를 구부리고 가쁜 숨을 달래며 멈춰 섰다.

이 숲 속으로 가는 길목에는 환상적인 놀이터를 방불케라도 하듯 난쟁이들이 살 것 같은 작은 고풍스러운 빌라들이 촘촘히 즐비해 있다. 예전 같으면, 내가 아무리 늦더라도 그곳부터 그녀는 미리 마중 나와 다리를 굽혀가면서 마법사 난쟁이의 흉내도 내며, 이곳저곳 기웃거리며 같이 거닐곤 했다. 그녀는 늘 청초해 보였고…….

하지만 오늘만은 에메랄드 숲 속에 빽빽하게 들어선 버드나무가 가파른 절벽에 그림자 진 것을 닮기라도 하듯, 어두운 잿빛이 그녀의 얼굴에 잔뜩 드리워져 있었다. 마법사의 흉내는커녕 고민도 많았는지 머리까지 풀어헤친 모습이, 마치 가지가 축 늘어지고 뿌리마저 새까맣게 썩어들어 간 생기 없는 나무처럼 보였다. 게다가 숲 속의 나뭇가지들이 서로 부딪혀 일어난 거센 소용돌이 바람에, 어느새 교복 대신 갈아입은 에메랄드빛의 하늘하늘한 시폰 원피스가 들러붙어 그녀의 여린 몸을 드러냈다. 그녀의 상반신과 하반신의 나약한 가냘픈 선이 오늘따라 애처로움을 더했다.

"요즘 무슨 일이라도…… 있는 거니……?"

나는 망설임 없이 그녀가 걱정되어 물어봤다.

하지만 그녀는 나의 말을 단 한두 마디의 침통하고 차가운 말로 외면했다.

"전혀……아니야."

그녀는 파르르 떨며 툭 던지는 이런 냉랭한 목소리로 나에게 가까이 다가왔다. 여느 때처럼 그녀의 집게손가락으로 내 가슴에 십자가 표시를 해주고는, 아무 말 없이 나를 따스하게 감쌌다. 그녀는 진지하고 성스러운 나와의 만남을 늘 유지하고 지켜가고 싶다며, 십자가 표시를 하게 됐다고 말해왔다. 그럼에도 오늘만큼은 그녀의 강렬함을 감추지 못했다. 그녀한테서 언뜻 수업시간에 내 목을 휘감은 하얀 실뱀이 연상됐다. 나는 당황해 하면서도 엷은 웃음을 감추기 어려웠다.

'설마 수인이가 네 발 달린 실뱀으로 변해 끈적끈적한 독을 내 목에 분수처럼 뿜어 대지는 않겠지…….'

예전과 확실히 달라진 그녀의 모습이 몹시 놀라웠다. 강렬한 감정과 몸짓을 좀처럼 찾아보기 힘든 여느 때 그녀와는 사뭇 달랐던 것이다. 나를 온전히 받아들이려는 모습이 확실했다. 나는 의심 없이 그녀에게 순응하려 했다.

'왜일까?'

그늘져 보인 그녀는 뭔가 나에게 전해줄 말이 있는 것처럼 보였다. 눈물로 젖은 그녀의 눈동자마저도 형언할 수 없는 여러 감정들이 뒤섞여 있는 듯했다.

'헤어지자는 날벼락 같은 말은 아니겠지.'

나는 초조해졌다. 그런데 어느새 가까이 있었던 나와 수인이가 떨어져 있는 것을 느낄 수 있었다. 수인이가 변덕스럽게도 나를 살짝 밀쳐낸 거였다. 침묵이 흘렀다. 움직이고 있는 것은 유일하게 둘 사이에서 황혼에 반사되어 반짝거리는 미세한 먼지가 떠다니고 있을 뿐이다.

'쳇, 그러면 그렇지. 너를 기대한 내가 잘못이지.'

그녀의 변덕스러운 모습에 실망감이 밀려왔다.

그녀는 어색함을 모면하기 위해서라도 말을 이어가려 했다. 하지만 무슨 말부터 꺼낼지 몰라 머뭇거리는 듯했다.

그녀의 우수 어린 눈빛이 쉽게 감지됐다. 예전과는 다른 심각한 뭔가의 일이 있어 보였다. 그녀의 말을 기다려야 했지만, 어떤 소리도 들려오지 않았다. 적막감이 맴돌았다.

그녀는 마침내 입을 열었다.

"너……몸은 좀 어떠니?"

나는 그녀의 첫 물음에 '네 몸이나 걱정하시지.'라는 냉소적인 생각이 내 머리를 스쳐 지나갔다.

"오늘 새들이 운동장에 많이 날아왔지……. 많이들 죽었니? 불쌍했지? 그리고…… 너, 우리 학교에 졸업반 담당 선생님이 새로 부임해 오신다는 소문 들었니?"

그녀는 내가 말할 틈도 주지 않고, 다급히 두세 가지 질문들을 한꺼번에 쏟아냈다.

"무슨 소문?"

나도 모르게 그녀의 첫 물음에 에머튼 선생님의 보물인 막대기에 맞아 피를 흘리는 새가 떠올라, 순간 멍해져서 내뱉은 말이었다. 나는 곰곰이 정신을 차려가며, 기억을 더듬었다. 다행히 그녀의 질문에 대한 적절한 답변이 떠올랐다.

'내가 왜 미처 그 생각을 못했지!'

나는 그녀 말의 뜻을 간신히 알아낸 것처럼, 살며시 손뼉을 치고는 입을 조심스럽게 뗐다.

"아, 알지. 실력파 선생님, 존 샤인트 K. 한스."

"명문대학을 졸업하고, 미국 대학원에서 고생물학과 국제정치학 박사를 동시에 취득한 천재 선생님이라고나 할까?"

한스 선생님은 당찬 신념의 소유자로 꽤 유명했다. 그의 연구업적은 세계적인 학술지에도 실릴 정도로 뛰어났는데도 대학교수 자리를 마다

하고, 고등학교 학생들을 가르쳐왔다. 게다가 자신이 맡은 학생들을 거의 다 명문대학에 입학시킬 정도로 지혜와 지식, 리더십도 탁월했다. 그를 탐내지 않은 학교는 거의 찾아볼 수가 없을 정도였다. 이름은 '샤인트 한스'이라나 뭐라나. 대체로 이름보다는 '실력파 선생'으로 통했다.

그런데…….

곰곰이 생각한 끝에서야 그녀가 뭘 묻고 싶은 건지 조금씩 추측해 갈 수 있었다. 안타깝게도 한스 선생님은 이전 학교에서 큰 말썽을 일으킨 나머지 실력파 교사였음에도 불구하고, 교사직에서 파면 당했다. 이 소식은 방송에도 나올 정도로 전국이 떠들썩했다. 하지만 놀라운 것은 그가 왜 파면 당했는지 아는 사람은 소수에 불과했다. 아니, 없다고 볼 정도였다.

항간에 떠도는 말로는, 그가 학교 수업 중에 '배설과 생식기능이 분리되지 않은 새들의 생식기관'의 이야기를 인간의 남녀 생식기관과 비교해가면서, 아무 여과 없이 노골적으로 열띤 강의를 했다는 거다. 심지어는 '닭 날개를 먹으면, 왜 바람이 나는가?'라는 호기심 어린 질문들을 내놓고는, 닭 날개를 남성 경험이 풍부한 여성의 깊고 은밀한 작은 부위로 빗대어 표현하기도 했다. 그 내용을 듣던 학생이 교육부에 그 글을 '총배설강'이란 제목으로 재미삼아 게시한 것이 눈덩이처럼 문제가 커지고 만 것이다. 나중에 한스 선생님이 수업시간에 말한 내용이라는 것이 밝혀져, 그가 파면됐다는 소문이다. 교육부 홈페이지에 올린 글은 즉시 삭제됐고, 그는 '음란죄'로 파면당한 꼴이 돼 버렸다고 한다.

그럼에도 가람국제고는 그를 원한 것이다. 우리 학교는 전국의 상위권 학교이지만, 최근 몇 년 동안 명문대 진학률은 계속 내리막길이다 보니, 학교 입장에선 그가 어떤 일로 파면 당했는지가 그리 중요하지는 않았던 모양이다. 학교 당국은 무조건 실력파 교사가 필요했다. 나로서는 그가 '야설' 같은 강의를 늘어놓았다고 해도 교단에서 파면시키는 건, 당국의 무리한 조치라고 생각해왔다.

'무덤을 도굴하거나, 떨어진 새를 구워 먹을 정도로 야만적인 것도 아니고…… 잠도 깨고 좋은데…….'

이건 대다수 남학생들의 정서가 아닐까 싶다.

그런데 수인이는 그런 선생님이 싫었나 보다. 그도 그럴 것이 내가 그녀를 탐하려고 기회를 엿보기만 해도 완강히 거부하는데 말이다. 언젠가 한두 번 없는 용기까지 내어 그녀의 흰 속살을 보려고 웃옷 단추를 풀려고 하면, 그녀는 창백하게 질린 얼굴을 하며, 정색하곤 했다. 마치 내가 성추행 범이 된 것만 같아 가끔은 울적해지기까지 했고. 그래도 난 짓궂게 그녀의 마음속을 꿰뚫어 보고 싶었고, 거리낌 없이 불쑥 내 속내를 드러내곤 했다.

"너, 그가 야한 선생님이라서 싫은가 보구나……."

"으으응, 좀 그렇지……"

"솔직히 말해봐! 좋으면서 크크, 응큼하긴……."

나는 들리듯 말듯 장난기 있게 말꼬리를 흐렸다.

"아니, 그 그 그게 아니고, 그의 지혜만큼은……. 집에 가자, 나 피곤하네. 그리고 나, 이젠 통금 시간이 생겼어. 집에 일찍 들어가 봐야 해."

그녀는 이 말만 어렵게 내뱉고는 입을 굳게 다물고 말았다. 아무리 생각해봐도 그녀가 오늘은 왠지 이상해 보였다. 뭔가 감추는 듯했고 슬퍼 보였다. 장난 어린 말만 해도 내 오른쪽 뺨에 살짝 입맞춤해 주곤 했었는데…….

행여나 한스 선생님이 우리 학교에 부임한다 해도, 대학 입시가 임박

할 때라서 당연히 그는 발등에 불이 떨어진 졸업반을 주로 맡을 것이 뻔했다. 2학년인 그녀가 직접 그와 부딪힐 일은 거의 없는데 말이다.

여하튼 그녀는 끝내 눈살을 찌푸리면서까지, "집에 가자."라는 말을 쉽게 내뱉고 말았다. 항상 먼저 나에게 "갈까?"라고 간신히 묻던 그녀였는데…….

'가끔은 그녀와 자정이 넘도록 밤새껏 얘기한 적도 있었고. 그때마다 신기하게 수십일 굶어 비실해 보이는 개구리와 도마뱀 둘이 우리 앞에 얼씬거렸단 말이야. 어디에선가 애호박 하나가 떨어져 굴러 오기도 하고. 그런데 따다 남아 붙은 이것의 잎줄기도 가을 서리를 된통 맞았는지 흐물흐물 거리며, 맥을 못 추는 듯했어. 아무튼 내가 오늘은 좀 장난이 심했나?'

나는 그녀가 가지 못하게 치맛자락이라도 잡고 싶은 심정이었다. 뭐라고 딱 꼬집어 말할 수는 없지만, 원래부터 소심한 구석이 있는 수인이가 오늘은 여러 일로 예민해진 나머지 그랬을 듯싶어 대수롭지 않게 생각하려 했다.

그보다 그녀를 만날 때부터 나의 신경을 곤두세우게 하는 게 있었다. 기대고 서 있는 십여 미터 높이의 말채나무 위쪽에서 가끔씩 '바스락' 거리는 소리가 났다. 낯선 그림자도 어른거리는 듯했다. 그곳에서 누군가가 줄곧 날 지켜보고 있는 듯한 느낌을 쉽게 지울 수가 없었다. 계곡에 자생하는 키 큰 나무라서 자세히 올려다볼 수 없는 게 안타까웠다. 혹시 날 흠모하는 실비아가 질투심에 여기까지 미행해 온 거겠지 하고 의심해보니까, 이번만큼은 소름이 확 돋았다.

분명 말채나무 위쪽임에 틀림없었다.

'설마 그 아이가 저 나무 위쪽까지 올라가기야 하겠어.'

나는 호기심에 위를 슬쩍 쳐다봤다. 하지만 열매와 잎사귀가 빽빽할 정도로 무성해서 더 이상 뭐가 있고 없고가 가늠이 되지 않았다. 아니면, 오늘 학교 운동장에 날아든 새들이겠다 싶었다. 내가 괜한 걱정을 하는 건 아닐까.

그녀의 심기는 나와는 달리 아무렇지 않아 보였다. 그녀는 가던 걸음을 멈추고 텅 빈 나무 위만 쳐다보는 내 모습이 피곤하고 짜증났나 보다.

"얼른 가자니까!"

그녀는 참다못해 내 소매를 잡아끌었다. 얼마나 그녀가 힘껏 잡아당겼는지 그녀의 풀어헤친 머리가 내 뺨까지 때려버렸다.

그날 밤 꿈만큼은 내가 기어코 수인이와 깊은 사랑에 빠질 것을 결심해 봤다. 나는 '잘 될 거야.' 하며 스스로를 위로도 하면서, 일찍 잠자리에 들었다.

결국은 꿈속에서마저도 그녀는 나의 손길을 거부하고 있었다. 그녀의 손은 칼날처럼 번득이며, 나의 손가락을 비어버렸다. 그러다가 나무 위쪽에서 시커멓기도 하고, 에메랄드빛까지도 나는 날개 달린 짐승이 나를 덮치는 게 아닌가. 무시무시한 악몽이었다. 나는 새벽녘인가…… 잠에서 깨고 말았다. 간담을 서늘하게 한 꿈이 내 잠자리를 어지럽힌 것이다.

게슴츠레 한 눈으로 악몽에 시달린 탓인지 식은땀에 베게 잎이 흠뻑 젖어 있었다. 혹시 어제 저녁에 그녀와 겪었던 일들이 악몽으로 등장했나 싶었다.

'그러면 나무 위에 있었던 건 뭐였지? 박쥐였을까? 꿈에서는 박쥐보다 컸었고 시커멓지만은 않았는데…….'

이런 여러 상념이 교차하다가, 내 눈은 스르르 감겨왔다. 그 후론 시간이 멈췄는지 흘러갔는지 도무지 감지조차 되지 않았다. 나는 어느 누구에게도 인정받지 못하는 쓸모없는 잡초가 되어 간다는 생각에, 스스로를 가위 누르듯 짓누르고 있었다.

갑자기 내 방의 문이 '쾅쾅' 울려댔다. 순간 날개 달린 짐승이 연상됐다. 현실과 꿈이 뒤섞였다. 나는 새파랗게 질려 버렸다.

제2장

숲 속 비밀을 알게 된다면

1

“아침이야, 또 학교 늦겠다. 어서 일어나라니까!”

“휴……”

다행히 어머니였다. 그녀의 다급한 목소리가 집안에 울려 퍼졌다. 늘 그랬듯이 또 틀에 박힌 일상이 시작되고 있는 거였다. 그녀는 자신의 아들이 조금이라도 지각하는 꼴을 못 봤다. 그녀는 5분 정도 지각하는 학생이라도 교실 뒤로 내보내 수업 내내 손들고 서 있게 한다는데.

‘가끔은 자상하기도 하지만…… 얄미운 엄마다!’

그래도 그녀의 카랑카랑한 으름장 놓는 목소리에 내 눈이 번쩍 띄었다. 악몽에서 벗어났다고나 할까.

진청 재킷에 흰 스카프를 목에 두른 그녀는 내 방에 성큼성큼 들어오더니, 창문을 활짝 열고 붉은 톤의 아기 곰 세 마리가 그려져 있는 커튼까지도 걷어냈다. 순간 내 눈 각막을 손상시키기에 충분할 정도로 뜨거운 태양 빛이 확 쏟아져 들어왔다. 그녀가 내 방 커튼을 확 걷어낸 후유

증인 셈이다.

“가온아, 학교 안 갈 거니! 허구한 날 어딜 그렇게 싸돌아다니는 거야. 너도 엄마처럼 열심히 해야지!”

그녀는 매번 게으른 건 절대 용납하지 못한다는 어투로 날 나무라곤 했다. 그도 그럴 것이 그녀의 부지런함과 성실함 덕분에 내가 학교를 다니고 있는 거겠지만 말이다.

나는 그녀의 잔소리를 귀에 못 박히게 들은 지라, 귀찮은 나머지 한 귀로 흘렸다. 하지만 흰 스카프로 촘촘히 가린 어머니의 목만큼은 내 마음에 걸렸다.

“근데……엄마, 목은 좀 괜찮아?”

“다행히 붓기는 사라졌더라고. 피부색은 좋지 않지만, 아프지는 않은데…… 학교일 때문에 병원에 갈 시간이 좀처럼 나지 않네.”

그녀는 하던 말도 맺지 않고 얼굴까지 찡그리며, 현관문으로 바쁜 걸음을 재촉했다.

‘시간이 없는 게 아니라, 돈이 없거나, 거기에 쓰는 게 아까운 거겠지.’

나는 그녀의 말이 이렇게 풀이됐다. 하지만 이렇게 매사 알뜰하고 성실한 어머니인데도, 아들이 밥을 챙겨 먹고 다니는지에 대해선 관심이 전혀 없어 보였다. 그녀는 요즘 들어 학교 일로 무지 피곤했는지 아들 밥 주는 것도 잊은 채 일찌감치 잠자리에 들곤 했다.

어젯밤엔 전기밥솥에 쌀 한 톨도 없었다. 있는 거라고는 그녀가 반쯤 먹다가 말아버린 퉁퉁 불은 국수만이 있을 뿐이었다.

평상시에 내가 국수 먹자고 하면, 그녀는 얼굴을 붉혀가면서까지 ‘우리가 새냐?’고 질색했었는데. 하지만 무슨 바람이 불었는지 며칠 전부터 국수 먹는 횟수가 부쩍 늘어나고 있는 게 아닌가.

나는 홧김에 음식물 쓰레기통에 국수를 처박듯이 버렸다. 그 대신 배고픔에 못 이긴 나머지 식탁에 있는 쿠키를 주워 먹고 자 버렸다. 아침에 일어나 보니 먹었던 과자 봉지가 그대로 식탁 위에 있었고, 부서진 쿠키 한 조각은 거실 바닥에 떨어져 나뒹굴고 있었다. 지각이 예감된 터라, 주린 배를 채우기 위해서라도 얼른 쿠키를 두세 개 주워 먹고, 남은 건 봉지에 담아 가방 깊숙이 넣었다. 학교에 가서 먹어야 했다.

나도 모르게 순간 아버지 없는 설움이 복받쳤는지, 눈물 한 방울이 소리 없이 내 볼을 타고 흘렀다. 나는 툭툭 털어버렸다. 나에겐 어머니가 있지 않은가.

그래도 쿠키 한두 조각 덕분인지 몰라도 뱃속이 차츰 따스해지면서 힘이 솟아났다. 잘 보이지 않던 낡은 벽시계도 내 눈에 들어왔다. 하지만 새끼손가락만 한 배터리로 작동되는 그 시계는 11시 10분을 가리킨 채 죽어 있었다. 심지어 저 멀리 보이는 거실에 있는 괘종시계도 멈춰 있었다. 하는 수 없이 바닥에 뎅그러니 떨어져 있는 베이지색 리모컨으로 텔레비전 시계를 확인할 수밖에 없었다.

텔레비전을 켜자마자, 스포티한 간편한 옷차림을 하고 있는 기자가 등장했다. 그답지 않게 입에서 격양된 목소리가 흘러나왔다.

"미국 아칸소주 비브시에서 자그마치 5천 마리의 찌르레기 붉은 날개의 검은 새가 처참하게 죽어 있습니다. 한마디로 떼죽음입니다……."

이 보도와 함께, 지붕과 거리에 새의 시체로 뒤덮인 영상이 아무런 여과 장치 없이 고스란히 드러났다.

'아, 세상에나……하느님 맙소사!'

나는 깜짝 놀라 뒤로 주춤했다. 기이한 일이었다. '버드 스트라이크'로 수십 수백 마리의 새가 죽는 건 이에 비하면 아무것도 아닌 거였다.

새들이 불쌍했지만 기상 이변 탓이려니 애써 생각하고, 스크린 오른쪽 모퉁이에 있는 디지털시계를 봤다. 정확히 7시 42분을 표시하고 있었다. 새떼 죽음과는 비교가 안 될 정도로 가슴이 답답해 올라왔다. 나 말고는 그 다른 어떤 것도 걱정할 여유가 없었다. 가람국제고는 지각을 한 번이라도 하게 되면 매몰차게 불성실한 학생으로 낙인찍고, 학생부에도 기록하는 등 엄격한 학사관리를 해왔기 때문이다. 나를 이 같은 학교로 보낸 어머니가 오늘따라 더욱더 원망스럽기도 했지만, 이미 엎질러진 물이었다. 아무리 늦어도 8시까지는 학교에 도착해야 하는데 말이다.

나는 긴장한 나머지 갑자기 재발한 수전증을 느껴가며, 텔레비전 리모컨을 들어 올려 '끄기' 전원 버튼을 누르려 했다. 그 순간이었다. 또 다른 영상이 내 눈을 사로잡았고, 기자의 목소리도 어김없이 흘러나왔다.

"오늘이 2005년에 서거한 에른스트 마이어의 추모 날입니다. 20세기 다윈으로 불렸던 그는 '세상이 순수 인간 중심으로만 돌아가지 않는다.'고 해서 한때 큰 반향을 불러일으킨 유명한 미국 하버드대 명예교수 출신 진화생물학자였습니다. 하지만……"

그의 보도가 흘러나오자마자, 생중계였는지 대중들의 피켓시위와 에른스트 마이어의 화형식도 거행됐다. 비판의 음성들이 거세게 나오면서, 기자는 하던 말을 잠시 멈추고 만 것이다. 아마도 광신적인 창조론자들에 의한 시위인 듯했다. 그의 모습을 한 '인형'이 검은 연기와 함께 활활 불타올랐다. 이와는 대조적으로 그들과 마주하고 있는 반대편 광장에선 그를 천재 과학자로 부르며, 축제의 한마당을 열고 있었다.

에른스트 마이어……. 지금은 저세상으로 간 조류학자인 아버지가 그 때문에 한때 불면증도 걸렸다고 했다. 기독교 열성 신자인 아버지는, '인간은 신이 사랑하는 특별한 존재가 아니라, 동물과 동격.'이라는 에른스트 마이어의 말이, 그를 항상 괴롭혀왔다는 게 그 이유였다.

사실 나는 에른스트 마이어에 대해선 아는 게 별로 없다. 하지만 그땐 아버지가 도저히 이해가 가지 않았다. 그가 단지 세상에 주목받고 싶어서 상식과 배치된 말을 떠들어댔다고 생각될 뿐이다.

아니, 세상이 순수 인간 중심으로 돌아가지, 그러면 상식적으로 강아지, 참새, 말, 고양이, 반인반수 중심으로 돌아간다는 말인가. 억지 논리를 아버지가, 그것도 학자나 되는 분이 머리를 싸매며 고민까지 했다는 게 전혀 납득이 가지 않았다.

나는 그렇지만…… 아버지와는 전혀 다른 이유로 그를 어떤 누구보다 싫어한다.

나는 그가 싫은 이유를 다윈의 계보를 잇고 있다는 점에서 찾고 있다. 다윈은 내 턱을 내갈긴 알미안처럼 재벌 2세쯤 되는 부유한 가정에서 태어나, 호의호식하며 평생 돈 적정 없이 자신의 연구에만 집중한 학자로 알려져 있다.

다윈은 나처럼 배고픈 사람들이 스스로 돈 벌면서 학자가 되겠다고 한다면, 뭐라고 말할지 궁금하다. 아마 그는 '연구에 전념하고, 논문이나 쓸 것이지, 학자가 밥벌이는 왜 걱정하고 난리야!'라고 말도 안 되는 싸늘한 조언을 하지 않을까, 싶다.

'인간적이지도 않은데다가, 현실도 모르는 돼지 같은 학자 나부랭이 다윈! 그리고 에른스트 마이어!'

이 같은 생각에 넋 놓고 있는 사이, 시간은 정처 없이 지나가고 있는 것 같았다. 얼른 텔레비전부터 꺼야 했다.

다행히 시간이 많이 지나가지는 않았다. 그래도 허겁지겁 양치질하고 고양이 세수를 한다 해도 10여 분 정도밖에는 남지 않는다. 백 미터 단거리 육상 선수처럼 뒤도 돌아보지 않은 채 뛰어야 했다.

상황이 이렇다 보니, 어머니의 탓으로만 돌릴 정도로 뻔뻔하지도 못했다. 세수를 하는 둥 마는 둥하고 교문을 향해 무조건 뛰었다. 공기는 축축했고, 찬 기운이 돌아 어깨를 잔뜩 움츠릴 수밖에 없었다. 울퉁불퉁한 자갈밭의 오솔길을 뛸 때가 가장 힘들었다. 다행히 운동화 밑창에는 신기술의 공기 조절 쿠션이 있어 아프지는 않았다.

어제 저녁도 뛰고, 오늘 아침도 뛰고……. 남들이 보면 마치 육상종목의 금메달 유망주로 오인할 정도였다. 한참을 아무 생각 없이 뛰다 보니 어느덧 멀찌감치 옅은 갈색의 조금은 녹슬어 보이는 우리 학교 교문이 보였다. 내 뒤로 한두 명 정도가 뒤처져 오고 있을 뿐이었다.

멈춰 서서 손목시계를 보니 다행히 1분 정도 남아 있었다. 숨을 들이마시고 다시 뛰려고 앞을 내다보니, 학생들이 교문 앞에 구름처럼 모여드는 게 아닌가. 예전 같으면 이 늦은 시간에 교문 앞에는 아무도 없었고, 있다 해도 턱수염과 콧수염이 덥수룩한 경비실 아저씨가 교문을 닫기 전에 빗자루로 낙엽 정도 쓸고 있었을 텐데.

자세히 보니, 교문 앞 게시판에 학생들이 모여들고 있었다. 점차 늘어나더니 발 디딜 틈이 없어 보였다. 운 좋게도 지각은 아닌 것 같았다.

'무슨 일일까?'

어슴푸레한 공지 글이 궁금해졌다.

나는 태연한 척하며, 게시판 앞에 모여 있는 그들 틈 사이를 비집고 들어갔다. 내가 남자였지만, 호리호리한 몸매를 갖고 있는 덕분에 손쉽게 이리저리 틈새를 뚫고 게시판 앞까지 갈 수 있었다. 바로 내 코 가까이까지 게시판이 다가왔다. 선명했다.

공지합니다.
한스 선생님이 오늘부로 부임합니다.

한스 선생님이 부임한다는 공지였다!

학생들이 이렇게까지 그에게 관심을 갖고 있었다니, 기대 이상이었다. 공지 아래에는 그의 화려한 이력이 우리의 마음을 사로잡았다.

학생들의 환호성이 가난한 음악가의 교향곡처럼 애절할 정도로 학교 운동장에 울려 퍼졌다. 축제 분위기였다. 특히 졸업반으로 보이는 선배들의 얼굴에는 웃음이 가득했다. 그들은 왜 한스 선생님이 '교사직을 파면 당했었는지'에 대해선 전혀 관심이 없어 보였다. 오로지 졸업 후에 명문대학을 보내줄 '구세주'가 온 것에 대한 기쁨만을 누리고 있는 듯했다. 나도 사실 그들과 별반 다를 게 없었다.

엄밀히 말하면, 그가 어떤 이유로 파면 당했던지 간에 내 알 바 아닌 거였다. 나는 원하는 대학 가서, 안정된 일자리를 갖고 새들을 연구하며 살고 싶을 뿐이었다.

나는 잠시 생각을 멈추고 교실로 들어가려고 발걸음을 옮기려 했다. 그런데 내 옆쪽에서 아니, 아주 가깝게 수인이도 게시판 글을 읽고 있었던 게 아닌가!

그녀는 에메랄드 숲에서처럼, 뭔가를 슬퍼하면서 걱정스러운 듯 우두커니 게시판만을 바라보며 서 있었다. 내가 옆에 있다는 건 알고나 있는 건지. 나는 순간 그녀에게 말걸 용기가 나지 않았다. 우리 사이는 비밀이었고, 어제오늘 갑작스러운 그녀의 심경 변화에 어리둥절하기도 해서였다. 그때 내가 말을 걸었다면, 그녀는 펑펑 울음을 터뜨렸을지도 모른다. 난 조용히 아무 일 없는 듯, 따사롭게 비추는 한줄기 주홍빛 햇살을 등진 채 터벅터벅 교실로 들어섰다. 그녀도 한동안 서 있더니, 체념한 듯 교실로 발을 옮기는 모습이 내 눈에 확연히 들어왔다.

수업이 끝나면, 못다 한 얘기를 해보자. 마지막 수업을 알리는 종소리. 그 소리는 나의 고민, 아니 고통을 조금이라도 달래줄 수인이를 언제라도 만나게 해줬다. 게다가 그녀와 오랜 시간을 함께 할 것이라는 기대만큼은 만끽하게 해줬다. 이게 오래 지속될지, 못할지는 도저히 그땐 예감할 수 없었다.

오늘도 운동장엔 어제만큼이나 새들이 날아들어 매가 연상되듯 빙글빙글 원을 그리며 돌고 있었다. 나는 모든 걱정거리들을 떨쳐낼 것처럼 힘껏 기지개를 켰다. 별 탈 없이 오늘 하루가 이렇게 흘러가는 듯했지만…….

2

초롱초롱한 옅은 하늘색 눈동자에 코가 유난히 뾰족한 로즌 선생님이 여느 때와 달리 첫 시간부터 골머리가 아픈 등차, 등비수열인가를 설명하고 있었다. 마치 하릴없는 귀족들의 난해한 숫자놀음에 불과해 보였다.

게다가 수업 진도도 무지하게 빨라, 도저히 이해하기 어려웠다. 그러다 보니 나도 모르게 머릿속으로 이미 수학자들의 몸을 하나씩 펄펄 끓는 물에 담금질하고 있었고, 로즌 선생님도 절대 예외가 될 수 없었다. 한숨만 절로 나왔다.

그나마 등차수열은 쉽게 따라갈 수 있었지만, 등비수열 계차수열의 설명을 연이어 들을 때는 외계언어 같아 내 머리가 도저히 따라가지 못했다. 아랫배조차 편치 않았다.

로즌 선생님이 잘 가르치지 못해서라고 스스로를 위로하기도 했다. 그녀는 일주일 정도 남짓한 결혼식을 준비하느라 교재 연구도 하지 않은 채, 흥분에 들뜬 목소리로 가르치고 있었기 때문이리라.

하지만 이렇게 내 자신을 위로한들 아무 소용없었다. 크게 스트레스를 받아서인지, 쿠키 몇 조각만 먹고 아침밥도 거른 내 배가 부글부글 끓기 시작했다. 5분만 늦어도 며칠 전에 돈 아껴가며 샀던 값비싼 메이커 바지가 '설사' 덩어리로 흠뻑 젖을 태세였다. 수업에 도무지 집중할 수가 없었다.

옆에 세진이는 내가 잠을 자지 않나 감시하듯 가끔 힐끗힐끗 쳐다보면서, 수업에 집중하느라 정신없어 보였다. 하지만 내 앞에 찬수는 밤에 뭐했는지, 수업 시작한 지 20분도 채 지나지 않았을 때부터 입 쩍 벌리며 하품만 해대더니 벌써 그 친구 머리가 만유인력의 법칙을 못 견디고 책상 바닥에 맞붙고 말았다. 얼굴은 윤곽이 뚜렷하여 장군의 조각상까지 닮았는데 말이다.

'흠, 미래도 꿈도 없는 녀석!'

나는 수업에 도통 관심 없고 잠만 자는 친구들에게는 거침없이 이렇게 말해 주곤 했다. 교탁 앞에 서영이도 '무녀'라는 책이 오늘은 별 흥미를 못 느꼈는지 찬수처럼 졸린 눈으로 하품만 해댔다. 그런데 지금은 남일 걱정할 때가 아니었다. 다급하게 오른팔을 번쩍 들어 로즌 선생님에게 나의 위기를 설명하고, 확 달아나듯 교실 문을 걷어차다시피 열어재끼고 화장실을 향해 질주했다.

나의 허둥대는 소리에 놀라 어렵사리 깨어난 찬수는 어안이 벙벙했는지, 주변을 돌아봤다. 그러고는 별일 없어 보였는지 그 자리에 쓰러지듯 다시 잠속으로 천천히 빨려 들어가는 그의 모습이 저 멀리 교실 문 틈새로 보일락 말락 하다가 사라져갔다. 내 머리 뒤에서 들려왔던 반 아이들의 '왁자지껄' 대는 소리도 점차 희미해져 갔다.

우리 학교는 겉보기에 유럽의 박물관처럼 돌기둥까지 있을 정도로 고전미가 넘치고 화려하다. 하지만 화장실은 지저분하기로 유명하다. 배수 처리가 미미한 탓에 일을 다 본 후에도 아래에서 올라오는 고약한 냄새가 코끝을 자극한 나머지 토 나올 듯하고, 벽 사방엔 팔다리를 잃은 여인들의 나체가 우스꽝스럽게 그려져 있었다. 그래도 화장실이 지저분한 건 그나마 견딜만했다.

가장 곤욕스러운 건, 화장실 가는 길이 어쩔 수 없이 외부 주요 인사들이 자주 들락거리는 교장실을 지나갈 수밖에 없다는 거다. 거기에서는 지금처럼 급한 와중에도 새색시 걸음으로 총총히 걸어가야만 하니, 여러 가지로 환장할 노릇이다.

그런데 바로…… 그때였다.

교장의 조용하고도 나지막한 목소리가 교장실 문틈으로 새어 나왔다. 또렷이 들려오지는 않을 듯싶었다. 바지가 반갑지 않은 손님인 '설사'로 흠뻑 젖을 수 있어 교장의 말에 도저히 집중할 수도 없었다. 심지어 운동장에는 반 대항 소프트볼 야구 시합과 풍물놀이로 흥을 돋우는 응원으로 떠들썩했다. 그럼에도 교장의 목소리는 어김없이 흘러나왔고, 내 귀에 쩡쩡 울려댔다.

"날개 얘기는 학생들한테 하지 말아주십쇼."

그가 정중하게 말을 꺼내는 목소리가 멀찌감치 들려 나왔다. 여러 소리들이 시끄럽게 뒤섞여 있었지만, 신기하게도 교장의 말만은 또렷이 들려온 것이다. 한스 선생님이 분명히 그 자리에 있었을 텐데, 그의 목소리는 좀처럼 들리지 않았다.

나는 문득…… 우리 학교의 재정이 넉넉하다 보니, 체육관이나 강당에서 그의 부임을 성황리에 축하하려는 행사를 암암리에 계획한다는 생각이 들었다. 학생들이 높이 올린 깃발, 어른 키만 한 촛대, 그리고 백파이프와 오르간 연주가 내 머릿속을 스쳐 지나갔다. 거기에 날개까지 등장한다는 말인가? 나의 호기심을 달래기라도 하듯이 교장의 말소리가 또 다시 교장실 문 틈새로 새어나왔다.

"이런 말은 하지 않으려 했는데…… 조변림 사건 기억하오? 처참하게 죽지 않았소. 다시는 학생들에게 그런 얘기는 하지 말아주시오!"

그제야 한스 선생님의 기어들어가는 소리가 들려왔다.

"그렇게 하겠소."

마침내 그의 냉랭한 기운이 섞인 짤막한 대답이 흘러나온 것이다.

'날개? 조변림? 말하기 꺼려했던 그 비밀의 숲 이름……. 조변림은 새가 사람처럼 큰 똥을 싼 게 수북이 쌓여있는 숲을 가리키는 말인데……. 그게 바로 '에메랄드 숲'을 말하는 거였다!'

주인이 주는 먹잇감을 기다리는 애완견처럼 두 귀를 쫑긋 세운 나는, 내 귀까지 의심했다. 이게 무슨 말인지 도저히 알 수가 없었다. 한스 선생님의 부임 축하 행사를 말하는 게 아니라는 건 확실해졌다.

교장은 그의 대답이 왠지 석연치 않았는지, 당부하는 말로 바꿨다.

"제발이요. 한스 선생님! 날개에 대한 그 두툼한 문서들도 불살라 버려주시면, 안 되겠습니까? 그리고 신데렐라와 워싱턴정가 얘기가 아이들 입시에 아무 상관 없지 않나요?"

'날개 문서? 그건 또 뭐야. 워싱턴 정가? 정치 얘기 같은데, 또 웬 신데렐라 동화? 아, 너무 복잡해.'

더 이상 생각할 여유가 없었다. 내 뱃속에서 요란하게 요동치는 소리 덕분에, 내 자신도 모르게 화장실이 아닌 교장실 앞쪽에 멀찌감치 멈춰선 내 자신을 인식할 수가 있었다. 화장실로 허둥지둥 달려갔다. 화장실에 들어서자마자 입구 앞에 있는 첫 번째 문을 열어봤지만 굳게 닫혀 있었다. 심지어 다른 두 개의 문 바로 위로 잿빛 담배 연기가 모락모락 쉼 없이 올라오고 있었고, 남녀의 몸이 한데 뒤엉킨 것 같은 작은 신음소리도 들려왔다.

"아이, 이런 썩을 놈들 수업은 듣지 않고……"

잔뜩 얼굴을 찡그린 나는 맨 끝에 마지막 남은 화장실 문을 힘껏 열어 재꼈다. 다행히 아무도 없었다. 하지만 바지 허리띠를 풀기도 전에 예상치 못한 일이 터지고 말았다. 이미 내 몸 밖으로 누런 설사가 고약한 냄새를 풍기며, 덩어리째 바지를 관통해서 내 다리 밑으로 흘러내려오고 있는 게 아닌가. 고약한 냄새가 진동해 댔다.

"으아아아아……읍!"

나도 모르게 괴성이 터져 나왔다. 하지만 교장과 한스 선생님의 비밀스러운 대화를 못 들은 척하기 위해서라도 내 입을 주먹으로 급히 틀어 막아버릴 수밖에 없었다.

3

나는 냉큼 문 앞에 걸려있는 두루마리 휴지를 잔뜩 빼어 들었다. 그걸로 털이 덥수룩한 내 다리와 엉덩이를 이리저리 대충 닦아냈다. 하지만 털 속의 남은 배설 찌꺼기와 냄새만큼은 지우기가 쉽지만은 않았다. 시간이 쉴 새 없이 흘러가고 있는 터라, 찜찜한 채로 곧장 교실로 들어갈 수밖에 없었다. 늦게 들어가기라도 하면, 히스테릭한 로즌 선생님의 잔소리를 이겨낼 자신이 없어서였다. 하지만 이러한 어설픈 나의 판단은 내 자신을 더욱더 곤욕스럽게 했다. 학급 친구들뿐 아니라, 로즌 선생님도 미처 말끔히 지우지 못한 내 몸의 똥냄새 때문에, 코를 두 손으로 쥐어 잡고 난리가 난 것이다. 다들 나보고 들어오지도 말고 똥냄새부터 지우고 오라고 소리를 버럭 질러댔다. 그 바람에, 나는 급히 되돌아서서 곧장 샤워실로 향할 수밖에 없었다.

이날은 똥 냄새를 지우기 위한 잔혹한 날이었는지도 모르겠다. 나는 리듬체조 선수들이 주로 사용하는 체육관 3층 샤워실에 가서 얼마나 많이 씻었는지 내 엉덩이 살점이 벌겋게 부어오를 정도였다. 그래도 신의 축복을 기다리듯, 혹시나 내 친구 성호처럼 샤워를 갓 마친 벌거벗은 리듬체조 선수를 볼 수 있을까, 해서 빠끔히 샤워실 문틈으로 들여다봤다. 내 친구 수인이에겐 이 말은 차마 할 수가 없을 것 같았다.

하지만 제기랄! 멀리서 암컷 쥐새끼 한 마리만이 날 비웃기라도 하듯, 날 힐긋 쳐다보고 통통 튀기며 붉게 녹슨 환기통으로 숨어 버리는 게 전부였다.

그날은 설상가상으로 오전 내내 교실에도 들어가지 못했다. 점심때는 내가 손수 빤 젖은 옷차림으로 또다시 집에 가서 새로운 교복으로 갈아입고 학교로 되돌아올 수밖에 없었다. 수업은 어떻게 지나갔는지 알 수 없을 정도로 정신없이 지나가 버렸다. '똥'과의 전쟁이라고나 할까.

오늘 이 일로 수인이에게 할 말이 참 많았다. 위로도 받고 싶었고. 하지만…… 그녀에게는 나의 마음이 전해지지 않은 듯싶었다.

어김없이 학수고대했던 방과 후가 찾아왔지만, 그녀는 나에게 다가와서 예전보다 더 어두운 얼굴을 드러냈다. 내 가방에 슬며시 쪽지를 넣어주고는 내 눈앞에서 그녀는 멀어져 갔다. …… '몸이 아파 에메랄드 숲은 다음에……'라고 적힌 쪽지만이 내 가방에서 이리저리 헤매고 있었다. 그녀는 힘이 하나도 없어 보이는 발걸음을 재촉하듯, 교문 밖을 나서는 게 아닌가.

그녀가 이렇게 아픈 적은 거의 없었던 것 같다. 그녀가 서서히 사라지는 모습을 지켜보며, 나도 모르게 '왈칵' 눈물이 쏟아질 뻔했다. 나는 하루라도 그녀를 보지 않으면 마음이 아팠던 모양이다.

수인이는 한스 선생님이 우리 학교에 부임해오기 전과는 너무나 다른 모습을 보였다. 이것만은 확실했다. 어제 에메랄드 숲…… 그리고 아침 등굣길에 그의 부임 소식 등이 그녀를 한없이 우울하게 몰아가고 있는 게 아닐까 싶었다. 그것 말고는 집히는 게 아무것도 없었다. 청초하고 발랄한 그녀의 예전 모습은 가뭇없이 사라져 가고 있었다. 신기루처럼 아른거릴 뿐이다.

'날개…… 죽음…… 문서…… 신데렐라…… 워싱턴 정가'

교장이 한스 선생님에게 했던 말들이 암호 코드처럼 내 머리를 스쳐 지나갔다. 혹시 이런 것들 때문에 수인이가 고민하는 걸까, 하는 생각까지 들었다.

속 좁게 그의 '야설 강의' 때문만은 아닐 것이다. 그런데 설마…….

'아, 신데렐라? 맞아! 수인이와 친해진 것도 그녀의 벗겨진 유리 구두 때문이었지. 그때만 해도 수인이를 '나의 신데렐라'라고 생각했었잖아. 그리고 우리가 만날 때마다 자정 넘어 나타났던 개구리, 도마뱀, 호박…… 신데렐라 동화에서는 말, 마부, 마차로 등장하잖아!'

하지만 이런 말 같지 않은 생각을 하고 있는 내 자신이 무척이나 한심해 보였다. '신데렐라'라는 건 상상 속에서나 있는 등장인물인데 말이다.

'아니다. 아니야. 현실에서는 없다고. 게다가 이것들은 배고픔에 찌들었고, 호박은 몹시 작은데다가 시들했잖아. 또 수인이는 신데렐라답지 않게 유리구두가 자주 벗겨졌고, 가끔씩 뒤뚱거리며 발이 아프다고 호소했는데……. 그건 말도 안 되는 추측이지. 암, 당연하겠지. 교장이 말한 조변림 사건은 뭐지? 그것부터 풀어볼까? 지난 신문들을 열람해 볼까?'

내 머리가 복잡하게 얽혀가기만 했다. 수인이의 우울한 모습을 교장의 비밀스런 말들과 연결 짓는 것은 '엄청난 비약'이라는 것을 스스로도 쉽게 알 수 있었지만, 달리 방법이 없었다. 호기심에 섞인 근거 없는 흥분들을 가라앉히고 진정하려 했는데도, 이유가 뭐든 간에 나는 집착증 환자처럼 수인이의 마음을 괴롭힐 수 있는 일들을 대수롭게 지나칠 수 없었다. 설령 그녀에게 아무 일이 없다고 치자. 아버지에게 물려받은 나의 이기적인 탐구 정신이 나를 더 이상 가만히 놔두지 않았다. 내 몸속에 꼭꼭 숨어 있던 열정이 깨어나기 시작했다.

'동화에서나 있는 신데렐라 이야기를 증명할 방법은 없고……. 그러면 조변림 사건으로 처참하게 죽었다고 했지. 누가 죽었다는 말이지? 그때 쓰인 무기가 M16 소총쯤 되나? 또 그게 수인이 하고도 상관이 있는 걸까?'

난 혼잣말로 중얼거리며, 나도 모르게 발걸음이 학교도서관 B동의 신문잡지 열람실로 옮겨졌다.

4

도서관 사서 선생님이 멀리서 보였다. 그녀는 하늘거리는 니트 티가 잘 어울렸고, 키가 아담하며 자태도 고았다. 게다가 학자풍도 그녀의 몸에 담뿍 배어 있는 듯했다. 자연스럽게 그녀의 자태는 둘러싸여 있는 책들과도 제법 어울려 보였다. 가까이서 보더라도 실망스럽지 않았다. 눈코입이 오목조목한 게 수줍은 공주 스타일이라고나 할까. 그래서 나는 가끔 낯간지럽게 '공주 선생님'이라는 애칭을 써가며 책을 빌려 가곤 했다.

그런데 이 급한 순간에 그녀는 퇴근하려고 가방을 바삐 챙기고 있는 것 같았다.

나는 그녀 앞으로 뛰어갔다. 일부러 나는 더 조바심 내며, 남자답지 못하게 애교 섞인 말로 간곡히 부탁했다.

"공주 선생님, 너무 급해서 그러는데요, 지금 신문을 열람하면 안 될까요? 죄송해요."

"지금은 안 돼! 내일 오렴. 도서관 문을 잠가야 한다고." 그녀는 잔뜩 짜증을 드러내며 공주답지 못한 얼굴로 나에게 모질게 대했다. 조금 전에 도서관 출입문 앞에서 다리를 꼬고 기다리고 있는 청년 모습이 내 머리를 스쳐 지나갔다. 20대 중반쯤 되어 보이는…… 남자 친구인가 보다. 왠지 선생님이 못생겨 보이기 시작했고, 그 남자친구의 척추가 다리 꼬듯 비틀리길 순간 바랐다. 질투심이 아닌 것은 분명했지만 말이다.

그럼에도…… 나의 절박함과 호기심을 더 이상 억누를 수가 없어서 또 한 번 울다시피 부탁했다.

"선생님, 잠시만요. 딱 30분만요."

그녀는 나의 간곡한 부탁에 마음이 흔들렸는지, 도서관 출입문에 서 있는 청년에게 가더니만 뭔가의 얘기를 주고받는 듯했다. 멀리서 보인 청년의 얼굴이 약간 일그러진 모습이었다. 그렇다고 내가 굳이 상관할 바는 아니었다. 곧 그녀는 머뭇거리는 나에게 다가왔다.

"음…30분 만이다. 알았지?"

"네!"

나도 모르게 마치 승리감에 도취된 듯 두 손을 불끈 쥐고 말았다. 내가 생각하기에도 염치없게 반시간 정도의 여유를 그녀에게 부탁한 거였다. 그녀의 남자친구처럼 보인 그 청년은 어깨를 잔뜩 웅크린 모습으로 두 손으로 라이터 불을 가리며, 입에 문 담배에 불을 갖다 대는 모습이 우연 결에 도서관 창밖으로 보였다. 그는 아마 퇴근 시간이 늦어질 거라는 그녀의 말을 듣고는 도서관 현관 밖으로 나갔나 보다. 나의 이기적인 성취가 타인에겐 쓸쓸한 탄식과 고통을 안길 수 있다는 단순한 진리가 나를 순간 괴롭혔지만…… 그 여러 상념들이 나의 여러 고민과 호기심을 해결해주지는 못했다. 지금은 나에게 집중해야만 했다.

'몇 년 전일까? …… 아마도 한스 선생님이 학교를 그만둔 시점일 듯 싶었다. 2년 정도 쉬셨던 거 같은데…….'

난 정신없이 2년 전의 가볍지만은 않은 여러 뭉치의 신문들을 큰 책상 위에 확 뿌렸다. 그러고는 이리저리 넘겨댔다. 사서 선생님은 헝클어져 있는 신문들을 보며, 억지웃음을 띤 채 뒤로 쓰러져 넘어가는 시늉까지 보였다. 나는 그 순간만큼은 너무 진지했다. 그녀도 나의 진지한 모습에 당황해 하는 것 같았다. 그녀는 단단히 팔짱을 끼고는, 물끄러미 신문을 넘기는 내 모습을 우두커니 바라보기만 했다.

1, 2, 3, 4, 5월 신문…….

노력하면 하늘도 감동한다고 했던가. 금방 찾았다.

5월 20일 자 신문 1면 헤드라인 기사 조변림. 그런데 이게 무슨 귀신 곡할 노릇인가!

헤드라인 기사 제목은 있지만, 밑에 상세한 내용의 기사는 예리한 칼로 오려버려…… 없었다!

"누가 이런 짓을 한 거지!"

옆에서 가만히 지켜만 봤던 사서 선생님은 팔짱을 풀고, 화를 버럭 내며 어리둥절했다. 그녀는 다른 신문을 보관해 놓은 게 또 있었는지, 열쇠를 갖고 큰 서장을 열었다. 그때였다. 그곳에서 갑자기 새 한 마리가 후다닥 날개를 저으며 나와, 천장에 부딪힐 정도로 고공비행을 하다가 창살을 부리로 잡아 몸통을 이리저리 비틀어 가까스로 창밖으로 날아가 버렸다.

"새가 여기에 갇혀 있었다니!"

나와 그녀는 동시에 같은 말을 내뱉고 말았다.

그 순간 아침에 텔레비전에서 봤던 미국 아칸소주의 5천 마리 찌르레기와 붉은 날개의 검은 새의 처참한 죽음이 나의 뇌리를 스쳤다. 지금 이 새와는 아마 관련이 없어 보였지만……. 나와 그녀는 서로 약속이라도 한 듯, 여러 말들을 한꺼번에 늘어놓았다.

"새들이 어제오늘 너무 많이 날아 들어왔죠. 우연한 일일 거예요."

"그러게. 신기한 일이네."

그녀는 아무 일도 일어나지 않은 것처럼, 진정해 가며 거기에 있는 신문 5월 20일 자 신문을 꺼냈다. 이건 또 무슨 괴이한 일인가. 그 신문은 마치 새 부리로 마구 쪼인 것처럼 사정없이 찢겨져 엉망이 돼 있었다.

"설마 그 새가……?"

이번엔 사서 선생님은 애써 놀란 표정을 짓지 않으려고 태연한 척했다. 아마 그녀는 새가 그렇게 했을 리가 없다고 생각하는 듯했다.

"내일 교무회의에서 이 일을 말해야겠어."

그녀는 행정 처리로 이 일을 일단락 시키려 했다.

새, 한스 선생님, 그리고 미궁에 빠진 조변림 사건 등등 때문에 내 머리가 아파오기 시작했다. 나는 사서 선생님에게 인사하는 둥 마는 둥하며, 얼른 도서관 쪽문으로 빠져나와 본관 건물 컴퓨터실로 향했다. 2년 전 신문이니까 컴퓨터로 검색하면 나올 듯싶었다.

애처롭게 보였던 그 청년은 도서관 현관 앞에서 그녀의 연락을 받았는지, 피우던 담배를 급히 땅바닥에 떨어뜨리고 발로 밟아, 마지막 남은 담배 불씨를 꺼버렸다. 그는 아까보다 한결 가벼워 보이는 모습으로 곧바로 도서관 층계 위를 달려 올라갔다. 그에게 왠지 미안한 마음이 들었지만, 어쩔 수 없는 거였다. 나는 의문투성이인 조변림 사건에 집중할 수밖에 없었으니까.

나는 본관 건물에 도착하자마자 실성한 사람처럼, 이리저리 컴퓨터실을 찾았다. 내 바로 옆에 컴퓨터실이 있는 걸 알 게 된 건, 체념하고 얼마 지나지 않아서였다. 대부분의 일이 다 그렇겠지만, 몹시 갈망하는 일들은 그 즉시 이뤄지지 않는다. 나는 마침내 컴퓨터실의 문고리를 돌리며, 앞뒤로 흔들어댔다. 하지만 문은 꿈적도 하지 않았다. 이미 굳게 닫혀 있다 보니, 열릴 생각조차 하지 않았다. 그 순간 내 발밑에 '물컥' 하고 밟히는 뭔가를 느낄 수가 있었다.

"이악!"

나는 깜짝 놀랐다. 컴퓨터실 문 바로 아래 바닥에 떨어져 있는 새를 밟은 것이다. 에머튼 선생님의 막대기에 머리를 맞고 피 흘린 그 새 같았다.

가까이 보니, 새가 싸늘하게 죽어있는 게 아닌가! 나는 소름이 확 돋았다. 땀까지 등에 맺혀 흐르는 것이 어렵지 않게 감지됐다. 두 손으로 새를 조심스럽게 주워 올렸다. 나는 그것을 더 자세히 살펴봤다. 예상대로 그의 막대기 자국이 새 머리 왼쪽 모서리 쪽에 선명하게 나 있었다!

"으악."

나는 또 한 번 뒤로 까무러칠 정도로 놀랐다. 이 새가 어떻게 여기까지 날아온 걸까. 피를 흘리며 죽어가면서까지 200여 미터나 되는 거리를……. 어제오늘 갑자기 괴이한 많은 일들이 일어나고 있다는 느낌이 들기 시작했다. 남들이 보기엔 아무 일도 아닐 수 있지만, 우연치고는 꺼림칙했다. 모든 게 미궁 속으로 빠져들어 가고 있었다. 극도로 예민해지면서, 궁금해 미칠 지경이었다.

나는 뒤돌아볼 여유 없이 곧바로 집을 향해 무조건 뛰었다. 집에 컴퓨터가 있었기 때문이다. 인터넷이 되는 휴대전화기가 오늘만큼 아쉬운 적이 없었다. 이리저리 뛰고 있는 내가 왜 이러고 있는 건지 곰곰이 생각해보면, 수인이 때문이기도 했지만 나의 이기적인 탐구심을 채우고 싶은 열정도 한몫하고 있었다.

나는 한참 집을 향해 뛰고 있는데, 어제처럼 머리 위쪽으로 누군가 나를 계속 감시하고 있다는 느낌이 들었다. 소름 끼칠 정도로 무서웠지만, 내가 예민해져서 그럴 거라는 생각으로 애써 돌렸다.

나는 집에 도착하자마자, 허둥대는 마음을 가라앉히고 컴퓨터를 켰다. 느리게 작동하는 컴퓨터를 보고 있노라니, 아예 모니터를 박살내고 싶을 정도였다.

"빌어먹을 가난!"

나도 모르게 소리를 버럭 지르고 말았다. 그래도 진정하려 애썼다. 마침내 인터넷으로 들어가 검색어 '조변림'을 입력하게 됐다. 마치 굳게 닫힌 큰 성문을 여는 듯 힘겨웠다. 두서너 개의 조변림 관련 기사들이 검색됐다. 망설임 없이 그 기사들을 클릭했다.

느리게 열리는 검색된 사이트……. 하지만 허무했다.

'아, 조변림 사건 기사들은 모두 '접근불가'였다!'

정말 어이없었다. 조용한 성격의 소유자인 나도 감정 조절을 실패한 나머지 컴퓨터 모니터를 결국 주먹으로 '퍽'치고 말았다.

그 순간 갑자기 창문 밖에서 파드닥 소리가 요란하게 나더니, 내 방의 창문에 검은 그림자가 크게 드리워졌다. 나는 급히 의자에서 벌떡 일어나, 창문으로 다가가 위를 올려다봤다. 에메랄드 빛깔의 비행기인가 새인가 높게 치솟아 멀리멀리 날아가 버리는 모습이 보이는 게 아닌가. 나는 창문 밖으로 몸을 반쯤 빼고 눈여겨봤다. 제주비행 길에서 환영으로 다가왔던 '사람만큼 엄청 큰' 새였다. 멀리서 봐서 정확한 크기는 알 수 없었지만, 어렸을 때부터 봐왔던 조류도감이나 동물원에는 그 정도로 커 보이는 새를 기억해낼 수 없었다.

'사람만큼 커 보인 정체 모를 새! 어젯밤 꿈에서 봤던 악몽의 주인공이 아닐까.'

교장의 말들도 떠올랐다. 한스 선생님에게 새에 대한 문서를 태워버리라고 당부한 그 애절한 목소리! 재미는 없을 것 같은, 신데렐라와 위싱턴 정가의 비밀스런 이야기!

이제야 심각한 일들이 일어날 조짐을 조금이나마 직감할 수 있었다. 무감증 환자라도 궁금해하지 않을까. 탁월한 지식과 지혜를 겸비한 한스 선생님만이 내가 겪고 있는 이 신비스러운 퍼즐을 풀 수 있을 것만 같았다.

학교는 그에게 개인 연구실과 자택까지 마련해 줬다. 엄청난 특별대우인 셈이다. 만일 그가 교장의 말을 무시한다면, 학교 측의 이 같은 특혜조차 버리겠다는 의미일 텐데…… 그건 그에게는 용기라기보다는 무모함일 듯싶었다.

분명 그는 교장의 말을 귀담아들을 것이다. 오늘 밤 그는 책 문서들을 태우기 위해선 어쩔 수 없이 학교 운동장이나, 그 근처에 나올 수밖에 없다. 며칠 뒤에, 아니 내일이라도 이런 일들을 물어보면, 그는 모르는 척하며 날 정신병자 취급할 것이다. 비밀스런 대부분의 문서들이 신데렐라의 어원처럼 잿더미로 사라질 게 뻔했다.

바로 오늘 밤 그를 찾아가야 하는 것이다. 운명인 거였다. 밤의 여신이 나를 향해 이리오라고 손짓하고 있는 거였다. 요 며칠 전 에머튼 선생님의 수업시간에 들렸던 요란한 말발굽 소리가 또 다시 들려오는 듯했다.

5

"그가 한스를 만나려고 하는 것 같습니다."

암살자처럼 냉정한 얼굴을 한 젊은이가 입술을 바르르 떨며, 돌계단 위쪽에 있는 상관에게 비밀스러운 정보를 건네주고 있었다.

그 젊은이는 두꺼운 붉은 가죽옷을 입고 있었고, 숱 많은 머리에서 투구를 벗어 오른손에 들었다. 그의 하체는 상체만큼 우람하고 단단해 보였다. 하지만 적의 공격을 미처 피하지 못했는지 얼굴 왼쪽 관자놀이엔 칼자국이 깊게 나 있었고, 같은 쪽 어깨에도 누런 흰색 붕대가 감겨 있었다. 마치 전쟁 일선에 갓 선임된 연륜이 적은 공격 대장처럼 보였다.

여왕의 자태를 뽐내는 그녀는 그의 말을 듣고는 한참 깊은 생각에 빠진 듯했다.

"그의 열정을 억누를 수는 없겠지. 그가 누구였던가? 크리스 왕족의 후손 아닌가. 분명 그도 언젠가는 우리처럼 힘껏 날아올라 한스에게 저항할 걸세."

이 말이 끝나기가 무섭게, 젊은 남자는 의심스러운 눈초리로 말을 이어갔다.

"한스는 지혜가 남다릅니다. 만일 그가 한스의 잔꾀에 넘어가기라도 하면, 우리의 미래는 어둡지 않겠습니까?"

이 남자의 상관인 그녀는 그의 말을 듣지 않은 척하듯 잠시 눈을 지그시 감았다가 떴다. 그러더니 의욕이 넘치는 눈빛을 내비쳤다.

"걱정 말게나. 그는 우리의 왕이 될 걸세. 그리고 나처럼 우아한 에메랄드빛 날개를 휘저으며, 그의 열정을 발산할 거라고. 그를 믿어주게."

젊은 남자는 그녀의 말을 따르겠다는 뜻으로 몸을 굽실거렸다.

"명령을 내려주십시오."

그녀는 크게 만족한 듯 얼굴에 환한 미소를 지었다.

"우리의 왕이 될 그를 보호해주게나."

젊은 남자는 고개를 끄덕이고는 마치 암살자로 다시 태어난 것처럼, 비밀통로를 찾아 급히 빠져나갔다.

6

'대부분의 학생들이 학교를 빠져나가는 때가…… 아마도 한산하고 어둑한 늦은 밤쯤이 될 거야. 한스 선생님은 그때 쥐도 새도 모르게 그 문서들을 불사를 게 분명해!'

아무리 빨라도 귀뚜라미 여러 마리가 요란스럽게 울어대는 오늘 밤 10시가 넘어가면, 대부분의 비밀문서들이 시커먼 잿더미가 될 듯싶었다. 늦게까지 이어지는 졸업반 학생들의 야간 자율학습이 그때 끝나기 때문이다. 그리고 교장도 뭔지 알 수 없는 여러 우려되는 문제들의 씨앗을 가급적이면 빨리 싹둑 자르고 싶을 테니까. 그는 한스 선생님에게 오늘 당장 문서들을 불사르라고 간곡하게 권유 아닌 강요를 했을 게 뻔했다. 여하튼 밤 10시, 그 이전엔 한스 선생님을 만나러 가야만 했던 것이다. 갑자기 나의 심장 박동이 빨라지면서 가슴이 두근거리기 시작했고 떨려왔다. 당연히 두려움까지 엄습해와 왠지 망설여졌다.

그럼에도 요즘 들어 어두운 그림자가 얼굴에 가득 드리워진 수인이를 모른 척하고만 있을 수 없었다. 거기에다가 내 방 창가에서 줄곧 날 감시한 그 정체 모를 사람만큼 큰 새에 대한 궁금증을 더 이상 참을 수도 없었다. 지금 당장 결심을 해야만 했다.

꼭 꼬집어 뭐라고 말할 수는 없어도, 이 같은 여러 가지 정황들이 나를 한스 선생님에게 인도하고 있던 거였다. 나에겐 이런 운명과도 같은 일들을 깔끔하게 추진할 무덤덤한 용기가 필요했다.

내 방의 벽시계 바늘은 아직도 부활의 꿈을 잊은 채 11시 10분대를 가리키고 있었다. 어머니는 오늘도 많이 피곤했는지 벽시계 배터리 정도 바꿀 여력도 없었던 건가. 나는 빠끔히 내 방문 밖으로 목을 빼고 거실 쪽으로 눈을 돌렸다. 어머니는 군데군데 찢겨진 초콜릿 빛깔의 인조가죽 소파 위에 힘없이 누워있는 게 보였다. 가까이 가서 눈여겨보니 그녀는 텔레비전 리모컨을 손에 비스듬히 쥔 채, 코까지 골아가며 곤하게 자고 있었다. 심지어 목까지 가리는 답답한 스카프도 풀지 않고는…….

'불쌍한 나의 엄마……'

나는 그녀의 손에 쥔 리모컨을 조심스럽게 빼어 들고는 소리가 될 수 있으면 나지 않도록 줄여가며 텔레비전을 켰다. 다행이었다. 텔레비전 디지털시계가 정각 저녁 9시를 표시하고 있었다.

그런데 이번엔…… 현장의 취재기자가 아닌 건장한 아나운서의 비통한 목소리가 뉴스 헤드라인을 타고 흘러나오는 게 아닌가.

'이건 또 뭐야?'

미국 아칸소주가 아닌 낯설지 않은 워싱턴 펜실베이니아 에비뉴……. 이곳에서 무려 1만여 마리의 새들이 뱃속 내장까지 드러내 보인 채로 길바닥에 죽어 있는 장면이 고스란히 텔레비전 영상에 담겨 있었다. 간편하고 스포티한 갈색 티셔츠와 청바지 차림의 기자도 파르르 떨리는 목소리를 더 이상 감추지 못했다.

단순히 새떼의 무참한 죽음을 기상 이변만으로 판단하기는 너무 기이했다. 새들의 처참한 죽음이 나의 눈시울을 적셔왔다.

'다음엔 또 어딜까? 유럽? 아니 우리 집 앞마당에서? 아니면 학교? '펜실베이니아'라면 국회의사당과 백악관 비지터 센터가 있는 미국의 정치문화 중심지라서 가끔은 워싱턴 정가라는 의미도 있다고 에머튼 선생님이 말하곤 했는데…… 심지어 뉴스와 저널리즘에 대한 주제를 전시하는 '뉴지엄' 박물관도 있고. 교장이 말한 워싱턴 정가가 이런 의미인가?'

말 그대로 이런 추측들은 나만의 근거 없는 생각의 파편 정도에 불과했다. 조변림 사건과는 전혀 상관이 없는 일인 것 같았다.

'아, 이러고 있을 때가 아니었다.'

생각의 꼬리 물기가 시간을 지체시키고 있었다. 난 서둘러야만 했다. 밤늦게까지 학교에 남아 공부하는 같은 반 친구들도 있어서 이들과 어색하게 만나는 것은 괜히 일들만 복잡하게 만들 뿐일 거다. 심지어 동료들이 이런 일들에 끼어들기라도 하면, 전혀 문제 해결에 보탬이 되지 않을 거라는 생각도 들었다.

고등학교 2학년은 졸업반 선배들과 달리 한 시간 정도 일찍 끝난다. 아무리 늦어도 9시쯤에는 집에 돌아가도록 되어있었다. 나는 결국 그들이 끝나는 직후인 9시 50분에서 10시 10분 사이 교문에 들어서야겠다는 판단이 섰다.

그런데 가장 마음에 걸리는 것은, 다름 아닌 턱수염과 콧수염이 지저분하게 덥수룩하고 뚱뚱한 체구의 살벌한 눈빛을 하고 있는 경비 아저씨였다. 그는 내가 '고2'라는 것을 잘 알고 있었다. 가끔 내가 '뚱보 아저씨', '털보 할아비'라고 놀리다가 그에게 자그마치 30여 분 동안 짜증이 날 정도로 혼난 적이 있다.

교장의 입김으로 들어와서 오랫동안 별 탈 없이 일하고 있는 경비 아저씨. 그는 자신을 놀린다며 날 교장에게 일렀고, 그날 교무실 구석에 쪼그려 앉아 A4용지에 반성문만 빼곡히 오십 장을 쓴 기억이 난다. 다 쓰고 나선 내 오른손이 수전증 환자처럼 하루 종일 부들부들 떨렸다. 이 일을 생각하고 있노라면, 치가 떨릴 정도였다. 조금만 대들어도 곧장 교장에게 애들처럼 쪼르르 달려가 고자질해버리는 그는, 졸업반도 아닌 '고2'가 그것도 밤 9시 넘어서 학교 안으로 들어오는 것을 수상히 여길 것이 분명했다. 나만의 기우일까?

다행히도 방법은 딱 하나 있었다. 비밀의 문! 그 문을 이용할 수밖에……. 비밀의 문은 우리 학교 학생들 몇 명만 아는 말 그대로 비밀스러운 문이지만, 멋지게 말해서 비밀의 문이지, 코를 찌르는 케케묵은 냄새가 나는 하수구였던 것이다.

그렇지만 이 하수구는 다른 것과 달리 어른 두세 사람이 한꺼번에 들어갔다 나올 수 있을 정도로 폭이 컸다. 하수구들 중에는 신도시 개발을 하다가 홍수 등 만일의 사태를 대비해 크게 확장 공사를 해놓은 게 있었다는데, 비밀의 문이 바로 그 하수구인 것이다. 이 하수구를 통해 학교 안으로 들어갈 수밖에 없는 경우는 대체로 너무 많이 지각할 경우에 이용해 오곤 했다.

그런데 밤 9시 넘어서 하수구에 들어갈 생각을 하니, 무시무시한 통로로 느껴졌다. 이러다가 진짜 악몽처럼 사람만한 흡혈박쥐라도 나타나든가 하면, 난 어떻게 해야 할지 도무지 알 수가 없었다.

그래도 나는 이렇게 마음속으로 되뇌었다.

'수인이가 뭔가를 걱정하고 있는 게 보기 싫었고, 나 또한 내 심장이 멈출 것 같은 궁금증을 해결하기 위해서라도, 나는 그 비밀의 문을 들어갈 수밖에는.'

어머니의 말처럼 나는 연구밖에 모르는 아버지의 피를 고스란히 물려받았나 보다.

7

머뭇거리다가 벌써 텔레비전 디지털시계가 9시 31분을 표시하고 있는 게 보였다. 나는 새떼 죽음을 보도한 기자처럼 가벼운 옷으로 갈아입었다. 만일을 위해서라도 조그마한 칼을 챙겼다. 호신용으로 쓸 생각이었다. 한 손에는 손전등을 쥐었다. 만에 하나 비밀의 문 중간에 손전등의 불이 꺼지기라도 하면, 암흑의 천지가 될 수 있을 것 같아 가는 도중에 손가락만 한 크기의 건전지 두 개도 구입했다.

아직까지 비밀의 문 주변의 공사가 한창인지라 신발에 혹시나 못이 박힐까 정신을 더욱더 가다듬었다. 다행히 가로등의 환한 불빛들과 반딧불 여럿이 나를 보호해주는 듯했다. 나는 망설임 없이 하수구 입구에 천천히 들어섰다. 이곳은 한 줄기 불빛도 아쉬울 정도로 정말 어둡고 캄캄했다. 시궁창 냄새까지 내 머리를 흔들어댔다. 꼭 이렇게까지 해야 되나 싶었다. 그러나 운명과 호기심이 잔뜩 뒤섞인 주사위는 던져지고 말았다. 비밀의 문 천장 위쪽에서 학생들의 재잘거리는 소리가 어렴풋이 들려왔다. 입시에 대한 걱정을 늘어놓는 듯했다. 졸업반 선배들…… 그들이 분명했다. 공부를 마치고 하교를 하고 있었던 거였다! 서둘러야 했다. 벌써 10시가 넘어가고 있는 거였다.

"아아악……"

서둘러야 한다는 조바심에 순간 발을 헛디딘 것 같았다.

"으아악!!!"

나는 소스라치며 연이어 괴성을 질러 댈 수밖에 없었다.

이번엔 발을 다쳐서 소리를 낸 게 아니었다. 손전등을 발아래로 조금씩 내려 비춰보니…… 새들을 밟은 것이었다. 피 흘리며 죽어가는 새들을 말이다. 어림잡아 30여 마리나 되어 보였다. 식은땀이 등줄기를 따라 흘러내렸다. 학교 컴퓨터실 앞에서도 새를 밟아 놀랐었는데, 이번에는 한 마리도 아닌 수십여 마리나 되다니.

아마 학생들이 운동장에 앉아 있던 새를 잡아, 이 하수구 속으로 내팽개쳐버린 건 아닐까. 또다시 얄미운 서영이와 알미안이 떠올랐다. 여하튼 집으로 되돌아가고 싶을 참이었다. 이러다가 내 방 창가에서 봤던 사람만한 새라도 나타나 나를 상대로 복수라도 한다면……. 난 영락없는 개죽음을 당하는 꼴이 된다. 여기서 조금만 더 나가면, 학교 구내식당 오물 처리장일 것이라고 생각됐다. 하지만 더 이상 용기가 나지 않았다. 죽어가는 새들을 밖으로 들고 가서 꽃밭에 묻어줄 여력도 없었다.

나는 체념하듯이 고약한 냄새가 진동하는 시궁창 물에 흘려보내려고 뒤돌아섰다. 바로 그 순간이었다. 갑자기 내 뒤에선가 수건 같은 것으로 숨도 제대로 쉴 수 없을 정도로 내 입을 확 틀어막고 얼굴까지 뒤집어씌우더니, 내 손에 있는 손전등과 새를 확 낚아채 어디론가 던져버렸다.

그러고는 내 목을 조른 채, 날 질질 끌고 가는 강한 팔의 힘을 느꼈다. 급작스러운 일이라서 기절까지 할 지경이었다. 분명 그 사람만한 박쥐 같은 새일 거라는 생각이 내 뇌 속 깊이 밀려들어 왔다.

'난 이제 끝난 걸까? 아버지처럼 어머니를 두고 죽는구나. 말도 안 돼!'

나는 공포감에 온몸이 전율해 왔다. 나도 모르게 눈물이 주르르 흘러내렸다. 이 순간에 울음을 멈출 수 있다는 건, 분명 신만의 영역일 듯싶었다. 기형적인 살인 DNA로 유전자 변이를 피할 수 없었던 무시무시한 괴물이 나를 오물 처리장으로 질질 끌고 가는 것 같았다. 칼날처럼 날카로운 날개로 나의 손을 자르고 머리를 베어 죽일 것이 분명했다.

그런데…… 새 소리가 아닌 사람의 목소리가 나지막하게 들려왔다.

8

"너 여기 왜 왔어?"

나는 뜻밖의 사람 목소리가 들려 당황해 하며, 대답을 머뭇거렸다. 큰 짐승 같은 괴물이 사람 목소리를 가장할 수 있다는 생각에 내 머릿속이 하얗게 돼 버렸다. 그는 나의 대답이 떨어지기 직전에 갑자기 '쉿!' 소리와 함께 자신의 입술에 수직으로 손가락을 갖다 대는 듯했다. 그러면서 강제로 내 얼굴과 머리에 뒤집어씌운 수건을 천천히 벗겨줬다.

예상대로 구내식당 오물 처리장이었다. 당근, 배추, 고등어가 한데 섞인 냄새가 내 코를 사정없이 찔러댔다. 코를 살짝 움켜쥐고, 서서히 눈을 떴다. 나는 떨어뜨렸던 고개를 들어 사람만한 박쥐일 것 같은 얼굴을 눈여겨 쳐다봤다.

'이게 웬일인가…… 한… 스 선생님이었다!'

이렇게 가까이서 그를 본 적은 없었다. 어두운 그림자들에 가려 더 자세히는 볼 수 없었지만, 빗질을 하지 않은 긴 곱슬머리에 꼬마아이들처럼 주근깨 서너 개 정도가 눈에 잡혔다. 언뜻 혼혈인처럼 보였다. 부모 중 한 분이 미국인이나 영국인일 거라는 생각이 스쳐 지나갔다.

그는 벗긴 수건을 바지 앞 호주머니에 넣더니, 긴장된 얼굴로 미간을 잔뜩 찌푸려가며, 나에게 또 물었다.

"우리 학교 학생 같은데……?"

나는 정신을 가다듬었다.

"네."

어감이 딱딱한 그의 말에 나는 응수라도 하듯 묻는 말에만 간단히 대답했다.

그는 흐릿한 달빛으로 비쳐진 내 얼굴을 뚫어지게 이리저리 살펴보면서 말을 이어갔다.

"울었니? 사내놈이 이까짓 거 가지고……. 너 여기 올 때, 새 같은 거 뒤따라오지 않았어?"

"……아닙니다."

나는 뺨에 얼룩진 눈물을 긴 소매로 닦으며, 그의 말이 무슨 뜻인지 알기 어려워 느낀 대로만 어물쩍 넘어가듯 짤막하게 대답할 수밖에 없었다.

"하마터면 큰일 날 뻔했어! 다행이네……"

뭐가 다행이라는 말인지 나는 그 순간 잘 몰랐다. 누가 그때 일들을 쉽게 가르쳐준다고 해도 이해를 못 했을 뿐만 아니라, 믿지도 못했을 것이다.

그런데 그는 내가 여기에 올 거라는 것을 이미 알았다는 식으로, 아니 예언자, 마법사처럼 나를 대하고 있었다.

나는 그의 온화한 모습 때문인지는 몰라도, 그에 대한 신뢰가 조금씩 생겨났다. 지금까지 겪어온 괴이한 일들을 일거수일투족 솔직하게 말할 용기가 가슴 깊은 곳에서부터 생겨나기 시작한 것이다.

"몇 시간 전에 사람만한 새가 내 방 창가에 앉아 있다가 흐릿한 하늘 속으로 날아가 버렸어요!"

나는 이 말을 하면서 '정신병원이나 가시지.'라는 우스갯소리 정도로 그가 내 말을 폄하할 것으로 예상하고 말한 거였다.

"다행이군, 정말 다행이야."

하지만 그의 대답은 나의 예측을 완전히 빗겨가고 말았다. 그는 '다행'이라는 진지한 말만을 연발했을 뿐이다. 그는 갑자기 오른손을 들더니, 학교 운동장 하늘 위를 가리켰다.

'아…… 오늘 밤에는 어제보다 훨씬 더 많은 새들이 운동장 주위를 돌고 있는 게 아닌가.'

그는 내 한쪽 손을 단단히 움켜잡았다. 그러고는 첩보영화가 연상되듯, 나를 벽 쪽으로 몸을 확 밀어붙였다. 순간 내 등뼈가 으스러지는 줄 알았다. 하지만 그는 나의 고통쯤은 아랑곳하지 않고, 나를 그의 아늑한 교과 연구실 건물 안으로 들여보냈다. 운동장 위를 돌고 있는 새들과 사람만한 새들, 그리고 아직도 학교에 남아있는 학생들에게 들키지 않으려는 것 같았다. 그는 또 다른 방 앞에 멈춰 서더니 굳게 닫힌 문을 열쇠로 열어, 나를 그 안으로 안내했다. 그의 교과 연구실은 마치 개인 주택처럼 현관과 거실, 그리고 그 안에 두 개의 방으로 구성되어 있었다. 연구실 안으로 들어가는 현관문인 정문은 누구든 자유롭게 출입할 수 있도록 수동식 자물쇠조차 설치되어 있지 않았다. 하지만 나머지 두 개의 방문들은 비밀스럽게 버튼식의 디지털 도어록과 함께 수동식 자물쇠도 구비되어 굳게 닫혀져 있었다. 이걸 보면, 그가 극비 문서나 연구 자료들의 누설을 몹시 꺼린 듯싶었다. 게다가 CCTV용 카메라도 곳곳에 배치되어 있었다.

그렇다 해도 내 예상이 한참 빗나가듯, 비밀스런 그의 연구실답지 않게 은은한 달빛만으로도 연구실 내부가 온통 책들로만 가득 차 있다는 것을 쉽게 알 수 있었다. 아버지의 서재가 연상됐다. 달빛이 라임 색으로 코팅된 연구실 유리창 틈새로 스며들어 오면서, 실 같은 여러 갈래의 초록빛 선을 연출했다. 신비스러울 정도였다. 나는 연구실 안이 후텁지근했지만, 왠지 모르게 별장처럼 아늑하기도 했다.

이국적이고 낭만적인 느낌도 들었다. 멀찌감치 벽걸이에는 미국과 이탈리아, 프랑스 등의 유럽 국가에서 온 편지들이 눈에 띄기도 했다. 깨알 같은 알파벳들과 하트 표시가 순서 없이 편지지에 적혀 있었다. 결혼은 했겠지. 설마 저 나이에……. 워싱턴이나 펜실베이니아, 시애틀, 파리, 로마에 숨겨놓은 여인이라도 있는 걸까?

그런데 그는 연구실 안으로 들어왔는데도, 전등불을 켜지 않았다. 흐릿한 불빛만 있어도 책을 보는 카페처럼 아늑함을 더 했을지도 모르는데 말이다.

'연구실의 불이 켜지면, 뭔가 무서운 일들이라도 일어나는 걸까? 아니면, 비밀스러운 연애편지라도 걸릴까 봐서? 중년 아저씨가 감출 게 뭐 그리도 많은지…….'

그는 불 켜는 것을 까맣게 잊은 모양이다. 그런데 그는 마치 정신 나간 사람처럼 그냥 의자 위로 올라가더니, 아예 연구실 천장에 붙어 있는 전구까지 빼 버리는 게 아닌가. 혹시나 내가 약간의 실수라도 해서 전등 스위치라도 건들까 봐 그런 것 같았다. 다른 건 몰라도 학교 운동장에 있는 새들이나 사람만한 새들한테는 절대로 우리 모습을 들키지 않게 하려는 그의 행동임 듯싶었다. 이것만은 확실해 보였다.

그 당시 나는 그가 선생님으로서 오랜 공백기가 있는 탓에 너무 예민해진 건 아닐까라고 생각했었다. 하지만 후에 생각해보면, 살 떨리는 순간이었던 건 분명했다.

그와 나는 어두컴컴한 연구실의 라임 색 유리창과 버드나무 잎사귀 사이로 스며들어온 초록빛의 달빛만으로 서로의 얼굴을 찾아가고 있었다. 우리는 누구도 시키지 않았는데도 연구실 구석에 손님용으로 깔끔하게 구비된 기다란 소파 위에 나란히 앉게 됐다. 포근한 걸 보니, 천연가죽 소파임에 틀림없었다.

"여기에 왜 왔지?"

그는 어둠 속에서 나에게 듣지 못했던 대답을 갈구하듯, 전직이 형사나 탐정가였던 것처럼 수수께끼 풀듯 재차 물었다.

그가 날 벽 쪽으로 밀어붙인 이후로 내 등 쪽이 바늘로 콕콕 찌르는 것처럼 욱신거렸다. 하지만 나는 이 아픔을 얼굴에 드러내지 않은 채, 그의 질문에 주저하지 않고 없는 용기도 내어가며 말했다.

"조변림 사건이 뭔지 궁금해서요."

그는 순간 깜짝 놀라는 것 같았다. 그의 오른손이 부르르 떨리더니, 들고 있었던 연구실 문의 열쇠를 바닥에 떨어뜨리고 만 것이다. 나는 그에게서 눈을 떼지 않으려 했다. 그는 언제 당황했나 싶을 정도로 열쇠를 침착하게 주워 올려, 자신의 수건을 넣었던 같은 바지 주머니에 푹 찔러 박듯이 들어가게 하더니, 단호하게 말했다.

"그런 건 모른다."

그는 '그걸 물어보려고 하수구를 통해 나를 찾아온 거였군.'이라고 혼자 생각하고 있는 듯했다. 아니면 내가 교장이 말하는 소리를 엿들었다고 추측했는지도 모른다.

그는 남달리 머리가 비상했기 때문에, 그 정도 예측하는 것쯤이야 '식은 죽 먹기'일 듯싶었다. 그는 왜 내가 낮에도 아닌 밤늦게 그것도 하수구를 통해 자신을 찾아오려고 했는지를 더 이상 물어보지도 않았다. 마치 그는 영특한 머리와 함께 텔레파시로 사람의 마음을 읽는 능력을 갖고 있는 것처럼 보였다. 남의 마음을 꿰뚫어 보는 염탐꾼인 '스누퍼'를 연상케 했다.

"집으로 돌아가렴. 너는 한참 친구들과 수다 떨 나이야. 복잡한 세상사에 연루될 필요가 없잖아."

결국 그는 '나의 질문'을 외면해 버린 채, 조심히 집으로 되돌아갈 것을 타이르듯이 말하는 게 아닌가. 그는 연구실 문을 열어 주려고 소파에서 천천히 일어나려 했다.

문득 나는 이런 생각이 들었다.

이렇게 오늘 밤이 지나가면, 왠지 예민하고 슬퍼 보이는 수인이하고도 더 이상 만나지 못할 것 같은 불안감이 파도처럼 급격히 밀려왔다. 게다가 나를 감시하고 있을 것만 같은 정체 모를 '큰 새'마저도 내심 불길했다.

나는 지금 내 앞에 있는 그만이 그 해답을 줄 수 있을 거라는 무모한 믿음을 쉽게 떨칠 수가 없었다. 아무리 머리를 쥐어짜도 그 이상의 해답은 나오지 않았다.

그가 막 일어서려는 참이었다. 하늘의 섭리처럼 내 어깨로 그를 툭 밀치고는 그의 오른팔을 꺾어 버렸다. 그는 당황해 하는 기색이 역력했다. 나는 발 빠르게 그 빈틈을 놓치지 않고, 그의 목덜미에 호신용 칼을 갖다 대고 말았다. 예전에도 발견하지 못했던 내 안의 동물적인 '해침'의 본능, 그걸 갖고 있는 또 다른 내 자신을 발견하는 순간이었다. 그는 나의 칼에 베였는지 기겁하는 모습을 숨기지 못했다. 그도 나처럼 '사내'답지 못했던 거다.

그는 나의 당돌한 본능에 죽을 수도 있다고 생각했나 보다. 어느덧 그의 목에서 피가 배어 나오고 있는 게 아닌가. 나도 그 못지않게 당황했다. 내 등 쪽에는 콕콕 찔러대는 고통 대신에 이미 두려움을 감지하듯 식은땀이 줄줄 흐르고 있었다.

나는 그의 목에 갖다 댄 칼을 얼른 내려놓고 용서를 빌어야겠다는 생각이 들었다. 하지만 그의 거대한 반격이 예상된 터라, 내가 거꾸로 다치거나 죽을 수도 있다는 생각이 내 뇌리를 스쳐 지나갔다. 어차피 '엎질러진 물'이 아닌가. 그의 목에는 어느새 더 많은 흥건한 피가 흘러내리고 있었다. 그의 목이 깊지 않게 베인 건 확실했지만 말이다.

그는 죽음을 의식한 것 같았다. 거칠게 숨을 내쉬며 차마 말할 수 없는 비밀을 누설하려는 듯했다. 마침내 그는 용기를 내었다.

"내가……확인할 게 있네."

내가 예상한 답과는 너무나 다른 그의 말이었다.

"확인이요? 그게 뭐죠?"

서로가 위태로울 수도 있는 상황에서도 뜻밖의 대화가 이뤄지고 있었다.

"너의……겨드랑이를 만져보게 해 주게나."

"겨드랑이요? 그건 안 돼요."

그가 반격할 기회를 엿보는 듯했다.

"그러면……보기만 하겠네."

그는 나에게 믿음을 주기 위해 한발 물러선 느낌이었다.

"좋아요. 대신 이상한 행동을 하시면 그땐 이 날카로운 칼이 당신의 목을 관통할 줄 아세요!"

내가 말하고 나서도 정말 섬뜩했다. 그는 허리를 조금씩 굽혀, 눈을 이리저리 굴리면서 내 겨드랑이 밑을 유심히 쳐다봤다. 그가 움직인 탓에 여전히 내가 그의 목에 갖다 댄 칼이 더욱더 그의 목 속으로 깊이 파고 들어갔다. 마침내 피가 핏줄기로 뻗어 튈 지경까지 놓이게 됐다. 하지만 그는 긴장한 나머지 어떤 통증도 느끼지 못한 듯했다.

갑자기 그의 허리의 미세한 움직임이 멈추더니, 그의 얼굴과 눈조차 싸늘하게 굳어지는 느낌이 들었다.

"……이젠 됐죠?"

나는 그가 나의 빈틈을 노리려는 연기라는 생각이 들어 그의 행동을 억눌렀다. 그는 모든 것을 체념한 듯 진지한 표정을 짓더니, 입을 열었다.

"교장이 오늘 새의 공격으로 죽었어!"

당황스런 그의 뜻밖의 말이었다.

그의 말에 내 손의 힘이 한꺼번에 빠져 버렸다. 나도 모르게 그의 목에 갖다 댄 호신용 칼을 연구실 바닥에 떨어뜨리고 만 것이다. 그도 누군가에게 혼자 간직하기에 벅찬 이런 비밀들을 함께 공유할 사람이 필요했는지도 모른다. 그런데 그는 내가 떨어뜨린 피 묻은 칼에는 아예 관심조차 없었다.

그는 떨리는 목소리로 말을 이어갔다.

"교감이…… 저녁 8시쯤 밀려있던 업무를 보고해야 했었어. 그래서 학교와 그리 멀리 떨어져 있지 않은 교장 사택에 갔는데…… 교장이 피 흘리며 죽어있었다는 거야. 그가 그걸 나한테 제일 먼저 알렸고."

교감은 그가 고생물, 특히 '조류' 분야에 전문가라서 누구보다도 먼저 알렸다는 말도 잊지 않고 덧붙였다.

"교장 사택의 창문은… 새들이 떼거리로 몰려든 흔적으로 산산조각 깨져 있었지. 교장의 머리는 새 부리에 쪼여 피투성이가 되어 있었고. 아마도 교장은 이를 저항하려고, 골프채로 새들을 내리쳤을 거야."

그는 사람만큼 큰 새들이 연이어 날아들어 이것들의 공격을 도저히 막을 수 없었다는 거다. 서재 이곳저곳에 교장이 흘린 피와 골프채로 얻어맞은 새들로 난장판 된 모습이 과거의 기억처럼 스쳐 지나갔다. 교장의 사모님은 이를 처음부터 끝까지 목격했고, 그 충격으로 헛소리를 하며 정신병원 앰뷸런스 차량에 실려 갔다는데…….

그는 아마 내일 이 사실들 모두 다 학생들에게는 비밀로 될 거고, 교감이 교장직을 대행할 거라고 상세히 전해줬다. 교장은 갑자기 몸이 편찮게 되어 시골에 요양할 거라는 알리바이가 자연스럽게 성립될 것으로 보였다. 경찰이든 검찰이든 단순히 새의 습격으로 여길 것이 뻔했기 때문에 더 이상 수사는 의미가 없어 보였다.

"모든 것을 비밀로 해 주렴. 알았지?"

그는 마침내 진정 어린 눈빛을 하며 이 같은 간곡한 부탁을 잊지 않았다.

"네, 그렇게…… 할게요."

나는 이렇게 말해 놓고서도, 그의 말에 여러 의문들이 생겨 미칠 것만 같았다. 지금 이것을 물어보지 않으면, 영영 알기가 어려워질 거라는 걸 직감할 수 있었다.

"……그러면 교장이 왜 새들에게 공격을 받은 거죠?"

나는 용기 있게 생각나는 대로 물었고, 그는 머뭇거림 없이 대답했다.

"그건 지금 대답할 수 없고, 말한다 해도 네가 이해할 수 없어."

나는 미로게임을 하는 것 같았다. 직접적으로 질문을 던질 수밖에 없었다.

"조변림 사건만이라도 가르쳐 주세요. 네, 제발!"

나는 애원하듯이 대답을 졸라댔다.

"조변림 사건? 그건 말해줄 수 없어! 근데 넌 그걸 어떻게……. 누구에게 들었나?"

그는 무척 당황해 하며 다짜고짜 물었다.

나는 솔직히 말할 수밖에 없었다. 다른 큰일이 나에게 닥치지 말라는 보장이 없었기에 더욱 그랬다.

"수업 중에 화장실에 가다가 선생님이 교장 선생님과 대화하시는 걸 우연찮게 들었습니다."

"아, 교장도 조변림 사건에 대해 알게 돼서 죽은 거야! 더 이상 알려

하지 마. 너도 위험해."

그의 얼굴 표정을 보면, 날 위해서 말하고 있다는 것을 쉽게 알 수 있었다.

"빨리 집으로 돌아가렴. 오늘 일은 모든 게 비밀이야. 어느 누구에도 누설해서는 안 돼. 알겠지? 너의 칼 솜씨는 없던 일로 하겠네. 너의 과도한 탐구심 정도로 이해하마."

그는 다시 한 번 오늘 일을 비밀임을 강조하면서, 옷걸이에 걸린 흰 언더셔츠로 피가 흐르는 자신의 목을 감쌌다.

'위험하다? 죽을 수 있다?'

그는 죽음 앞에서도 나를 대하는 모습이 '성자' 같았다. 그러니 그의 리더십이 전국적으로 파다하게 소문이 났던 거였다. 나는 그의 말을 순순히 따랐고, 그럴 수밖에 없어 보였다.

그런데 곰곰이 생각해보니, 그는 뜻하지 않은 교장의 죽음으로 새에 대한 문서들을 불사르지 않아도 될 듯싶었다.

나는 그의 연구실 문을 닫고, 나오면서 어디에도 신문 종이조차 불사른 흔적을 찾아볼 수가 없었다. 당연한 결과일까? 문서 내용이 궁금했지만, 꾹 참고 뒤도 돌아보지 않은 채, 집으로 무조건 내달음쳤다. 다행하게도 멀찌감치 보이는 털보 경비 아저씨는 의자를 뒤로 젖힌 채 벌써 잠에 취해 눕다시피 앉아 있었다.

어떤 누구도 내 뒤를 밟는 것 같지는 않았다. 집에 무사히 도착하고 나서야, 나는 안도의 한숨을 내쉴 수 있었다.

9

허름한 소파에 누워서 자고 있었던 어머니의 손에는 여전히 텔레비전 리모컨이 고스란히 놓여 있었다.

나도 오늘만큼은 일찌감치 침대에 누웠다. 나에게는 한스 선생님의 모든 말들이 충격적이었다. 그중에서도 그가 조류 전문가라는 말이 내 귀에 쏙 들어왔다. 아버지도 '조류 전문가'였는데…….

그가 친근감 있게 느껴지는 순간이었다.

그런데 그는 나의 겨드랑이에서 뭘 확인한 걸까. 나는 호기심에 집게 손가락으로 겨드랑이 쪽을 만져보니, 양쪽에 아주 작은 '사마귀' 같은 게 잡힐 뿐이었다. 요즘 잘 씻지 않아서 생겼나 보다.

그의 침통한 얼굴과 눈빛만이 내 머리에 맴돌았다.

아차……. 잠잠했던 내 머릿속이 꿈틀거리기 시작했다. 그의 말에는 큰 함정이 있었다.

'조류 전문가인 한스! 조변림의 사건을 알고 있을 게 뻔한 한스! 그러면 새들은 왜 그를 죽이지 않는 걸까? 나에게 해준 그의 말들은 새빨간 거짓말이든가, 아니면…….'

나는 잠을 청하려고 누워 한참 눈을 감고 있다가, 이번엔 나의 실수를 잡아냈다.

'맞아! 신데렐라에 대한 것도 물어봤어야 했어……. 또 워싱턴 정가 얘기도 있었지. 난 바보임에 틀림없어. 어이구, 멍청이!'

집 밖에서 들려오는 자동차 엔진 소리까지 크게 들려올 정도로 예민해졌다. 내 머릿속은 온통 신비한 퍼즐들로 가득 차버렸다.

제3장

아빠의 다락방에 올라가

1

다음 날 이른 아침이었다. 나는 어젯밤 일로 인해 거의 뜬 눈으로 밤을 지새우다시피 하며 잠을 이루지 못했다. 풀리지 않은 의문들 때문에 긴장된 탓이리라.

나는 새벽녘 잠시 눈을 붙이고 떴다고 생각했는데, 벌써 찬 기운이 맴도는 햇살이 나의 눈 등을 건들고 있었다. 얼굴은 푸석푸석했고, 눈끝 양쪽이 아파왔다. 심지어 어금니를 감싼 잇몸마저 쑤셔왔다. 이 같은 고통도 지금 나에겐 사치스러운 푸념에 불과했다.

얼른 한스 선생님에게 가서, 그의 거짓말에 대해 목청껏 따지고 싶은 생각밖에 들지 않았다. 신데렐라와 워싱턴 정가 얘기에 대해 묻는 것도 잊어서는 안 되고…….

나는 잠자리에서 일어나자마자 방문을 걷어차다시피 하며 어머니를 이리저리 찾았다. 풀리지 않은 퍼즐들이 나를 미칠 지경까지 내몰고 있는 거였다. 어머니는 언제 소파에서 일어났는지, 밀린 학교 업무 때문일 듯싶은데…… 침대가 아닌 안방에 있는 책상 위에서 목에 두른 스카프도 푸르지 않은 채, 잠 속에 파묻혀 있었다.

'불쌍한 나의 엄마.'

그런 생각도 잠시였다. 나는 그녀를 흔들어 깨어야만 했다. 의자에 앉아 자던 그녀는 나의 성화를 이기지 못하고, 눈을 비비며 겨우 일어났다. 나는 눈자위가 충혈될 정도로 졸린 눈을 하고 있는 그녀를 조르다시피 하여 이른 시간에 아침밥을 먹는 둥 마는 둥 집을 나섰다. 어제보다 더 이리저리 뒤엉킨 복잡한 실타래를 풀어야 한다는 의무감에 마음이 조급해졌기 때문이다.

여러 가지가 겉보기와 달리 의문투성이였다. 신비한 베일에 싸인 한스 선생님! 그의 말이 진짜 맞을지도 의문이었다.

하지만 허겁지겁 달려가서 물끄러미 본 학교는 예전과 별반 다르지 않아 보였다. 대학 입시의 압박감 때문인지 간혹 어두운 표정의 졸업반 선배들만이 눈에 띄었을 뿐이다. 나는 텅 빈 교실 문을 열고, 자리에 가서 앉았다. 칠판 위에 외로이 걸려있는 시계의 바늘은 7시를 정확히 가리키고 있었다. 멀찌감치 한스 선생님의 연구실의 불빛은 벌써부터 눈부실 정도로 태양 빛처럼 반짝거리고 있었다. 그의 성실함과 냉정한 이성은 어느 누구도 추종할 수 없을 정도로 대단해 보였다.

그런데 교장이 죽었다는 흔적은 어디에도 찾아볼 수 없었다. 학교와 그의 연구실은 고요하다 못해 평온해 보이기까지 했다.

'그의 말은 새빨간 거짓임에 분명해! 그래, 이런 날에 살인사건이라니 말도 안 돼. 애써 그에게 찾아가서 당신은 조변림 사건을 알고 있는데도 왜 죽지 않냐, 고 물어볼 필요도 없는 거 아니겠어. 아차, 신데렐라 얘기는 물어봐야 하는데…… 워싱턴 정가도…… 아니다. 더 상황을

지켜보자…….'

나도 모르게 허황된 고민을 하고 있는 내 자신이 한심스러워 자족적인 웃음이 입 밖으로 새어나오고 있었다.

2

시간은 흘러 벌써 칠판 위의 시계는 8시 5분을 가리키고 있었다.

한 시간 정도 지나가고 있을 때였다. 학생들이 하나둘씩 문을 열고 들어오더니, 교실 안이 요란한 소리로 시끌벅적대기 시작했다. 마치 어렸을 적 축구와 팽이치기 놀이할 때를 연상시키듯 말이다. 그땐 정말 신났었는데……. 이들 반 친구 중에 아무라도 붙잡아 놓고 울먹거리며 나의 고민을 다 털어놓고 싶었다. 전에도 생각해봤지만, 나의 소심한 성격 탓에 문제가 복잡해지고, 일만 더 꼬여갈 것만 같았다.

그때였다. 갑자기 때를 기다린 듯 학교 방송이 교실 앞 왼쪽 상단에 위치한 스피커를 통해 요란하게 들려왔다.

"교실에 있는 학생 전원은 체육관으로 집합하라!"

방송부 선생님의 목소리가 긴급소식을 알리는 것처럼 다급하고 우렁차게 울려댔다. 오늘은 아침에 임시조회가 있으니, 체육관으로 모이라는 것이다.

반 친구들은 철부지처럼 환호성을 질러댔다. 우리 가람국제고에서는 조회가 있는 날이면, 1교시 정도는 건너뛰는 게 관례인지라, 피곤한 수업보다는 지루하지만 긴 시간을 잡아먹는 조회가 훨씬 낫다는 판단에서였다. 나도 그럴 것이 첫 교시는 영어 독해 수업인데, 어제 충격적인 일로 발표 숙제를 못 해놓았기 때문이다. 옆에 세진이만은 교실 천장을 멍하니 바라보며, 무덤덤해했다. 그는 자리에 앉자마자, 독해 책에 빼곡히 적어 놓은 걸 반복해서 소리 내며 읽고 있었는데, 허사가 되어버려 심지어 공허함마저 밀려왔나 보다. 나는 그를 위로라도 하고 싶어 어깨를 '툭' 쳐줬다. 그는 나를 힐끗 한번 쳐다보더니, 아무 말 없이 체육관으로 향했다.

'그래, 세진이에게 내 고민을 다 털어놓을까. 이 친구는 믿을 만한데…….'

체육관 모퉁이를 걸어갈 때, 우연 결에 세진이의 왼쪽 손목에 차여진 고가의 명품 스위스 S브랜드 시계가 눈에 띄었다. 요즘 못 보던 고가의 시계였다. 그의 집은 부자였다. 하지만 이 녀석은 배부름에 겨워 부모님이 명품을 사주는 데는 인색하다며, 늘 불만을 늘어놓곤 했다.

'그러면 그렇지. 이건 명품이 아니고 뭐야? 단지 유명 브랜드일 뿐인가? 네 같은 부자들은 욕심이 끊임없다니까. 나 같은 애들이 어떻게 되든 관심이야 있겠어. 이 친구도 아닌 거야. 그래, 아니야.'

나는 홀로 이곳에 남아 있는 것만 같았고, 편견에 휩싸여 무덤덤하게 체육관 안으로 걸어 들어갔다.

체육관에 학생들이 조금씩 가득 차 왔다. 리듬체조 선수들은 해맑게 웃으며, 마치 도움 닦기 연습이라도 하듯, 빠른 속도감으로 달려가면서, 어느 한 시점에 다다르더니 오므렸던 두 다리와 팔을 쭉 펴 공중으로 치솟았다. 마치 새가 나는 형상 같았다. 그러고는 한 바퀴를 돌아, 어느새 가볍게 마룻바닥에 착지했다. 그걸 지켜보던 몇몇 학생들이 감탄사를 연발했다. 나도 덩달아 괴음까지 섞어가며 소리를 질러댔다. 짓눌려 있던 내 머리가 한결 가벼워졌다.

리듬체조에 갓 입문한 것처럼 보이는 새내기들은 체육관 한 모퉁이에 물걸레를 가지런히 정리하고 있었다. 내 친구 성호와 염문을 뿌렸던 헤른이가 눈에 띄었다. 그녀도 밝아 보였다. 심지어 졸업반 선배들마저도 이때만큼은 환한 미소를 지으며, 떠들어댔다. 곳곳에서 선배들이 한스 선생님에 대해 입이 마를 정도로 극찬을 늘어놓는 장면도 심심치 않게 목격됐다.

'하지만 조금 있으면, 모든 게 거짓으로 밝혀지겠지. 나는 한스 선생님이 말했던 모든 걸 학교게시판에 올릴 거고……. 크게 문제가 생기더라도 부자들의 천국인, 꼴도 보기 싫은 이 학교…… 난 관례대로 강제 전학 정도 가면 되잖아. 많은 이들이 그가 '거짓말쟁이'라는 것을 알게 된다면, 뒤에서 그를 얼마나 비웃어 댈까?'

갑자기 체육관이 숙연한 분위기로 바뀌었다. 한스 선생님이 나타난 거였다. 그가 단상 앞으로 나와 마이크를 잡으려 하자, 다들 그의 분위기에 압도되어 떠들어 댔던 소리가 일제히 멈추게 된 거였다. 찬물을 끼얹듯 조용해졌다.

그러자 그는 아무 말 없이 마이크 잡던 손을 어색하게 내려놓고 왼쪽 옆으로 섰다. 그는 마이크로 조용히 하라고 말하려고 했나 보다. 놀라운 그의 카리스마가 소름 끼칠 정도였다.

'겉과 속이 완전히 다른 한스 선생! 조금만 기다려라, 순진한 학생들이여!'

그는 어젯밤에 아무 일도 없었던 것처럼 초췌한 기색이 전혀 없는 밝은 얼굴이었다. 하지만 내가 그의 목에 갖다 댄 칼에 배여 피가 흐른 곳엔 어김없이 네모난 반투명 반창고가 붙어 있었다.

교감도 눈에 들어왔다. 그런데…… 한스 선생님의 말대로 눈 비비고 봐도 교장은 보이지가 않았다. 항상 조회 때면, 그는 단상 뒤로 성큼성큼 걸어 올라와 선생님들과 다소 멀찌감치 떨어져 어깨에 잔뜩 힘주고, 서 있는 경우가 다반사였는데. 그러다가 자신이 말할 차례만 오길 기다렸다는 듯이 매서운 눈매로 마이크에 가까이 다가가 침 튀겨가며 일장연설을 늘어놓곤 했고……. 소름이 확 돋았다. 정말 그의 말대로 죽었다는 말인가! 나도 모르게 고개를 떨어뜨렸다.

이윽고 교감이 마이크를 잡았다.

"학생 여러분, 교장 선생님이 갑작스럽게 몸이 아파 제가 교장직을 대행하게 됐습니다. 앞으로 저뿐만 아니라, 여러 선생님들의 지도 아래 학사일정대로 잘 수행해주길 바랍니다."

그가 이 같은 딱딱하고 진부한 말만 전하고 뒤로 물러나는 게 아닌가! 그러고는 학년 부장 선생님들이 교대로 단상 앞으로 나와서 달라진 교칙들을 상세히 설명해줬다. 나는 머릿속이 복잡해지기 시작했다.

'아, 한스 선생님이 말씀하신 대로가 아닌가. 그의 말은 거짓이 아니라는 말인가? 교장은 죽고 만 것인가? 정말 새들의 공격을 받아서 처참하게 죽었다는 건가? 그것도 조변림의 사건을 알았기 때문에…….
그는 왜 나에게 진실을 말한 걸까? 내 칼에 죽을까 봐서?'

나는 이런저런 여러 생각에 무섭기까지 했다. 하지만…….

'나도 조변림의 사건을 알게 됐더라면, 죽었다는 말인데, 그러면 한

스 선생님도 죽어야 되는 거 아니냐고!'

이것만은 아직도 의문으로 남은 채, 또 복잡한 퍼즐이 내 머릿속에서 풀리지 않고 다람쥐 쳇바퀴 돌듯 맴돌고 있었다. 화가 치밀어 오를 정도였다.

한스 선생님이 갑자기 불안한 눈초리로 이리저리 학생들을 살피는 느낌이 들었다. 나와 그의 눈이 순간 허공에서 마주쳤다. 나는 어색해하며 고개를 옆으로 돌리고 말았다. 학생으로서 감히 스승의 목에 칼을 댔다는 것만으로도 난 퇴학 감이었다는 생각이 들으니, 떳떳하지 않아서도…….

나는 그를 보지 않은 척하다가 그의 눈빛을 살폈다. 그는 평정심을 잃은 나와는 다르게, 뭔가를 안심해 하듯이 얼굴에 엷은 웃음을 짓고 있는 게 아닌가. 혹시 내가 새벽녘에 죽기라도 한 건 아닌가 싶었나 보다.

나는 문득 수인이가 어디에 있는지 궁금해졌다. 이리저리 뒤돌아보며, 체육관 구석구석을 살펴봤다. 하지만 그녀는 안타깝게도 어디에도 없었다. 그때서야 그녀가 몇 반이었는지도 모르고 있었다는 걸 깨닫게 됐다.

'바보 멍청이.'

나는 내 자신이 무지하게 한심스러운 나머지, 학대하고 싶을 정도였다.

나는 그녀가 항상 2층 복도 오른쪽 끝에서 달려와서 5반이나 6반 정도로 생각해왔던 것이다. 그리고 나에게 관심을 보인 '실비아'도 마찬가지로 그쪽에서 가끔 나와 마주쳤던 기억이 있어서 5, 6반 정도로 생각해왔다. 그런데 그 둘은 어디에도 없었다. 냉정하게 말하면, 실비아는 어떻게 되든 나에겐 상관이 없는 거 아닌가. 하지만 수인이는 어제 아프다고 집에 그냥 가버린 걸 보면…… 많이 아파서 결석했다고 생각되니 안심은 됐지만, 왠지 모르게 걱정부터 앞섰다. 그녀의 슬픈 얼굴 때문일까? 나의 마음 한구석에서부터 끊임없이 그녀의 집을 찾아가 보고 싶은 충동이 일었다.

하지만…….

나는 역시 바보임에 틀림없었다. 그녀의 집도 모르고 있었던 거다. 그녀의 아버지는 어머니가 이 세상을 떠나자 새어머니를 맞아들였고, 새어머니는 딸을 데리고 왔다고 했다. 그런데 아버지마저 지병으로 일찍 여의고, 새어머니와 그녀의 딸…… 이렇게 셋이서 한집에서 단란하게 산다고 했다. 그런데 그녀는 '신비스런 여자'로 남고 싶은지, 집의 위치를 정확히 가르쳐주지는 않았다. 에메랄드 숲 가장자리에서 집까지 100미터 단거리 달리기 시합하듯이 뛰어가면, 15초 내에 도착한다는 말로 대신했었다. 그리고 집에는 큰 정원이 있고, 그 한가운데에 100미터 높이의 큰 나무가 있다고 말했던 게 기억이 났다. 나는 단순히 더 친해지면 그때 가서 그녀가 상세히 말해주겠지, 라는 생각을 했었다.

'100미터 높이의 나무?'

그땐 어처구니없는 말이라서 나는 웃고만 말았다. 수인이는 이처럼 이따금 과장된 말들을 늘어놓곤 했는데, 한번은 새어머니가 자신을 가끔씩 때리고 혹독히 괴롭힌다나. 또 그녀의 집은 궁궐처럼 장대하지만, 실상 그녀 자신만은 다락방처럼 조그만 방에서 웅크리며 산다고 했다. 어떨 때는 마치 그녀가 계모에게 괴롭힘을 당하는 신데렐라나 콩쥐팥쥐 동화의 주인공이 된 양 너무 진지하게 말해서 당황스럽기도 했지만서도.

아무튼 내가 그녀의 집에 선뜻 가겠다고 하지 않은 이유가 있다. 그녀에게는 아주 예쁜 새언니가 있는데, 그 언니는 평소 집에서 한 가닥의 실오라기 천도 걸치지 않고 생활한다나 뭐라나. 수인이는 입버릇처럼 내가 그녀의 집에 놀러 오면, 늘씬한 언니 몸매에 반해서 자기보다 언니를 더 좋아하게 된다고 말해왔다. 그때도 나는 대수롭지 않게 웃어버렸고, 왠지 쑥스럽고 해서 그녀의 집이 어딘지 굳이 알고 싶지도 않았고, 거기를 안들 선뜻 가지 않게 되었을 것이다. 지금 이 순간에도 그녀의 집을 찾아볼까, 라는 생각이 들었지만 왠지 망설여졌다.

'그녀가 단지 하루 정도 아파서 학교에 오지 않았겠지.'라는 긍정적인 믿음도 있었다. 나는 기다려 보자는 식으로 마음을 추스르려 했다.

어떤 것도 명확한 것은 없었다. 교장의 죽음도 믿기는 어려웠지만, 여러 정황으로 믿을 수밖에 없는 건지…… 나에겐 눈에 보이는 확실한 증거가 필요했다. 물질론자들이 눈에 보이지 않는 것도 믿는 형이상학자들을 맹렬히 비판했고, 그러면서 눈에 보이는 구체적인 증거를 요구할 수밖에 없는 그들의 마음을 마치 전부 이해한 것처럼 말이다. '애매모호함' 그 자체는 사실 그대로를 바로 보지 못하게 하는 신종 마약이 아닐까 싶다.

나는 해답 없는 여러 생각들을 하다가 무심코 체육관 위쪽 창문을 보게 됐다. 여전히 새들이 지침 없이 우리 학교를 돌고 있는 게 아닌가! 하늘에다가 새들이 '빨주노초파남보'의 현란한 색으로 수를 놓고 있는 것만 같았다.

3

예전 같으면, 방과 후에 수인이는 어김없이 나의 어깨 한쪽으로 메는 비닐 가방 속에 쪽지를 남기고 신발 한 짝이 벗겨진 지도 모르는 채 교문을 나섰을 것이다. 하지만 그녀는 임시조회가 있는 날 후로는 아예 보이지도 않았다. 그 다음 날도 마찬가지였다.

'혹시 교장처럼 새들한테 잔혹하게 머리를 쪼여 처참하게 죽은 것은 아닐까?'

이런 별별 섬뜩한 생각들이 나를 괴롭혔다. 그녀가 어디에 살고, 몇 반인지조차도 몰랐던 내 자신을 발견하면서, 또다시 조금씩 스스로를 가학하고 싶은 충동도 일었다. 수업을 마치고, 복도 오른쪽 끄트머리에서 나에게 달려왔던 그녀의 모습들이 일여 년의 짧은 시간도 못 채운 채, 마치 크고 날카로운 가위로 싹둑 잘리는 느낌이었다.

그녀가 내일도 나타나지 않으면, 교장처럼 '조변림 사건'으로 죽었다고 단정할 수밖에 없는 걸까. 그녀와의 인연이 정녕 여기서 끊기는 건가. 사람의 인연이 이리도 가벼울 수 있단 말인가.

결국 그녀는 내 눈앞에서 멀어졌고, 축축했던 날, 살이 따가울 정도로 건조했던 날들의 기억들 속에 어느덧 서너 달이 훌쩍 지나가고 있었다. 대학 입시 철이 조금씩 다가오면서, 어느 누구도 눈코 뜰 새 없이 바쁜 한스 선생님을 개인적으로 만나서 대화한다는 건 거의 불가능해 보였다. 나 역시 마찬가지라서 시시때때로 조변림 사건, 수인이의 행방

등에 대한 여러 궁금증이 폭발할 지경에 놓이게 됐다.

4

후덥지근한 밤공기도 어느덧 사라지고, 찬바람이 거세지면서, 장롱 깊숙한 곳에 차곡차곡 쌓아놓은 솜이불을 꺼내게 됐다. 그즈음 어김없이 대학 입학시험 날이 다가왔고, 마침내 한스 선생님이 주도면밀하게 지도한 졸업반 선배들이 시험을 치렀다.

결과는 예상한 대로였다. 시험 성적 평균이 전국 5위권에 드는 쾌거를 이루고 말았다. 명문대 입학생도 당연히 꽤 늘어났다. 그의 지도력 덕분이라는 소문이 교내엔 파다했다.

그는 무지 바빠졌다. 그의 교과 연구실의 전화벨이 끈질기게 울려댔고, 그에 대한 한 꼭지의 인터뷰 기사라도 내려고 연구실 앞에 목 빼고 기다리는 기자들로 미어터져 왔다. 전국 각지의 신문방송 통신사들이 이렇게나마 앞다퉈 그의 신화를 보도하느라 한동안 난리법석이었다. 그는 영웅이 되어 가고 있었다. 멀리서 봐도 그가 미소를 머금고 있다는 게 확연히 눈에 들어왔다.

하지만…… 그러는 동안에도 수인이의 모습은 어디에서도 찾아볼 수가 없었다. 나에겐 우울함과 슬픔이 한꺼번에 엄습해왔다. 이러다가는 그녀를 영영 볼 수 없을 거라는 생각도 들었다. 한스 선생님과 내 운명은 왜 이리도 다른 걸까.

수인이는 조변림 사건의 희생양일까? 아니면, 그녀의 아버지처럼 몹

쓸 병에 걸려 병원에 입원해 있는 걸까? 만일 그것도 아니면……. 나는 이 같은 비밀의 장막을 빨리 걷어내고 싶어 안달이 날 정도였다.

'조변림 사건을 알게 되면, 죽게 된다.'는 한스 선생님의 말만 믿고, 더 이상 가만히 넋 놓고 앉아 있을 수만은 없게 된 것이다.

내가 해야 할 일을 찾아야 했다. 예비 고3이 된 나는 겨울방학 때에도 학교에 나가 보충수업을 들을 수밖에 없었다. 이참에 먼저 학교 교무실에 가서 그녀가 왜 학교에 나오지 않는지를 직접 내 귀와 눈으로 확인하는 게 나을 듯싶었다. 하나같이 선생님들이 '그녀에 대해 왜 물어 보는 거지?'라고 반문할 듯싶었다. 하지만 이 같은 우려들은 걱정 축에도 들지 못했다. 학교 행정에 무지한 나로서는 어느 선생님에게 이를 물어봐야 하는지 도무지 알 수가 없었다. 쉬는 시간에 담임선생님에게 직접 물어 보는 수밖에는 별다른 방법이 없어 보였다.

*

담임은 점심 후 테니스장에 있는 벤치에 홀로 앉아 커피를 마시곤 했다. 겨울방학 보충 때도 그러했다. 그는 보기만 해도 엄청 써 보이는 진한 검은 색 블랙커피를 즐겨했고, 왠지 외로워 보였다.

급기야 그가 건망증이 몹시 심하다는 소문은 예전부터 교내엔 파다했었다. 그는 은행에서 주택 전세 자금 용도로 거액의 돈을 인출해서 분명 어딘가에 잘 보관해 놓았다는데……. 하지만 그 돈을 어디에 놓았는지 3년이 지난 지금도 까맣게 잊어먹었다는 거다. 그런 일이 여러 번 반복하다가 지금은 이혼까지 겪게 되었단다. 그래서 그런지 그는 점심 때 테니스장 벤치에 앉아 진한 블랙커피를 마시는 게 하루 중 가장 행복한 순간이라고 수업 중에 늘 말해 오곤 했다.

'그래, 테니스장으로 가자.'

나는 얼른 점심을 먹는 둥 마는 둥하고, 테니스장으로 달려가 그를 기다리기로 마음먹었다. 테니스장에는 이 추운 겨울방학 때에도 점심시간을 활용해 테니스 연습을 하는 선생님들이 쉽게 목격됐다. 담임은 예상했던 대로 한 손엔 김이 모락모락 나는 커피를 들고 있었고, 고드름이 처마 밑에 얼 정도로 날씨가 제법 쌀쌀해졌는데도 단추가 없는 가벼운 하늘색 긴팔 티셔츠에 블루진 차림으로 천천히 걸어오고 있었다. 그에겐 아직 초가을인 듯싶었다. 그래도 그는 중년의 나이가 넘었는지 허리와 엉덩이가 쳐져 보이는 건, 감추질 못했다.

그는 테니스장 벤치에 멀거니 서 있는 나를 보더니, 먼저 손을 흔들어 주는 여유를 보였다.

"가온군!"

"네, 안녕하세요."

나는 멀찌감치 걸어오고 있는 담임에게 일상적인 인사를 했다. 그는 나에게 가까이 오더니, 내 등을 두드려 줬다. 그러고는 벤치에 털썩 앉았다. 차가운 기운이 맴돌았고, 푹신한 가죽 방석을 갖고 있는 벤치는 아니지만, 허리를 쭉 펼 수 있도록 나무 등받이가 있었다. 오랫동안 앉아 있어도 허리에 큰 무리가 있어 보이지는 않았다. 그는 내가 그를 여기서 기다리고 있었다는 걸 모르는 눈치였다.

그는 날 보더니만, 나에게 먼저 건넨 말은 무엇보다 나의 성적에 관한 것이었다.

"가온군, 요즘 학교 성적이 많이 떨어지고 있네. 조류학으로 유명한 한국국립대학의 진학 꿈을 벌써 잊은 건가?"

"아니, 그게 아니라요……."

그와 나는 한 자리에서 서로 다른 꿈을 꾸듯, 동문서답을 하고 있었다.

"네 아버지처럼 너도 한국국립대학에 가야지."

그는 더 이상 김이 나지 않은 진한 블랙커피를 달콤한 시럽을 먹듯 한 모금 들이마시면서 말했다. 나는 학업 성적 때문에 그를 만나러 온 것은 아니었지만, 나에게 관심을 가져 준 그에게서 진정한 따뜻함을 느낄 수가 있었다.

"그런데요, 선생님…… 저……"

머뭇거리는 나의 모습에 그는 말을 이어갔다.

"걱정 말게, 한스 선생님이 우리 학교에 부임해 온 이후로 학업 분위기도 좋아졌고, 너도 노력하면 한국국립대학에 갈 수 있을 거야."

그는 나에게 억지로라도 자신감을 불어넣어 주려고 계속 말을 이어가려 했다.

"한스 선생님도 한국국립대학에서 조류학을 전공한 수재였어."

"네?"

나는 순간 깜짝 놀라고 말았다.

"선생님, 뭐라고 하셨죠? 한스… 선생님이 아버지와 같은 한국국립대학에서 조류학을 공부하셨다고요?"

나는 문득 그가 아버지를 알 수 있지 않을까, 하는 기대에서 말한 것이다.

그의 이력에는 '국내 명문대학 졸업'이라고 추상적으로 씌어 있을 뿐이었다. 단지 고생물학과 국제정치학 박사를 취득한 '프린스턴'이라는 낯설지 않은 미국 대학원 이름만 적혀 있었다. 어느 대학 출신인지는 알 수가 없었던 거다. 그런데 엉뚱하게도 담임은 내 질문을 들었는지 못 들었는지, 말하다가 뭔가를 잊고 왔는지…… 고개를 갸우뚱거렸다.

"가온군, 공부 열심히 하고……."

그는 내 물음도 잊은 채, 황급히 당부 말만 하고 매점에 지갑을 놓고 온 것 같다며, 급히 일어났다. 건망증이 도진 것 같았다. 상황이 이렇다 보니, 나도 그에게 다급히 물어볼 수밖에 없었다.

"저…… 선생님, 저랑 같은 2학년 학생 중에 '천수인'에 대한 소식을 알 수 있을까요?"

그는 내 말을 듣고는 가던 발걸음을 멈췄다. 그는 뒤돌아보며, 눈을 휘둥그레 크게 뜨더니 나를 쏘아보듯이 바라봤다. 흥분한 것 같았다.

"네가 수인이를 어떻게 알지? 같은 학년이라서 아나?"

그는 나에게 대답할 틈도 주지 않고 말을 이어갔다.

"그 학생…… 언니 실비아랑 몇 달째 무단결석을 하고 있어! 연락이 전혀 안 된다고. 학교에선 경찰에 신고한 상태야. 넌 실비아가 어디에 있는지 알고 있나?"

'실비아가 수인이의 언니라고?'

나는 어안이 벙벙하여 그 순간 깊은 생각에 잠기고 말았다.

'나를 짝사랑하는 실비아…… 혹시 선생님은 내가 그녀를 알 수 있지 않을까 해서 물어본 것 같아.'

나는 머리를 좌우로 흔들어 이 같은 잡념들을 던져버리려 했다.

"저……"

나는 그의 말에 대답을 하려 했다. 하지만 그는 나의 대답을 기다릴 기색이 전혀 보이지 않았다.

"나중에 얘기하자. 내가 지금 무지 바쁘거든."

그는 지갑에 집착됐는지 바쁜 걸음으로 매점을 향했다.

'아……. 이럴 수가!'

나는 그 자리에서 더 이상 일어날 수가 없었다. 여러 온갖 상념들이 나를 벤치 위에 옴짝달싹 못하게 붙잡아 버렸다. 마녀의 손아귀에 붙잡힌 것처럼 말이다.

예로부터 현자들이 말해온 것처럼, 겉으로 보이는 모습들과 숨겨 있는 것들은 너무나도 달랐다. 삶이라는 게 다 그렇겠지만. 한스 선생님이 아버지와 같은 한국국립대학 조류학과 출신이고, 수인이의 언니가 실비아라니……. 수인이의 말을 빌리자면, 실비아는 친언니가 아니었다. 그래도 그렇지. 실비아가 날 짝사랑한다는 소문이 학교에 파다한데……. 무지 혼란스러웠다. 그러면 실비아의 성도 '천'이었던 것이다! 그리고 천수인의 배다른 자매 언니 실비아와 함께 무단결석이라니…… 이들의 어머니도 사라졌단 말인가?

"아, 맙소사! 머리 아파!"

나도 모르게 괴성이 입 밖으로 튀어나왔다.

내 머릿속이 실타래로 이리저리 엉켜버리는 듯하더니, 욱신거리기 시작했다.

그렇다면 이들도 교장처럼 조변림 사건을 알고 죽게 되었을까? 한스 선생님의 말을 어디까지 믿어야 할지 이젠 도저히 알 수 없을 지경이었다. 건성으로 대답하는 그에게 직접 묻는 것보다…… 이를 내 눈으로 직접 확인해야겠다는 생각이 물밀 듯이 몰려왔다.

아침 햇살 알알이 담은
거미줄의 이슬부채에 화들짝 놀라
하루를 살아야 한다

가장 작은 너 자신으로 살아야 한다
그러나 바위의 슬픔으로
풀의 기쁨으로
하루하루를 노래해야 한다

고은시집 〈내 변방은 어디 갔나 - 그래도 다시 태어나야 한다〉

'내가 즐겨 읽었던 이 시처럼…… 다시 시작해보는 거야. 그래…… 조변림 사건!'

신데렐라…… 그리고 워싱턴 정가 이야기에 대한 궁금함은 뒤로 미루더라도…… 이게 뭔지 알아낼 수밖에 없었던 거였다.

신문 방송사들이 차단시킬 수밖에 없었던 조변림 사건 기사들. 이걸 해킹하면 되지 않을까? 그러다가 감옥이라도 가게 되면……. 그 이후는 생각하지 않으련다.

*

문득 중학교만 마치고 고등학교 진학에는 전혀 관심을 갖지 않은 해킹의 천재 '모키'가 떠올랐다. 그는 말할 때마다 세상만사 모든 게 불만불평이었는지, 모기처럼 톡톡 쏘듯이 말한다고 해서 붙여진 별명이다. 그래도 그는 나한테만큼은 부드럽게 대해줬다.

아마 내가 누구보다도 더 불쌍해 보여서……. 그 이유가 어떻든 간에 모키는 나의 절친한 친구였다.

모키는 컴퓨터로 정보 해킹만 잘해도 대학 나온 것만큼의 좋은 대우를 받을 수 있다고 의시되곤 했다. 그는 평소 집과 컴퓨터 교육원만을 '왔다 갔다' 하면서 해킹전문가의 꿈을 키워왔던 것이다.

'한번 모키를 믿어볼까? 좋아, 이 친구의 능력을 믿어보자.'

5

나는 보충수업을 마치자마자, 모키 집으로 서둘러 갔다. 어젯밤 갑작스럽게 보자는 나의 말을 흔쾌히 받아들인 모키는, 문 앞까지 미리 마중 나와서 나를 반갑게 맞아 주었다. 그는 어깨를 쫙 편 모습이 꽤나 당당해 보였다.

"어이, 친구 잘 지내셨는가? 이 엄동설한(嚴冬雪寒)에 학교 다니기도 힘들 텐데, 어쩐 일로 이 누추한 집을 방문하셨나?"

마치 그가 어른이 된 것처럼 제법 성숙한 어투로 말문을 열었다.

"그만 좀 해라. 컴퓨터 공부가 애 늙은이로 만들었냐?"

나는 그의 말을 장난스럽게 받아넘겼다. 그도 웃으며 내 이마와 어깨를 '톡' 쳐주더니, 나를 자신의 방으로 안내하는 듯했다. 그가 거실 모퉁이에 있는 방문을 열자마자, 나는 기겁하여 한 발 뒤로 물러섰다.

"오, 하느님!"

그 친구의 방은 정말 미국 CIA 요원들이 기거하는 '비밀의 방'을 연상시킬 정도였다.

컴퓨터가 자그마치 열 대가 넘었다. 손바닥만 한 노트북부터 해서 초창기 컴퓨터 '에니악'처럼 거대한 캐비닛 크기도 있었다. 하지만 그 방에는 어디에도 대학 입시 참고서 같은 것은 없었다. 그 대신 정보원이

나 학자처럼 정보 해킹에 대한 책들이 수백, 수천 권이 방을 병풍처럼 둘러싸고 있었다. 책도 먼지 하나 없이 가지런히 놓여 있었다.

'남 눈치 안 보고 자신의 길을 갈 줄 아는…… 대단한 친구였다!'

나는 주저할 필요가 없었다. 그가 나의 고민을 즉시 해결해줄 수 있을 것만 같았다.

"모키야, 인터넷에서 '접근이 금지된 조변림 사건'을 알아봐 줄 수 있겠어? 내가 아무리 노력해도 이 사건은 열리지 않아."

나는 겉치레 인사하는 것도 잊은 채, 거두절미하고 부탁을 늘어놓았다.

"오랜만에 만났는데, 뭘 그리 급하누…… 좋아, 나에게는 흥미 있는 일거리군. 조…… 무슨 사건이라고 했지?"

그는 자신감에 차 있었지만, 나는 불안감을 떨칠 수가 없었다.

"조……변……림. 할 수 있겠어?"

"걱정 말고, 집에 가서 자장면 한 그릇 사줄 준비해 놓고 있기나 하셔. '고구마 피자' 한 판은 너에겐 무리이겠지? 아니면, 하루 온종일 열기가 지속되는 따끈따끈한 주머니 난로 하나 사달라고 할까?"

그는 또 한 번 자신감을 드러내며, 흔쾌히 내 부탁을 받아들이는 게 아닌가!

나는 그 친구 말에 안심은 됐지만……. 그 후 사흘이 지났나 싶을 무렵 밤 10시쯤이었다. 어머니는 학교 일로 무지 피곤했는지 일찌감치 잠에 곯아떨어져 그녀의 코 고는 소리가 안방 문틈 사이로 새어나오고 있었다. 바로 그때였다. 집 전화벨 소리가 다급하게 울려댔다. 나는 내 친구 모키의 전화라는 생각이 내 뇌리를 스쳐 지나갔다. 내 직감은 맞아떨어졌다. 그런데 나의 기대와 다르게 모키의 다급한 목소리가 고스란히 전화선을 통해 나에게 흘러들어왔다.

"처참한 조변림 사건! …… 날개 달린 신데렐라…… 으아아악!"

그의 괴성이 들려왔다. 모키의 목소리임에 틀림없었다. 그의 비명이 전화선을 관통해 내 귀가 찢어질 정도로 울려댔다. 최근 며칠 전부터 통신사 직원들이 작업복 차림으로 와서 힘들여 교체한 새로운 통신 광케이블도 남아나지 않을 듯싶었다. 그 짧은 순간에 한스 선생님과 교장의 말들이 뒤섞여 떠오르기 시작했다.

'조변림 사건을 알게 되면, 죽는다……. 날개 달린 신데렐라…… 신데렐라와 워싱턴 정가 얘기가 아이들 입시에……'

나는 전화기를 내던져 버리고 당장 그 친구 집으로 달려가려 했다. 그런데 나도 모르게 머뭇거렸다. 그 친구의 안전을 위해서 나보다 기동성이 뛰어난 경찰에 신고해야겠다는 생각이 먼저 들었다.

경찰서에 전화를 걸었다.

"뚜우…뚜우…"

통화 중이었다. 미칠 노릇이었다. 빨리 서두르지 않으면, 친구가 죽을 수도 있다는 생각까지 들었다. 또 전화를 걸었지만, 통화 중이었다. '뚜뚜' 소리가 나의 신경을 날카롭게 건들고 있었다. 나도 모르게 힘껏 전화기를 내동댕이쳐버렸다.

전화기가 침대 모서리에 맞고 산산조각이 나버리고 말았다. 전화기 부서지는 소리와 함께 예전처럼 내 방 창문에서 사람만한 검은 그림자가 생겼다. 그러더니 그 그림자가 훨훨 하늘로 솟구쳐 날아올랐다. 밤하늘의 별빛에 비친 그 모습은…… 희미해서 자세히는 잘 보이지 않았지만, 마치 비행물체 같았다.

지금은 그게 박쥐인지, 새인지는 관심조차 생기지 않았다. 무조건 집 밖으로 달려나가야만 했다. 손에 잡히는 어떤 옷이든 몸에 대충 걸치고 나온 것 같았다. 택시를 잡아탔다.

"푸른마을 2가 302번지로 빨리 가주세요. 사람이 다쳤어요. 부탁해요! 기사 아저씨."

나는 다급하게 숨을 헐떡이며, 소리치듯이 말했다.

"흠, 알았네."

기사 아저씨는 다급한 내 목소리를 듣고는 가속페달을 강하게 밟아대기 시작했다. 어둠 속에서 가로등과 자동차의 전조등만 의지해서 시내를 한 시간에 100킬로미터 속도로 달린다는 것은 목숨을 내놓는 바보 같은 행동이었다. 하지만 기사 아저씨는 새파랗게 질린 내 얼굴을 보고는 어쩔 수 없었던 모양이다. 이제 모퉁이만 돌면 푸른마을이 나타난다.

그때, 정말 재수 없는 일이 일어나고 말았다. 어디에도 경찰 순찰차가 보이지도 않았는데, 어디에선가 불쑥 경찰이 나타나는 게 아닌가. 갑자기 어수룩해 보이는 경찰이 멈추라고 길 저편에서 손짓하고 있었다. 기사 아저씨도 놀랐는지, 브레이크를 급히 밟고는 멈춰 섰다.

차바퀴 타이어가 아스팔트 표면에 거세게 마찰을 일으키면서 일어난 굉음에 내 고막이 찢어지는 줄 알았다.

그 바람에 내 앞이마가 앞좌석에 부딪힐 정도로 차체가 강하게 흔들렸다. 자동차 앞 유리에 나지막하게 붙여진 내비게이션만은 관성의 법칙을 못 이기고 사정없이 차체 바닥으로 떨어지고 말았다. 그는 신경질적으로 주차 브레이크를 당기더니, 운전대를 분에 못 이겨 한 손으로 거세게 내리쳤다.

경찰은 가볍게 거수경례를 붙이고는 관등성명도 대지 않은 채, 과속했다며 거의 30여 분 동안 주의 아닌 설교를 하얀 서리 같은 입김을 뿜어내며 늘어놓았다. 그러더니 이번만은 봐주겠다며, 골목으로 유유히 사라지는 게 아닌가. 얼마 지나 골목에서 '휙' 하고 바람 소리와 함께, 하늘로 오르는 새 한 마리가 보였다. 날개가 일그러진 달빛에 반짝이며, 에메랄드 보석 빛을 쏟아냈다. 한마디로 환상적이었다. 멀리 보여서 새의 크기는 쉽게 분간이 되지 않았지만, 엄청 커 보였다.

기사 아저씨는 못내 분했나 보다.

"제기랄, 재수 없으려니까. 학생! 택시비는 받지 않을 테니, 여기서 내렸으면 좋겠네."

그는 기분이 몹시 상했는지 분을 삼키며 말했다.

"죄송해요, 아저씨."

나는 거듭거듭 굽실거리며, 호주머니에서 꼬깃꼬깃 접힌 나의 전 재산 1만 원을 뒷좌석에 놓고 내렸다. 나의 자격지심이라고나 할까.

그 친구 집까지는 1킬로미터 정도 남짓했다. 앞만 보고 뛰어갈 수밖에 없었다. 일분일초가 아까웠다. 나는 한참을 뛰고 나서 멈춰서 헉헉거리며 숨을 고르고 앞을 내다봤다. 누가 신고했는지 어둠 속에서 경찰차 경광등이 번쩍번쩍 빛을 뿜어대며 모키 집 앞에 두세 대가 서 있었고, 동네 주민들로 보이는 행인 서너 명 정도가 그곳을 둘러싸고 있었다. 모키의 어머니가 눈에 띄었다. 그녀는 한없이 눈물을 흘리고 있었다. 모키도 나처럼 아버지를 일찍 여윈 탓에 가족이라곤 어머니와 단둘밖에 없던 거였다. 이젠 어머니 홀로 이 힘든 세상을 살아나가야 하는 것이다. 경찰이 보다 못해 모키의 어머니의 양손을 가볍게 붙들고 위로

하고 있었다. 나는 그녀에게 달려갔다.

경찰은 날 보자마자 소리쳤다.

"넌 누구냐?"

"아니, 전……."

경찰들은 날 경계했고, 나는 처음 겪는 일이라서 무척 당황했다. 모키의 어머니는 양손을 부르르 떨며 잠시 눈물을 훔치더니, 내 아이의 친구라고 간단히 소개해 준 덕분에, 경찰의 경계가 누그러지게 됐다.

나는 친구 어머니가 정신이 혼미해 보였기 때문에, 모키에 대하여 경찰에게 직접 물어볼 수밖에 없었다.

"어떻게 된 거죠?"

경찰은 침울해했다.

"창밖에서 누가 돌을 던졌나 봐. 큰 돌이 창문을 깨고, 네 친구 머리를 깨뜨렸어. 잡히기만 해봐라!"

"죽었나요?"

"응……"

경찰 말대로라면…… 결국 모키는 죽은 것이다.

"혹시 머리를 새에게 쪼인 것은 아닌가요?"

나는 가장 궁금했던 말을 쉽게 내뱉었다. 이 말에 경찰들이 깜짝 놀라 했다. 그들은 한마디로 급소를 가격당한 모습이었다. 하지만 경찰들은 애써 내 말을 무시하는 듯했다.

"새들이 무슨 힘이 있겠냐?"

옆 허리에 찬 권총을 한 손으로 툭툭 치던 한 경찰이 귀찮듯이 말하며 끼어들었다.

"그게 아니라요, 뭐든 의심해봐야 하잖아요."

"그건…… 나중에 조사해 보겠네."

그들은 이 같은 성의 없는 말로 내 질문의 답변을 대신하고는 유유히 서둘러 가버렸다.

모키의 어머니는 나와 경찰의 오가는 대화를 들었나 보다. 그녀는 억지로라도 슬픔을 잠시 털어버리려는 듯 이리저리 머리를 흔들며, 신중하게 입을 열었다.

"컥컥…… 가온아, 내 아이가 죽을 당시 나는 옆방에서 자고 있었어. 그런데…… 갑자기 그 아이 방에서 찢어질 듯한 비명이 들려서 깼지 뭐야. 급히 서둘러 가보니, 큰 돌 하나가 방 한가운데 뎅그러니 놓여 있었고, 사방엔 아들의 피가 낭자했다고. 그 녀석이 가장 아끼던 컴퓨터는 박살 나 있었어. 이상한 건, 새 깃털 수십여 개가 방바닥에 떨어져 있었는데…… 그 깃털은 작년에 날씨가 추워져서 사준 오리털 재킷에서 떨어졌다고 단순하게 생각을……."

나는 문득 박살 난 컴퓨터와 그 오리털이 이 사건을 푸는데, 결정적인 단서라고 생각했다. 나는 주저하지 않았다. 그리고 그럴 마음의 여유도 없었다.

"어머님, 그러면 그 컴퓨터와 오리털은 어디에 있죠?"

나는 모키의 어머니를 심문하듯 다그쳤지만, 다행히 그녀는 내 말을 기분 나쁘게 받아들이지 않고 잠시 골똘히 생각하는 듯했다.

"경찰들이 가져간 것 같아."

일이 꼬여갔다.

"그러면, 오리털 재킷은 어디에 있어요?"

나는 재차 다그쳤다.

"오리털 재킷……? 그것도 경찰들이 가져갔지. 그들이 더 조사해봐야 한다면서……"

모키 어머니도 의아해하면서 말했다.

"근데 못 보던 유리구두 한 짝이 피 흘리며 쓰러진 모키의 머리맡에 놓여 있었더구나."

"아…… 유리구두요? 그러면 그건 어디에 있는데요?"

"가온아, 미안하다. 그것도 경찰이……"

나는 더 이상 어떻게 해야 할지 알지 못했다. 유리구두라면…… 신데렐라의 유리구두? 교장이 말한 신데렐라와 모키가 죽어가면서 소리친 '날개 달린 신데렐라'…… 이 말들이 서로 어떤 공통점을 갖고 있는지를 밝혀낸다는 것은 거의 불가능해 보였다. 게다가 내가 어린 학생이다 보니, 경찰에게 가서 따져 봐도 그들은 날 무시할 게 거의 확실치 않은가.

6

언제까지 한스 선생님의 말만 믿고 지금까지 일어난 교장과 모키의 처참한 죽음을 넋 놓은 채, 바라만 보고 있을 수 없었다. 나는 가슴이 답답해 왔다. 심지어 내 친구 죽음마저도 내 눈으로 직접 확인할 수 없는 내 자신이 무지 한심해 보였다. 나도 모르게 눈물이 흘러내렸다. 나 때문에 친구가 죽었다고 생각하니, 심한 자괴감과 죄책감도 밀려왔다.

바쁘게 서둘러 모키의 집으로 향하던 순간, 갑자기 어디선가 짙은 어둠 속에서 나타난 그 어수룩해 보인 경찰…….

그 경찰만 아니었어도 친구의 죽음을 내 눈으로 직접 확인할 수 있었다! 그 경찰이 몹시 원망스러웠다.

그런데…… 그 경찰 제복이 왠지 모르게 에메랄드빛이 은은하게 났던 것 같았다. 그 후 갑자기 솟아오른 에메랄드 보석 빛의 날개를 갖고 있는 새의 모습. 혹시 그 새가 나를 친구 모키 집에 늦게 가도록 한 건 아닐까? 그렇다면 그 새가 설마 '날개 달린 신데렐라'라는 말인가?

나는 말도 안 되는 현실성 없는 생각에서 빨리 벗어나려고 머리를 좌우로 흔들어댔다.

'조변림 사건을 알게 되면, 죽는다.'는 한스 선생님의 말이 나를 끊임없이 괴롭히고 있었다. 조변림 사건이 뭔지를 알아내는 것은 뒤로 미룰 수밖에 없었다. 나의 호기심이 내 주변 사람들을 처참히 죽일 수도 있다는 무시무시한 생각이 들기 시작했기 때문이다.

무엇보다도 중요한 사실은 수인이는 사라졌고, 나로 인해 친구가 죽었다는 것. 이 같은 비극에 맞서 내가 할 수 있는 일은 이제 딱 한 가지였다. 먼저 '수인'이를 찾아야 했다. 아니, 그녀의 집을 찾아내야 했다. 그녀가 없더라도 그녀의 집에는 뭔가 그녀의 흔적들로 가득 차 있을 것이다.

수인이도 내 친구처럼 조변림 사건을 알게 돼서 죽지 않길 내심 바랄 뿐이다.

*

수인이의 말을 여러 번 상기해 보았다.

그녀의 집이 있는 곳은 이 층 현대식 양옥 민가와 셔터 문이 달린 상점이 띄엄띄엄 있는 에메랄드 숲 주변은 아니다. 그곳 가장자리에서 마치 원의 중심을 향해 100미터 단거리 달리기 시합하듯이 뛰어가면, 15

초 내에 도착한다고 했는데……. 가끔은 좁은 골목길로 된 산책로를 지나간다고 했고. 아무리 생각해도 결국은 에메랄드 숲을 벗어날 수가 없었던 거다. 이 숲의 넓이는 만여 명 정도 관중들을 수용할 수 있을 정도의 야구나 축구 경기장만한 크기이다. 그리고 그녀의 집에는 조경사 두세 명이 하루 종일 관리해야 유지될 큰 정원이 있고, 거기에 100여 미터 높이에 큰 나무가 있다고 했다. 에메랄드 숲 말고는 10에서 20여 미터 크기만 한 나무도 찾기 어려웠다. 거인들이 가꿀 것 같은 그 큰 나무를 어쩔 수 없이 에메랄드 숲에서 찾아볼 수밖에 없는 게 아닐까.

그녀가 말한 집은 결국 에메랄드 숲 속에 있다는 건데……. 그곳에 기거할 만한 주택이 있다니, 나로서는 그녀의 말이 말도 안 되는 기막힌 거짓말 같았다. 그녀한테도 속았다고 생각하니, 나도 모르게 억울하다는 생각이 들어 오른손을 불끈 쥐고 말았다.

하지만 거짓말 같던 한스 선생님의 말도 일리가 아예 없는 건 아니었다. 설마 수인이가 날 속였겠어, 라는 생각도 얽혀 섞여 교차됐다. 무지 혼란스러웠다.

그래도 한 번쯤은 확인해 봐야겠다는 미련이 남아…… 내 자신이 한심하고 미워졌지만, 달리 뾰족한 방법도 없었다.

어느새 어둑해진 차디찬 밤하늘에 별들이 나를 보며 구슬피 울고 있는 듯했다. 잠시만이라도 내 고민과 고통들을 잊게 해 줄 함박눈이라도 내렸으면…….

7

"네가 죽였는가?"

"아닙니다. 그건 말도 안 되는 일입니다."

여왕처럼 자태가 화려한 한 여자가 젊은 남자에게 심문하듯 다그쳐 봤지만, 결국 그는 오른쪽 입술을 실룩거리며, 그 여자의 말을 완강히 부정했다.

"그럼, 누구의 짓이란 말이냐?"

잠시 침묵이 흐른 후, 그 남자는 골똘히 생각하는 듯했다.

"짐작이 가는 이가 있습니다. 지혜가 출중한…… 그 누군가가 아닌가 싶습니다."

그 여자는 앉아 있는 자리가 불편한지 몸을 들썩거렸다. 아마 여자는 깊게 되짚어 보며 생각하지 않아도 그가 누굴 가리키는지 짐작이 가는 눈치였다.

"4천억 원이나 되는 전투기까지 그가 주무른다고 해도, 그걸 그자 혼자 계획할 수는 없지 않은가? 국가 정보요원이 도와줬나?"

여자는 의심이 많아 보였다.

"지금 정보요원이 이 일엔 섣불리 관여하지는 않고 있습니다. 아, 아닙니다. 관여는 하긴 하는데, 상부의 지시만을 전해줄 뿐……. 분명 공범은 있습니다. 하지만 지금으로선 짐작만 갈 뿐, 밝힐 수 없습니다."

암살자처럼 의중을 드러내길 꺼려하는 젊은 남자의 말에 그 여자의 눈은 수심에 가득 차오른 눈빛으로 돌변했다.

"한마디만 묻겠네. 우리 조직에 공범이 있는가?"

젊은 남자는 말하기가 거북한 듯 잠시 머뭇거렸다.

"가까우신 분이라…… 차마 말씀드리기가……"

그 당차던 남자가 말꼬리를 흐렸다.

여자는 누군지가 짐작이 갔는지, 벌겋게 핏발이 오른 눈빛을 감추지 못했다. 마침내 그녀는 갖고 있던 은빛 지팡이를 벽을 향해 내던지고 말았다.

8

"밤늦게까지 또 어딜 싸돌아다니는 거야! 언제까지 그럴 거냐고."

어머니는 이른 아침부터 화를 냈다. 요즘 일상은 늘 이렇게 시작되고 있던 거였다.

밤늦게 몇 시에 들어왔는지, 전화기는 왜 산산조각 났는지, 어머니가 마치 강력범을 다루는 형사처럼 나를 추궁했다. 나의 심장 근육이 깜짝 놀랄 정도로 정신없었다. 그녀는 못마땅한 게 한두 가지가 아닌 것 같았다.

그녀는 화를 내며 마침내 내 등짝을 찰싹 때렸다.

"다음부턴 잘하라고. 알았지!"

"근데, 엄마……"

"나중에 얘기하자."

그래도 하나밖에 없는 자식이라 생각했는지, 그녀는 이렇게 격려의 말을 잊지 않고는 여느 때처럼 내 말도 듣지 않고 바쁘게 서둘러 나갔다. 나는 가끔 그녀가 나에 대해 도가 지나칠 정도로 집착한다는 생각에 솔직히 부담스러운 점이 없지 않았다. 게다가 서운한 점도 있는데,

그건…… 그녀는 날 꾸짖기에 바빴지, 내 대답은 기대조차 하지 않는다는 거다. 아무리 내가 열을 내며 말해봤자 소용없는 것이다.

그런데 요즘 들어 내 자신도 어머니에 대해 관심을 넘어 걱정되는 게 있었다. 그건 바로 어머니 목의 피부병인데, 이게 더 돋쳤나 보다. 목에 스카프 두르는 것 대신에, 귀찮았는지 아예 답답해 보이는 흰색 터틀넥의 옷으로 바꿔 입은 거였다.

'그런 거 살 돈이 있으면, 병원에나 가시지.'

나는 이렇게 마음속으로나마 그녀를 애들처럼 타이르고 있었다. 정중히 말해봤자 되돌아오는 말들은…… '시간이 없다는 둥, 너나 잘하라는 둥'의 뻔한 대답들만이 쉴 새 없이 나열되니까.

문밖에서 고집쟁이 어머니의 자동차 시동 거는 소리가 요란하게 들려오더니, 점차 속도감 있는 엔진 소리로 바뀌어 들려왔다. 그런데 그것조차도 점점 사라져 갔다.

*

본능적으로 수인이의 생각으로 다시 내 머리가 가득 차 올라왔다. 급작스러운 무의식의 탈바꿈이라서 내 자신도 깜짝 놀랄 지경이었다. 그녀의 집을 찾는 것, 그밖에 다른 어떤 것들에는 좀처럼 마음이 가지 않았다. 어머니에 대해서만큼은 예외이겠지만 말이다. 거의 대부분의 것들이 한 귀로 듣고 한 귀로 흘려졌다. 누구인들 내 모습에 서운해해도 어쩔 수 없었다.

이따금 수인이 뿐 아니라, 나의 소중한 친구들을 생각할 때마다 이들을 하나둘씩 잃어버릴 수도 있다는 생각에 자살 충동까지 일었다. 급기야 고층 빌딩에 올라가 강한 맞바람을 등지고 잠시 하늘을 날다가 땅바닥으로 처참하게 떨어지고도 싶었다.

당연히 학교 보충수업의 내용도 들려오지 않았다. 사회 선생님은 수업 중에 멍하니 넋 놓고 있는 내가 못내 안타까워 보였는지, 수업 내내 날 일으켜 세워놓은 체 공부하게 했다.

그럼에도 나는 언제 사회수업이 끝났는지도 모를 정도로 심각하게 넋이 나가 있었다. 내 짝꿍 세진이와 뒤에 있는 근우 녀석이 서로 번갈아가면서 내 엉덩이를 발로 걷어차며, 정신 차리라고 말할 정도였으니. 오늘 하루가 마치 1년처럼 느껴졌다.

드디어 골머리 아픈 수업은 끝났다. 평소처럼 다들 떠들어대며 교문을 나서거나 도서관으로 향했다. 안타깝게도 나는 그 둘 중의 어느 것도 아니었다. 나 같은 모범생이 엇나가는 건 한순간인 듯싶었다. 내 머릿속에는 에메랄드 숲에 있는 '수인이의 집' 찾기로 과포화 상태에 이르렀다. 내 뺨이 불그레하게 달아올랐고, 뇌가 터질 지경이었다. 에메랄드 숲은 오늘따라 내가 가는 걸 꺼려했는지, 숲의 전후방이 전혀 보이지 않을 정도로, 짙은 안개로 뒤덮여 있었다. 신비스럽고 그윽하기조차 했지만, 위험해 보이기도 했다.

'수인이의 집은 에메랄드 숲의 가장자리쯤에서 한가운데를 향해 전력 질주하면, 15초 내에 있다고 했었지…….'

나는 여러 번 기억을 더듬었다. 그녀가 아무리 온몸이 땀으로 흠뻑 적셔 흘러내릴 정도로 달린 시간이라고 해도, 나는 아마 10초 내에 도

달할 수 있는 거리일 듯싶었다. 나는 그녀의 굼벵이처럼 느린 스타일을 오랜 동안 가까이서 지켜봐 왔던 터라 어렵지 않게 확신할 수 있었다.

나는 모든 고민들을 뒤로 밀어 던져 버리고, 에메랄드 숲을 크게 동심원을 그리며 원 중심으로 수렴하듯 100여 미터 높이 정도 되는 큰 나무들을 찾았다. 예상했던 대로다. 그런 나무는 도저히 찾을 수가 없었다.

'10미터도 아니고 자그마치 100미터 높이라니…….'

나는 어쩔 수 없이 한두 바퀴 돌며 100미터 높이의 나무는 포기하고 큼직해 보이는 것들을 이리저리 훑어보며 골라냈다. 어림잡아 세어보면, 30에서 40그루 정도는 되어 보였다. 가장 커 보이는 나무의 높이는 기껏해야 30여 미터 정도. 하지만 이 나무 주위에는 아무리 둘러봐도 벽돌이나 나무로 지은 집은 어디에도 없었고, 심지어 마당을 상징하는 울타리조차 찾기 힘들었다.

모든 게 허망했다. 다리도 아파오고 후들거렸다. 결국 그녀가 나를 속였다는 생각이 또다시 들어 가슴 깊은 곳으로부터 배신감마저 치밀어 올라왔다. 그런데 어느 나무인지는 잘 모르겠지만, 나무 위에서 갑자기 흐느껴 우는 소리가 멀찌감치 들려왔다. 수인이의 울음소리처럼 들렸다. 그녀가 아니라 해도, 한 여인의 울음처럼 들려왔다. 심지어 그녀가 눈물을 훔치며, 날 흘끔흘끔 쳐다보는 것만 같았다.

'환청이었을까? 아마 그런 거겠지. 바람 소리일 것이다.'

하지만 그 소리가 너무나 또렷이 들려왔다. 그 소리의 진원지, 나무를 찾아 올라가고 싶어 미칠 지경이었다. 그녀를 너무 보고 싶어 한 나머지, 내가 정말 미쳐가고 있는 것은 아닐까.

구슬피 흐느껴 우는 소리가 멈추려는 기색도 없이 환청인지 아닌지 분간하기 어려울 정도로 점점 더 크게 들려왔다. 무서움마저 엄습해왔다. 이러다가 내 스스로 정신 줄이라도 놓게 된다면, 어머니의 슬퍼하는 모습을 내 자신이 어찌 감당할지. 나는 억지로라도 집으로 발걸음을 옮길 수밖에 없었다.

나의 모든 계획이 허물어지는 순간이었다. 나는 무거운 발걸음으로 터벅터벅 집에 오자마자, 실성한 듯 침대 위에 고꾸라진 채 누워버렸다. 나무 위에서 들려왔던 한 여인의 흐느껴 우는 소리가 여전히 들려오는 듯했다. 나의 온몸이 오싹해졌다. 예전에 어디선가 들려왔던 요란한 말발굽 소리도 흙먼지를 뿌옇게 흩어내듯 갑자기 울려대더니, 내 귀청을 찢고 있었다. 나는 귀를 부둥켜 쥐고 방바닥에 나뒹굴었다. 고통스러워 미칠 지경이었다. 나는 가끔 온몸을 뒤척이며 울다가 밖이 더더욱 어둑해지면서, 넋 나가듯 곤히 잠든 것 같았다.

9

나도 모르게 눈이 게슴츠레 떠졌다. 빛이 눈 속으로 들어왔다. 과학혁명이 자연법칙을 뒤엎어버리기에는 아직 역부족인 듯싶을 정도로, 또 어김없이 아침이 찾아온 것이다. 그런데 내 온몸은 몹시 쑤시고 아팠다. 열이 지글지글 끓고 있는 것 같았다.

인기척은 없었지만, 어느덧 내 이마 위에 찬 기운이 흘러내렸다. 나는 눈을 크게 치켜 올렸다. 어머니가 내 곁에서 불안한 듯 몹시 걱정 어린 눈빛으로 날 바라보고 있는 게 아닌가.

"……엄마?"

"응…… 괜찮아?"

그녀는 새벽부터 나의 신음소리에 잠이 깨어 내 이마 위에 찬 물수건을 올려놓고 간호하고 있었다는 거다. 이른 아침부터 터틀넥의 옷을 입고 있는 어머니의 표정도 그리 밝아 보이지 않았다. 심지어는 나처럼 아파 보이기조차 했다. 내가 잠자면서 소리치며 울기도 했다는데.

"열이 많이 내려서 다행이야. 병원 가는 것보다는 하루 정도 학교를 쉬고 몸 편히 집에 있으면, 나을 것 같은데……. 그렇게 하겠니?"

"응, 그렇게 할게. 엄마."

엄마도 하루쯤 학교 가지 말고, 피부과 병원에 가시지, 라는 말이 내 입안에서만 맴돌다가 결국 나오지 않았다.

그녀는 재차 날 물끄러미 쳐다보고는 자리에서 일어났다. 그러고는 방문을 열고 거실로 가서 내 학교 담임선생님에게 전화를 거는 것 같았다.

그녀는 또다시 나에게 다가와서 내 온몸을 이불로 포근하게 잘 덮어주고는, 여느 때처럼 서둘러 나갔다. 아마도 그녀는 내가 몸이 몹시 아파 학교에 못 갈 것 같다고 담임에게 전해준 모양이다.

'모처럼 나에게 자유가 찾아온 건가.'

나는 요 근래 공부와 씨름하기보다는, 수인이를 찾느라 정신이 없었는데. 운 좋게도 나의 여러 번민으로 아픈 덕택에 모처럼 자유를 얻게 된 것이다.

나는 어머니가 내 이마에 올려놓은 수건을 내려놓고, 일어나 거실 창문을 활짝 열어 바깥 공기를 한숨에 들이마시고 싶어졌다. 그런데 일어나려고 하다가 머릿속이 까맣게 되더니 나도 모르게 방바닥에 쓰러지고 말았다. 아마도 갑자기 일어나려 하니, 피가 뇌까지 전달이 잘 안 됐나 싶었다.

나는 자연스럽게 방바닥에 잔뜩 웅크린 채 눕게 됐고, 방 천장을 멍하니 바라보게 됐다. 방 천장을 물끄러미 쳐다보다가 문득 내 머리를 스쳐 가는 것들이 있었다.

'그래! 아버지 서재에 가보자. 거기에는 아마 내가 궁금해하는 것들을 단숨에 해결해 줄 수 있는 게 있을지도 몰라…….'

우리 집은 겉으로 보면 단층집처럼 보인다. 하지만 뾰족지붕이라서 이 층과 같은 다락방이 있다. 어머니가 예전에 아버지를 위해 다락방을 서재로 꾸며놓았다고 말한 게 기억났다.

아버지 서재는 바로 내가 바라보고 있는 천장 위에 있던 거였다. 어머니는 아버지가 이 세상 사람이 아닌 이후에도 서재의 청소를 일주일마다 한 번도 거르지 않고 해왔다. 그리고 서재로 올라가는 계단도 어머니가 손수 아주 멋진 베이지색 나무로 디자인해 놓았다. 하지만 그녀는 내가 아버지 서재에 가서 놀게 되면, 엉망이 될 거라고 생각해서인지 그곳에 절대 얼씬도 못하게 약간 색이 바랜 은빛 열쇠로 굳게 잠가버렸다. 나는 그녀가 그 정도로 서재에 대해 예민했고, 혼신의 정성을 쏟는다고 생각했다.

그러다 보니 아버지 서재를 굳이 들어가고 싶은 마음이 들지 않았다. 아예 그런 마음이 사라진 지 오래다. 그녀도 안심이 됐는지, 내가 쉽게 알아차릴 수 있는 곳에 아버지 서재의 열쇠를 놓아두기도 했다. 요즘은 거실 꽃병 속에 넣어 두는 것 같았다. 그녀는 내가 이젠 어린아이가 아니라서 서재에 들어가도 큰 말썽이 없을 거라고 생각했으리라.

그런데 아버지 서재는 다락방을 개조한 거라서 창문조차 없었다. 나는 신이 났다. 어떤 누구도 엿볼 수 없는 '완벽한 아지트'였던 것이다!

밤새 헛소리까지 하며 앓았던 내 모습은 도저히 찾아보기 힘들 정도였다. 거실에는 예상했던 대로 꽃병이 가지런히 놓여있었다. 그 안엔 약간은 색깔이 바래 보였지만, 은빛이 자욱한 열쇠가 덩그러니 놓여 있었다. 나는 주저하지 않고, 왼손으로 그 열쇠를 '꽉' 움켜잡았다. 나는 왼손에 물건을 잡고 있으면, 행운이 왔던 기억이 많았기 때문이다. 이를 계기로 하는 일마다 삐걱거리는 액운을 멀리 벗어 던지고 싶었다. 이번만큼은 행운이 오길 바라는 마음으로 다락방으로 향하는 층계를 단숨에 올라갔다. 나는 호기심의 발동으로 허공에 붕 떠 있는 느낌을 지울 수가 없었다. 전혀 예정에 없었던 일들이라서 떨 듯이 연주하는 기타의 트레몰로 연주기법처럼, 가슴이 콩닥콩닥 두근거려 왔다.

머뭇거림 없이 은빛 열쇠로 아빠 서재 문을 열려 했다. 열쇠 구멍이 왠지 비좁게 느껴졌다. 빡빡하게 열쇠가 돌아갔다. 다락방에 홀로 산다는 수인이. 그녀의 몸을 탐하려 해도 늘 강하게 저항하는 그녀의 손길과도 같았다. 그런다 해도 어떤 악의 근원도 이를 방해하거나, 반항할 수 없었다. '탁' 하는 작은 경쾌한 소리와 함께 비로소 굳게 닫힌 문이 열리고 말았다.

그 순간…… 서재 안에서 다채로운 빛이 한꺼번에 쏟아져 나왔다. 햇빛에 있는 여러 다양한 색들이 모두 다 연출한 것만 같았다. 너무 눈부신데다가 거센 바람이 나를 휘감아 층계 밑으로 나뒹굴게 했다.

아찔했다. 하지만 서재엔 창문조차 없었기 때문에, 문을 닫아놓으면 공기가 순간 압축되어 진공상태와 흡사하게 변모되는 하나의 '과학적인 사실'로 여기려고 애써 노력했다. 마치 뜨거운 물이나 공기를 플라스틱 병에 넣어 뚜껑을 밀착시켜 닫아버리면, 여는 순간 병 안에서 뚜껑을 밀치는 공기의 흐름을 느낄 수 있는 것과 흡사하다고나 할까.

10

아무 일도 아닌 것처럼, 나는 곧바로 정신을 가다듬고 일어나 천천히 층계 위로 올라가 아버지 서재 안을 들여다보았다. 서재는 아침 햇살에 반짝거리다 못해 눈부셨다. 목을 들어 천장 쪽을 유심히 살펴봤다. 아침 햇살이 다락방 천장에 5센티미터 폭에 4미터 길이쯤 되는 반투명한 유리 수십여 개를 관통해 들어온 것이었다. 그걸 통해서 바라본 하늘은 흐릿하게 보였다. 다락방 속의 여러 가구들과 물건들도 밖에서 보면, 흐릿하게 보일 뿐, 감춰질 듯싶었다.

"와, 멋진걸!"

나도 모르게 어머니의 솜씨에 감탄사가 나왔다. 마치 바로크 건축의 미를 뽐내는 프랑스의 베르사유 궁전처럼 화려했다. 광대하고 아름다운 정원 하나쯤 있어 보였고, 궁전의 거울 방처럼 1066년 앵글로색슨 교회에서나 사용된 것 같은 크리스털 샹들리에가 길게 늘어뜨려 있었다. 새들도 떼 지어 몰려와 현란하게 수를 놓은 듯이 보였다. 어머니의 여린 손을 통해 내 눈앞에 펼쳐진 그 광경은 숨 막힐 듯했다. 그녀가 취미로 실내 인테리어를 배운 것을 유감없이 아버지 서재를 꾸미는 데 발휘했나 보다. 비록 이 세상에는 없지만, 그에 대한 어머니의 정성 어린 사랑을 느낄 수 있었다.

그럼에도 나는 이런 낭만적인 생각만을 하고 있을 때가 아니었다. 나의 친한 친구 '모키'를 잃었고, 수인이도 죽었을지도 모른다는 생각에 정신을 또다시 추슬렀다. 추억이니, 낭만이니 등의 사치스러운 말들을 뒤로 미룰 수밖에 없었다. 조급한 마음에 서재를 이리저리 둘러봤다. 벽 사방에는 수천 권의 책들과 책이 없는 곳은 반투명 거울이 에워쌌다. 한마디로 엄청 많은 책들이 병풍처럼 벽을 둘러싸고 있던 거였다. 어느 책을 뽑아 봐야 할지 도저히 알 수 없을 정도였다.

먼저 '조변림' 사건에 대한 책이나 문서들을 찾아야겠다는 생각이 들었다. 하지만 그런 것들은 눈 씻고 봐도 찾을 수가 없었다. 괴로운 지금의 처지…… 이를 손쉽게 해결할 실마리를 발견할 수 있을 거라는 기대가 여지없이 무너지고 있었다.

'그러면 그렇지. 아빠는 순수한 조류학도였을 거야……. 여기에 골치 아픈 정치 얘기에다가…… 심지어 날개 달린 신데렐라 얘기도 있을 턱이 없잖아…….'

나는 체념하고 뒤돌아서서 서재를 나오려고 했다. 바로 그때, 외국 서적 한 권이 내 눈을 멈추게 만들었다. 나의 시선이 순간 뜨겁게 달궈졌다.

'버 즈 해 비 테 트…… Birds Habitat'

'새들의 서식지'라는 책 제목이었다. 사람들에게 적용시키면, '서식지'라는 말은 충분히 '거주지, 집'으로 해석될 수 있다고 고약한 성격의 에머튼 선생님이 열변을 토하며 강의한 내용들이 문득 떠올랐다.

나의 손과 다리가 부들부들 떨려왔다. 항상 중요한 순간이 되면 긴장된 탓이리라.

그 책이 있는 곳으로 가는 길이 멀게만 느껴졌다. 나의 발걸음마저도 뜻대로 되지 않았다. 마침내 그 책을 두 손으로 뽑아들었다.

순간 광풍이 불어 닥쳤다. 게다가 서재 위 지붕에 얼마나 많은 새들이 몰려 왔는지, 새들이 요란스럽게 지저귀는 소리가 나의 귀청이 떨어지도록 울려댔다. 나는 서둘러야만 했다. 새들이 지붕을 쪼아 부수고 들어올 것 같은 느낌이 들었기 때문이다. 임마누엘 칸트는 이걸 '순수 직관'이라고 한 것 같은데. 빨리 이 책을 보고 서재를 박차고 나가야만 했다. 나는 책에 집중하려 노력했다.

"아아아……"

나는 책 겉표지 그림을 보고, 숨이 멎는 듯했다. 숨을 계속 몰아쉬었다. 정신을 차려야 했다. 침엽수인지, 활엽수인지 분간은 잘되지 않았지만, 아주 크고 잎이 무성한 바로 그 나무 위에 고대의 로마 시대에나 나올 법한 큰 성전, 아니 궁전이 있었다. 나무속에 층별로 새들이 살고 있었고, 다락방 같은 조그만 방도 보였다. 더욱더 놀라운 것은 나무 맨 위엔 광활한 대지가 넓게 펼쳐져 있었고, 그 위 궁전에는 놀랍게도 금으로 치장된 왕관을 쓴 새들의 왕과 신하들이 살고 있는 게 아닌가!

이를 보는 순간, 내가 지금까지 생각해 온 조류학은 유치원 수준에 불과하다는 생각이 들었다. 참으로 흥미롭고 가슴이 벅차올랐다.

그런데…… 나는 다시 냉정을 되찾아야 했다. 새들의 지붕을 쪼는 소리는 더욱더 커져만 갔다.

'지금 내가 뭘 하고 있는 거지. 이곳을 빨리 빠져나가야 한다고. 나의 이기적인 학문 호기심을 충족시키려고 아빠 서재에 온 건 아니잖아! 책 표지 그림은 단지 상상일 뿐인데 말이야.'

난 내 자신을 학대하듯이 호되게 꾸짖었다. 나는 무심코 또 그 책 겉장을 넘겨버렸다. 책 겉장이 스르르 넘어가자마자, 서재의 벽이 빙글빙글 돌아가면서 아버지가 연구한 새들, 그리고 심지어 날개 달린 사람까지 등장하고 있었다. 갑자기 내 아버지가 날개 달린 사람들과 새들에게 고속도로 변에서 공격당하는 모습이 벽 속에 고스란히 담겨져 있었다. 날개 달린 사람들은 수십여 명 정도 돼 보였고, 하얀빛 날개를 지닌 맑은 살결에 어린 여자애도 그들 옆에 있었다. 특이하게도 어린 그녀는 옆에 있는 날개 달린 사람들과는 다르게 자신의 살결처럼 맑고 투명한 유리구두를 신고 있었다. 그녀 주위엔 새들이 아무리 적어도 5백여 마리 이상 되어 보였다. 이 장면이 빙빙 돌면서, 빛을 잔뜩 뿜어대며 영화의 한 장면처럼 상영되고 있었다.

그런데…….

애 띤 얼굴의 어린 여자애가 자신의 하얀빛 날개로 아빠의 가슴을 갈기갈기 찢어버리는 게 아닌가!

"아아악……"

이번엔 진짜 숨이 막혀 왔다. 그 어린 여자애 얼굴이 마치 수인이의 어린 시절을 연상시켰기 때문이다. 그리고…… 그녀의 아빠가 물려준 바로 그…… 유리 구두!

나는 무릎 꿇듯이 내 가슴을 움켜잡고 서재 바닥에 쓰러지고 말았다.

'이렇게 쓰러지면 안 돼! 다시 일어나라고.'

나는 의지를 불살랐다. 이곳을 얼른 빠져나가야 한다는 것을 알면서도, 다시 일어나 호기심의 불꽃을 끄지 못한 채 표지 안쪽을 읽고 말았다. 난 이 글들을 읽자마자 또 한 번 소스라치게 놀랄 수밖에 없었다.

책 표지 안쪽에는 이렇게 글이 또렷하게 쓰여 있는 게 아닌가.

『네가 믿을지 모르겠지만, 나는 이 책 표지와 유사한 새들이 사는 성전 같은 집을 직접 봤어! 새라기보다는 날개 달린 사람이었지……

너의 학문적인 상상력은 너무 우수하다. 부럽군. - 너의 친구 한스가』

'한스 선생님이…… 아빠의 절친한 친구였던 거다! 아, 이럴 수가……'

그런데…… 갑자기 서재의 문이 '쾅쾅쾅' 울려대기 시작했다.

*

서재에 들어오면서, 두려움이 앞서다 보니 나도 모르게 문을 잠갔나 보다. 나는 얼른 책을 덮어버렸다.

책이 덮어지면서, 광풍이 누그러지고, 빙글빙글 도는 벽도 자연스럽게 멈춰졌다. 아버지의 지나간 기억들의 영상 한 편도 사라졌다. 자연스럽게 눈부실 정도의 광채도 어디론가 숨어버렸다. 하지만 지붕을 쪼아대는 새들의 소리가 점점 줄어드는 대신, 서재의 문을 두드리는 소리는 더욱더 커져갔다.

'서재에는 창문 하나 없는데, 새들이 어떻게 알고 여기까지 왔지. 천장의 가느다란 반투명 유리 사이로 본 건가? 설마 흐릿하게 보이는 그 좁은 틈새로? 근데…… 새들이 날 죽일 것만 같아. 아니, 날개 달린 사람들이 날 죽일 거야!'

교장의 죽음, 친구 모키의 죽음……. 그리고 아무 말 없이 사라진 수인이가 내 머리를 스쳐 지나갔다. 벽의 영상을 액면 그대로 믿으라고? 날개 달린 수인이가 이들을 죽인 걸까? 설마…… 아닐 거야. 아니라고! 내가 생각하기에도 내 자신이 끔찍해졌다. 긍정적으로 생각하려 해도 불안감을 쉽게 떨쳐낼 수가 없었다. 급기야 나도 누군가에게 죽을 수 있다는 생각까지 들었다. 이리저리 눈과 목을 돌려댔다. 우선 문을 두드리는 정체불명의 그에게 대항할 것을 찾아야만 했다.

다행히 서재 귀퉁이에 큼직한 마포 자루 하나가 있었다. 어머니가 서재를 청소하고 여기에 놓아뒀다는 생각이 들었다. 나는 얼른 마포 자루를 집어 들었다. 수업 중의 에머튼 선생님의 얼굴표정을 흉내 내며, 새 머리를 내갈겨야만 내가 살 수 있다는 생각이 들었다. 참혹했지만, 어쩔 수 없는 거였다.

나는 없는 용기를 내어가며 새 머리라도 힘껏 갈기려고 서재 문을 열려는 찰라, 낯익은 소리가 들려왔다.

"가온아, 안에 있니?"

날개 달린 사람들이 아닌, 어머니의 목소리였던 것이다. 따끔한 꾸지람이라도 나올 기세였다. 나는 마포 자루를 바닥에 '툭' 떨어뜨렸다. 그러고는 문을 열려 했다. 하지만…… 그녀는 지금 학교에 있을 때가 아닌가!

'아, 똑똑한 내 친구, 모키도 새들에게 당한 걸 보면, 분명 새의 속임수일 수 있다! 새가 사람의 목소리를 흉내 낸다고? 내가 좀 정신이 나간 건가. 아니, 비상한 지능과 능력을 소유한 날개 달린 사람들일 수 있어. 분명 그들일 거야!'

나는 이 같은 여러 생각들의 파편 속에 묻혀 있던 나머지 문 여는 걸 잊은 채, 멍하니 서 있고 말았다. 너무 긴장되어 아무 생각도 나지 않았고, 오금까지 저려왔다.

"가온아, 장난하지 말고. 빨리 문 열어!"

어머니 같은 목소리로 다급한 소리가 또다시 들려왔다. 분명 내 어머니 목소리가 틀림없지 않은가.

"엄마, 하나만 물을 게."

"뭘? 몸은 괜찮고?"

갑작스럽게 돌변한 자상하고 친근한 목소리가 내 몸속으로 잔잔히 들려왔다. 그래도 어쩔 수 없었다.

"엄마, 아빠 서재 문의 열쇠 색이 뭐지?"

"가온아! 은빛이잖아! 너, 그 자리에 가만히 있어."

층계 밑으로 내려가는 거친 발걸음 소리가 들려왔다. 내 머리에 잔뜩 화가 치밀어 오른 어머니의 얼굴이 떠올랐다. 그녀는 내가 문을 열어주지 않을 거라고 생각했나 보다. 나도 왠지 망설여졌다. 누군가 발 빠른 걸음으로 층계로 올라오더니, 또 다른 열쇠로 서재 문을 여는 게 아닌가!

'맞아! 우리 집에는 모든 방문을 열 수 있는 만능열쇠가 있었지. 내가 예전에 아무리 찾으려고 해도 눈에 띄지 않았는데…….'

서재의 문이 "쾅" 소리를 내며, 거세게 열렸다. 나는 화들짝 놀라 뒤로 넘어지고 말았다.

"가온! 너, 엄마 말이 말 같지 않아!"

겉으로 보기엔 내 어머니였던 것이다. 그녀는 화가 머리 꼭대기까지 치밀어 올라왔는지, 넘어져 있는 내 머리를 쥐어박으려고 했다.

"너 요즘 왜 그래? 아빠 서재는 들어오지 말라고 했잖아!"

"휴…… 알았어요, 죄송해요."

나는 안도의 한숨을 내쉬며, 혼란스러운 생각들을 정리하려 노력했다.

날개 달린 사람은 어디에도 없었다. 새들의 흔적도 없었다. 어머니였던 것이다. 그녀는 흥분을 감추지 못하고 이리저리 말들을 늘어놓기 시작했다.

"너 때문에 엄마가 마음고생이 이만저만이 아니야! 요즘 온통 네 생각만 한다고. 너 요즘 뭐하는 거니? 공부는 안 하고 딴 곳에 온통 정신이 팔려있는 것 같단 말이야!"

"엄마! 알았다니깐, 죄송하다고요."

나도 모르게 짜증내는 말투로 그녀의 말을 응수하고 말았다.

"엄마한테 말투가 왜 그 모양이야!"

"네…… 다음부터 그러지 않을게요."

그녀가 왠지 측은하게 느껴져서인지, 나도 모르게 기어들어 가는 말투로 말할 수밖에 없었다.

"네가 몸까지 아프다고 하니까, 널 간호라도 해야겠다는 생각이 들어 하루 휴가를 내고 집에 돌아왔잖아. 네가 아파서 누워있을 줄 알았다고. 근데…… 어디 갔는지 도무지 찾을 수가 있어야지. 갑자기 네 아빠 서재에서 비명이 들려오고……."

그녀의 말들은 설득력이 있어 보였다. 남들이 보더라도 내 모습이 왠지 답답하고 뭔가에 홀린 듯해 보였던 것이다. 특히 요즘 들어 누군가가 내 방문만 두드려도 화들짝 놀라는 게 다반사였다. 어머니는 서재에 올라온 후로 줄곧 걱정 어린 눈빛으로 날 쳐다보고 있었다. 그녀는 또 뭐가 불만스러운지 말을 이어갔다.

"무슨 일이라도 있는 거니? 공부가 너무 부담스러우면, 다른 길도 많아."

그녀는 마음을 가라앉히면서 날 위로해 주려 했고, 내가 왜 서재에 들어왔는지에 대해선 더 이상 묻지 않았다. 그녀는 힘들고 지치는 날이면, 서재에서 한없이 울곤 했다. 나도 같은 마음이라고 생각했던 걸까? 그녀는 나에게 가까이 다가와 내 이마 위에 손을 얹었다.

"열은 없네. 좀 쉬고 내려와서 점심 먹으렴."

"네, 알겠어요."

나는 의미 없이 대답했다. 그녀는 내가 별 탈 없다고 생각했는지 거실로 내려가려 했다. 그때 나는 서재에서 일어난 신비스러운 일들을 그녀에게 하나하나 열거해봤자 소용없을 거라고 단정해 버렸다. 단지 이것만은 확인하고 싶었다. 한스 선생님이 아버지의 친구였다면, 어머니도 그를 모르지는 않을 거라는 생각이 들었다.

"엄마!"

"또, 뭐?"

그녀는 내려가는 발걸음을 재촉하며 건성으로 대답했다.

"한스 선생님 알아?"

나는 머뭇거림 없이 물어봤다. 그녀는 아래층으로 내려가려다가 잠시 멈칫하고는 뒤로 날 힐끗 쳐다보며 입을 힘겹게 뗐다.

"한……스. 뉴스에서 잠시 봤는데…… 너희 학교에 새로 부임해 오신 분. 명성 있는 대학에 학생들을 많이 보냈다고 나오던데……"

그녀가 그에 대해 말한 것은 누구나 아는 내용이었다. 내가 궁금해하는 건, 당연히 그런 진부하고 평범한 사실이 아니었다.

"한스 선생님이 아빠 친구였어?"

나는 답답함을 이기지 못해 재촉하듯 물었다. 여느 때와 다르게 그녀의 귓가 주위가 불그스름해졌다. 목은 터틀넥으로 가려져 있는 탓에 어떤지 전혀 알 수가 없었다.

그녀가 긴장한 걸까. 침을 꿀꺽 삼키는 소리가 들릴 정도였다. 그녀는 다시 층계 위로 올라와 서재에 앉을 만한 의자를 찾더니, 말을 애써 이어가려 했다. 어머니와 나 사이가 마치 남이었던 것처럼 잠시 어색할 정도로 적막이 흘렀다.

"위험인물, 한스 박사……"

그녀도 알고 있던 거였다! 그녀는 마음속에 사무친 게 많았는지, 갑자기 버럭 화를 내는 게 아닌가!

"이 나쁜 한스 박사. 그 때문에 사람들이 엄청 죽었어! 방송, 신문기자도 여럿이 죽었지. 아빠의 친구, 킴란스 기자도……. 너도 들은 적 있지? 바보 같은 한스!"

그녀는 옆집에서도 들릴 정도로 언성을 높였다.

"네 아빠도 한스 박사와 친하면서, 죽었는지도 몰라."

"대체 그게 무슨 말씀이세요?"

나는 그녀가 감정에 복받친 나머지, 말도 되지 않는 이야기를 늘어놓는다는 생각이 들었다.

그녀는 한스 선생님 때문에 아버지가 죽었다는 말들을 거침없이 쏟아냈다. 나는 너무 궁금해서 미칠 지경에 이르렀다.

"엄마! 말도 안 돼요! 아빠가 한스 선생님 때문에 죽었다는 거예요?"

나는 그녀를 다그쳤다.

"아니, 꼭 그렇다고 말하는 건 아니고……"

그녀는 자신도 모르게 말끝을 흐리고 말았다.

"엄마 말 잘 들어! 아무튼 엄마는 네가 한스 선생과 엮이는 게 싫어. 알겠지!"

그녀는 한스 선생님 곁에도 가지 말라고 신신당부하고 말을 끝맺었다. 그러더니 내 손에 쥐어 있던 서재 열쇠랑, '새들의 서식지(Birds Habitat)' 책을 뺏어버렸다.

나는 그 책을 돌려달라고 실랑이를 벌여봤지만, 소용이 없었다. 그녀는 내가 기분 나쁠 정도로 내 손을 '탁' 치더니, 이건 나중에 보여주겠다고 모질게 말하는 게 아닌가. 나는 그녀의 강압적인 말과 행동에 불만스러운 기색을 쉽게 드러냈다.

"엄마! 이렇게 하면 안 되잖아!"

나는 화가 나서 떨떠름한 목소리로 투덜거리고 말았다. 그녀는 몸을 스스로 가누기가 어려울 정도로 어지러운지 머리를 한 손으로 움켜잡고 거실로 힘겹게 내려갔다. 영문도 모르는 나로서는 어리둥절할 뿐이었다.

내 머릿속엔 온통 도저히 알 수 없는 꼬리에 꼬리를 무는 '신비스러운 퍼즐들'로 가득 차고 말았다.

하지만 그녀는 진실을 말한 것 같지는 않았다. 회전하는 벽 속에서 아버지는 한스 선생님이 아닌 날개 달린 사람들과 새들에게 처참하게 죽어 가고 있었기 때문이다.

수인이의 어린 시절을 떠올리게 하는 앳된 얼굴의 날개 달린 여아. 그녀가 쉽게 잊히지가 않았다.

어머니에게 빼앗긴 '새들의 서식지'의 책 내용이 몹시 궁금해졌다.

제4장

날개 달린 사람들의 서식지

1

칼 포퍼와 여러 사상가들이 바보처럼 내일 태양이 떠오를지에 대해 논쟁을 벌여왔다. 그들은 꽤나 자신들이 지적인 신사인양 의시 댔을지도 모르지만, 그것은 현실성 없는 귀족들의 신선놀음에 불과했을지도 모른다. 그들의 논쟁과 상관없이 다음 날 아침은 어김없이 찾아왔기 때문이다. 그리고 종말을 예언한 이들도 얼굴을 들지 못할 정도로 말이다. 그들의 주장은 공허했다. 내일도 분명 아침은 찾아올 텐데 말이다.

예전 같으면, 과학혁명도 침범할 수 없는 아침은 나에겐 희망이고 행복이었다. 자연스럽게 사상가들의 논쟁과 예언자들의 말들은 귓가에도 들려오지 않았다. 그런데 지금은 내 아버지를 죽인 장본인일 수 있는 수인이가 아무 말 없이 사라졌다. 그리고 내가 직접 육안으로 확인한 것은 아니지만, 친구 모키도 죽었다. 고통으로 가득 찬 아침이 의심할 여지도 없이 찾아오다 보니, 종말론을 주장한 예언자의 말이 사실로 되길 기도하고 싶을 뿐이다. 유난히 추웠던 겨울도 지나 대학 입시를 치러야 할 졸업반이 된 나에겐, 여전히 나의 방랑의 정착지도 흩어져 가고 있었다.

어머니는 내가 이런저런 것들로 여러 달을 방황하고 있는지도 모르는 눈치였다. 조금이라도 내가 열이 있는 날이면, 큰일이라도 난 것처럼 학교는 가지 말고 쉬라고 할 뿐. 그녀에게는 가족이라는 게 나 말고 없어서일까? 나의 건강에만 더욱더 신경을 쓰는 듯싶었다.

하지만 내가 아버지 서재에 들어간 일이 있는 이후로는, 그녀의 심경에 많은 변화가 있었다. 그녀는 내가 열이 그다지 심하지 않으면, 얼른 학교에 가라고 말하는 게 아닌가. 그러고는 수인이처럼 우울한 눈빛을 하고 집 밖을 나서곤 했다. 마치 급한 볼일이라도 있는 것처럼, 화장실이라도 되돌아서 갈 듯한 찝찝한 느낌으로 말이다.

그리고 아버지 서재의 열쇠와 '새들의 서식지' 책은 그녀가 어디에 숨겼는지 알 수 없을 정도로 온데간데없었다. 집안의 문이란 문은 다 열 수 있는 '만능열쇠'도 흔적조차 없이 어디론가 사라져 버렸다.

슬프게도 조변림과 관련한 모든 '미로게임'들을 포기할 수밖에 없었다. 나는 앞으로 어떻게 해야 할지 알 수 없었다. 나의 모든 것들이 엉망진창이 되어 가고 있었다. 나는 엉킨 생각의 실타래를 툭툭 털어내기 위해서라도 먼저 학교를 향해야 했고, 공부를 소홀히 해서도 안 되었다. 열병이 가끔 돋기도 했지만, 시간이 조금씩 지나가면서 다행히 몸에 열은 나지 않았다. 화장실에 가서 짜릿한 쾌감의 배설을 하고 나면, 몸도 한결 더 가벼워지기도 했다. 오늘도 어머니는 평소 해왔던 것처럼 학교로 서둘러 나갔다. 그러면서 자연스레 그녀가 자동차 엔진에 시동 거는 소리가 들려왔다. 나도 그녀처럼 얼른 문밖을 나서려고 책가방을 챙겼다.

그런데…… 갑자기 거실에서 전화벨이 요란히 울려댔다. 내 친구 모키의 죽음 이후부터는 전화벨 소리가 그리 반갑지만은 않게 되었다. 내 목덜미에서 식은땀이 흘러내리고 있었다. 그래도 어차피 지나간 일이고, 전화 정도 받을 수 있는 여유도 있고 해서 긍정적인 생각으로 돌리려고 애썼다.

나는 머뭇거리다가 미끈하게 허리 잘록해 보이는 수화기를 천천히 들어 올렸다.

"여보세요."

"가온이니?"

"네, 아…… 선생님이시네요. 안녕하셨어요?"

전화 건 이는 어머니가 근무하는 학교의 동료, 수빈 선생님이었다. 학교에서 그나마 어머니의 실력을 가장 많이 인정해 주는 선생님이었다.

그녀는 기간제 교사인 어머니가 어떻게 해서든지 정식교사가 되도록 학교에 건의까지 한다는 거다. 그녀 덕분에 지금은 어머니가 거의 정식교사처럼 담임도 맡았고, 계약기간도 크게 늘어났다. 나도 그녀를 어머니 생일 때 본 적이 있었다. 그녀는 세련된 숙녀처럼 보였고 쾌활했지만, 눈 깜박이는 횟수가 남들보다 좀 잦다는 생각을 했었다. 그래도 너무 자상해서 내 큰누나 같았다. 가끔 우리 집에 전화를 걸어 나의 고민을 정성스레 들어주기도 했다. 그런데 이른 아침부터 그녀가 전화를 걸어온 적은 좀처럼 드문 경우였다.

"엄마가 좀 어떠시니?"

"네? 그걸 저한테 물어보시면 어떡해요. 엄마는 학교 좀 전에 가셨는데요."

"뭐? 엄마가 아프다면서, 나흘째 학교에 안 나오시고 있는데!"

나는 몹시 당황스러워 고개를 여러 번 갸웃거렸다.

"정말요? 아니, 그럴 리 없어요. 엄마는 아침마다 바쁘게 나가시는데요."

나는 잠에서 덜 깨서 수빈 선생님의 말을 잘못 들었나 싶었다.

"……이럴 수가! 가온아, 엄마 오시면, 학교에도 연락을 주는 거 잊지 말고. 잘 될 거야. 걱정 마라."

"네……."

'엄마가 방금 전 자동차에 시동 건 소리가 들렸는데…… 아마 멀리는 가지 못했을 거야.'

나는 이런 생각이 들어서 수빈 선생님에게는 예의상 짤막하게나마 대답한 후, 창밖을 내다봤다. 하지만…… 어디에도 어머니의 모습은 보이지 않았다.

요 며칠째 어머니가 학교를 결근하고 있었다는 건데……. 불안감이 또 엄습해 왔다. 그래도 그녀는 오늘…… 집에 올 것이다. 가족이 나 말고 없으니까. 아무리 몰인정한 부모라도 자식 혼자 집에 내버려둘 수는 없을 거다. 만일 어머니가 집에 오지 않는다면, 듣기 싫은 그녀의 잔소리도 듣지 못하게 되는 걸까? 난 이제 고아가 되는 걸까? 설마…….

나는 한스 선생님을 꼭 만나야겠다는 생각이 들었다. 나름대로 아무리 열심히 궁리해 봐도 이 방법밖엔 없다고나 할까. 자칫 잘못하다가 어머니까지 잃게 되면…… 내 주변의 거의 모든 이들이 영원히 사라질 것만 같았다. 한스 선생님이라면, 아니 그만이 나의 이러한 여러 고민들과 정황들을 정확히 설명해 줄 수 있을 것이다. 현실은 그게 아니라고 해도 그럴 거라고 지금은 믿고 싶었다.

2

나는 학교에 도착하자마자, 그의 독방, 아니 학교에서 그를 위해 교재 연구에만 전념하도록 배려한 연구실로 향했다.

그의 연구실은 멀리서 봐도 한눈에 들어올 정도로 반들반들한 외관 디자인과 시설이 깨끗해 보였다. 우연히 연구실의 한쪽 창문 틈으로 그가 보였다. 그는 학생들에게 가르쳐 줄 교과 내용을 쭉 훑어보더니, 두 손을 이리저리 움직이며 강의 연습에 몰두하고 있었다.

나는 그를 방해할 수밖에 없는 처지라서 못내 미안했다. 다급히 그의 연구실 정문으로 들어가 조심스레 그의 작은 교과연구 방문을 두들겼다. 예전엔 없었던 문 앞 위쪽에 달린 붉은빛 센서가 깜박이는 것을 쉽게 감지할 수가 있었다. 아마도 비밀스런 연구 결과 자료들이 늘어나면서 요 근래 보안상 설치한 듯싶었다. 한스 선생님이 걸어 나오면서 문을 조금 열었는데, 삐걱거리는 소리가 유난히 크게 들렸다. 문틈에 윤활유가 바닥났나 보다. 그는 나를 예전처럼 확 낚아채어 쓰러뜨리고는, 문을 더 이상 열지 않은 채, 좁은 문틈 사이로 질질 끌어 연구실 안으로 들여보냈다. 나는 기분이 무척 상했다. 하지만 처음 겪는 일도 아니라서 얼굴만 찡그리고는 아무 말도 하지 않고 교복 바지에 묻은 먼지를 툭툭 털어내며 일어났다. 그의 못된 성격만 탓했다.

"선생님, 너무 아프잖아요! 예전에도……"

"미안하다……. 따라오는 사람은 없었지?"

"네, 그러면요."

"이상하다. 조변림 사건의 낌새라도 알아차리면, 미행이라도 하는데……"

"미행이요? 누가요? 예전에는 있었던 것 같은데요, 요즘엔 잘 못 느끼겠어요."

"그래, 너 혹시……?"

그는 말 맺는 것도 잊은 채, 갑자기 나의 체크무늬 교복 웃옷을 확 찢어버렸다. 그러더니 힘이 세 보이는 그의 오른손으로 나의 팔을 확 들어 올려 겨드랑이를 들여다보았다.

"선생님! 너무 하시는 거 아닌가요. 예전에도 그러셨는데. 손님한테 앉으라는 말도 안 하시고, 대체 왜 그러세요! 이 아까운 교복을."

"야야, 잠자코 있어!"

그는 급히 종종걸음으로 연구실 사방에 있는 창가로 가서는 서둘러 유리창 문으로 보이는 모든 것들을 블라인드로 가려버렸다.

그러고는 그는 다시 나에게 바짝 다가서더니, 내 겨드랑이를 유심히 눈여겨보았다. 그는 뭔가를 발견한 듯, 잔뜩 심각한 얼굴 표정을 지었다. 밤늦게 처음 그의 연구실을 찾아간 때보다 더 얼굴이 굳어져 버렸다. 그의 눈동자는 거의 토끼 눈처럼 불그스름하게 충혈되어 가고 있었다. 잠시 침묵이 이어졌다. 바람 소리조차 들리지 않았고, 고요하기조차 했다. 그 적막을 먼저 깨뜨린 건, 한스 선생님이었다.

"네 겨드랑이 속에 사마귀…… 언제부터 생긴 거니?"

"아, 사마귀요?"

"그게 그러니까…… 네가 예전에 나를 찾아왔을 때도 있었어! 그땐 아주 작아서 의심만 했었는데."

그는 소리를 죽여 가며 말했다. 누군가 엿들을까 봐서 그런 것 같았다.

"의심이요?"

나도 모르게 겨드랑이 속으로 손가락을 이리저리 휘저었다. 겨드랑이 속에서 은밀하게 중학교 1학년 때부터 자라나기 시작한 털 몇 가닥 속에 파묻혀 있는 사마귀가 만져졌다. 연구실 벽 모퉁이에 걸려있는 거울에 가까이 다가가 겨드랑이 속을 들여다봤다. 어느새 사마귀가 어머니 젓꼭지처럼 커져 있었다. 나는 어리둥절한 표정을 지을 수밖에 없었다.

"작년 봄 방학 때 제주여행 비행에서 '버드 스트라이크'로 내 머리가 의자에 부딪힌 적이 있었어요. 나도 모르게 몽롱하게 잠에 취해버렸고요. 어디에선가 갑자기 네 발 달린 뱀이 나타나더니…… 그놈의 자식이 내 목에 독을 뿜어내는…… 꿈을 꾸었거든요. 그 다음 날부터 겨드랑이가 간지럽더라고요. 그래서 긁었는데, 그 이후로 생긴 것 같아요. 이렇게까지 커져 있을 줄은……."

그는 내 말을 듣더니 얼굴이 완전히 창백해졌다. 그는 긴 탁자 밑 서랍에서 뭔가를 바삐 찾더니 조그마한 손거울을 나에게 내밀었다.

"이걸로 겨드랑이 속을 더 자세히 들여다보렴. 볼록 렌즈 거울이니까, 잘 보일 거야."

그의 말 속에는 그답지 않게 긴장감이 잔뜩 묻어 있었다. 나도 왠지 모르게 떨려왔다. 나는 스스로를 억누르고, 겨드랑이 속 가까이 손거울을 가져갔다. 순간 나는 손거울에서 크기가 2에서 3센티미터 가량 되는 '아주 작은 날개' 모양의 살점을 발견했다.

이상하고 특이한 사마귀였다.

"이게 뭐야? 사마귀가 작은…… 새의 날개 같잖아! 리틀 윙스(little wings)!"

그는 여전히 창백한 얼굴을 하고 있었고, 떨리는 목소리로 이 말을 던졌다.

"그 뱀이 너의 목에 정말로 독을 뿜어댔구나."

"대체 뭔 말이죠? 그건 꿈이었어요!"

"꿈?"

"네, 꿈이 확실해요!"

그는 잠시 머뭇거리다가 뭔가를 골똘히 생각하더니 머리를 긁어대며 말을 이었다.

"근데, 혹시…… 다른 건, 보지 못했나? 예를 들어……"

"……글쎄요…… 구…… 두."

"아…… 구두?"

"네, 봤어요. 잘 기억은 안 나지만, 유리구두처럼 예쁜 구두는 아닌 게……. 지독한 냄새가 날 것 같은 갈색 구두 한 짝이었어요. 한 켤레가 아니어서인지…… 구두였지만, 외롭게 보였어요."

"그래?"

"그땐 그게 여승무원이 벗어놓은 구두거나, 아니면…… 급작스런 버드 스트라이크 충격으로 우연히 벗겨져 나뒹구는 신발이라고 생각했는데…… 근데 왜요?"

"아…… 아니다 아니야. 그보다……"

그는 내 말을 억지로 끊으려 했고, 더 이상 반박하려 하지도 않았다. 그는 그제야 여기 왜 오게 됐는지를 물었다. 그의 목소리는 여전히 떨려왔다. 나는 지체 없이 입을 열었다.

"저의 아빠를 아실……"

그 순간, 큼직해 보이는 새들이 한스 선생님 연구실 창문에 붙어있는 게 블라인드 틈새로 살짝 보였다. 우리를 엿보는 듯했다.

나는 말하려는 것을 멈추고, 그가 쉽게 알아차릴 수 있도록 오른손 집게손가락으로 그 새를 가리켰다.

그는 깜짝 놀라더니, 별일 아닌 듯이 주머니에서 휴대전화기를 꺼내어 누군가에게 문자를 보내는 것 같았다.

"쉿!"

그는 나에게 어떤 일이 일어나도 조용히 하라는 의미로 한 손가락을 꼿꼿이 세워 그의 입에 수직으로 갖다 댔다. 그러더니 연구실 구석의 옷걸이에 걸려 있는 남색 웃옷을 나에게 던져 줬다.

"이 옷으로 갈아입게."

"이걸 입으라고요?"

"뭘 그렇게 꾸물거리나? 내가 시키는 대로 해!"

나는 숨을 헉 삼키고는, 그가 좀 무섭기도 하고 그의 연구실 안이 춥기도 해서, 얼른 그 옷으로 갈아입었다. 고급 원단으로 감촉도 부드러웠고, 어깨선도 나의 체구에 딱 맞아떨어졌다. 하지만 그는 내가 그의 옷을 입은 게 어색해 보였는지 한쪽 입술을 실룩거리더니, 나의 찢겨진 교복 웃옷은 연구실 구석 바닥에 처박듯이 던져 버렸다. 그러더니 재빠른 몸짓으로 매끈하게 잘 깔려있는 연구실 바닥의 옅은 보랏빛 양탄자를 거둬냈다. 놀랍게도 바닥에는 육안으로는 잘 띄지 않은 '작은 미닫이문'이 있었다. 저절로 나의 입이 떡하니 벌어졌다.

"이건 또 뭐죠?"

"쉿!"

그는 나에게 아무 소리도 내지 말라는 신호를 거듭 반복해서 보내왔다. 나는 그의 뜻을 잠시 잊은 거였다. 그는 여러 번 군말하지 말고 자기를 따르라는 암시를 주었다. 지금으로선 내가 믿을 수 있는 사람은 그나마 한스 선생님밖에는 없었다.

나는 그의 말을 곧이곧대로 받아들일 수밖에 없었다. 나는 숨을 죽였다. 그는 천천히 그 문을 열었다. 내가 추측했던 것처럼, 그 문은 수평으로 밀어 열도록 되어 있었다. 그는 먼저 그 안으로 들어가더니 내 손을 잡아 거칠게 끌어당겼다.

'연구실 밖으로 나가는 통로였던 것이다! 언제 이것을 만들었을까?'

그의 치밀함에 놀라지 않을 수 없었다. 그는 위험할 때 이 문을 통해 밖으로 들어오고 나갔던 것이다. 나는 그를 따라서 5미터쯤 되는 길이의 사다리를 타고 지하로 내려갔다. 그런 다음 내 눈앞에 기다란 넓은 평지가 펼쳐졌다. 이 길로 걸어가기만 하면 밖으로 나가는 또 다른 문이 있어 보였다. 어느새인가 지하 천장의 전등불이 어두컴컴한 이곳을 밝히고 있었다. 아마도 한스 선생님이 내려가면서 전등을 켠 것 같았다. 나는 지하 천장을 무심코 올려다보았다.

내 두 눈이 휘둥그레질 정도로, 조명 시설은 완벽해 보였다. 천장에는 전등이 한두 개가 아니었다. 2에서 3미터 간격으로 큼직한 전등이 매달려 있었다. 이 전등불이 한 번에 다 켜진다면, 대낮처럼 환할 것만 같았다. 더욱더 놀라운 것은 조금 더 걷다 보니, 높이와 폭이 2.5미터쯤 되는 큼직한 금고가 한눈에 들어왔다. 아마도 그가 귀중하다고 생각되거나, 비밀스러운 물건들을 여기에 보관해 놓을 듯싶었다. 조변림 사건과 관련된 책들이나 그 밖의 여러 자료들도 있지 않을까…….

그의 호주머니에서 진동이 여러 차례 울려댔다. 비밀 통로로 들어오기 전에 나 몰래 보냈던 문자 메시지에 대한 답장일 거라는 생각이 들었다.

오랫동안 침묵했던 그가 그제야 몸집이 제법 큰 새들의 공격으로부터 자유로워졌다고 생각했는지, 차분한 어투로 말문을 열었다.

“어떤 누구도 모르는 통로다. 알겠니?”

“음, 누구에게도 말하지 말라는 거죠?”

“그렇지. 똑똑하군. 그리고 교감에게 보낸 문자 답장이 왔어. 내가 너랑 교외로 연구 수업하게 되어 오후쯤 학교로 들어갈 수 있다고 했지.”

그는 캐러멜 밤색 휴대전화기를 오른쪽 바지 주머니에 넣으면서, 너털웃음을 지었다.

“뭐에요. 교감 선생님이 허락해 주셨나요? 저, 잘못하면 무단결석이 돼요.”

“에헴! 그야 물론 허락해 주셨지. 걱정 말게나.”

그는 내 말을 듣고는 터져 나오는 웃음을 감추려고 고개를 숙였다.

어느 누구도 범할 수 없는 한스 선생님의 카리스마. 그는 언제나 위엄을 드러내고 있었다. 학교는 당연히 그에게 무한한 신뢰를 보내고 있었고. 내 등골이 오싹할 정도로 말이다. 그런 그에게 허락 받았냐고 물어본 나의 질문이 좀 우습게 들렸을 수도……. 여하튼 그는 이 통로뿐 아니라, 많은 것들을 비밀로 해주길 바랐다. 그와 나만이 아는 비밀이 이제는 한두 가지가 아니었고, 서로 어색한 느낌도 조금씩 사라져가고 있었다. 그런데 그는 내가 뭔가를 말해주길 바라는 듯, 나를 잠시 빤히 쳐다보더니 말을 걸어왔다.

3

"조금 전에 왜 날 찾아오게 됐다고 했지? 아빠 얘기도 했던 것 같은데……."

"아, 맞다."

나는 혼잣말로 중얼거리면서, 내 머리를 '톡' 쳤다. 아마도 내 머릿속이 온통 이 신비로운 통로에 대한 생각으로 가득 차 있다 보니, 여러 걱정거리들을 잠시 잊고 있었던 거였다.

"조변림 사건을 좀 더 구체적으로 알고 싶었고요, 또…… 선생님이 저의 아빠를 아실 것 같아서요."

"조변림에 대해선 날 따라오면 되고. 근데 네 아빠를, 내가?"

"아빠도 한국국립대학에서 조류학을 전공하셨어요."

"와아, 그래. 너랑 인연이 참 깊네. 너의 아빠의 성함이……?"

"김…… 찬……."

"김찬휘?"

그는 내 대답이 차마 끝맺기도 전에 낚아채듯 말했다.

"네, '김찬휘'가 저의 아빠 함자예요."

"……네가 그러면 찬휘의 아들 가온이라는 말이냐? 내 앞에선 어떤 술수도 통하지 않으니까, 똑바로 말해 보렴."

그는 진지해졌다.

"네…… 제가 정말 가온이에요."

그는 나의 아버지의 이름을 듣자마자 내 이름까지 기억해 낸 것이다. 그의 얼굴뿐 아니라 목덜미까지 시뻘게지더니, 그 자리에 '털썩' 주저앉고 말았다. 그는 냉정을 되찾으려는 듯이 머뭇거리며 말을 이어갔다.

"한 번 더 묻겠네. 네 아빠가 알레르기성 비염이 심했는데, 그건 다 나으셨고? 맞아, 항상 바지 주머니에 휴지를 잔뜩 들고 다니셨는데."

"비염이요? 아빠는 선천적으로 위가 안 좋으셔서 칡즙을 드시거나 소식을 하셨을 뿐이에요. 코 땜에 고생하신 적은 없으셨다고요."

그는 놀란 기색이 역력했다. 아마 내가 진짜 그의 아들인지 유도 심문하듯 떠본 모양이다.

이젠 모든 의문들이 풀릴 것 같은 느낌이 들었다.

"이젠 절 믿을 수 있겠어요?"

"암, 그래그래 믿고말고."

"다행이네요. 근데 저도 아세요?"

"알다마다. 돌 때, 널 안아주기도 했지. 그리고 그날 저녁 만찬에도 네 집에 초대를 받았단다."

그는 큰 숨을 내쉬며 말했다.

"세상에나, 정말이에요?"

그의 말대로 인연이 깊어 보였다. 서로 간에 말문이 순간 막혀버렸다. 얼른 화젯거리를 바꿀 수밖에 없었다.

"엄마는 선생님 때문에, 아빠가 죽었다고 생각하세요."

내 말을 듣고는 그의 얼굴이 후끈 달아오른 듯했다. 그는 어리둥절한 표정을 지으며, 손가락을 허공에 대고 삿대질까지 했다. 하지만 그는 언제 그랬냐 싶을 정도로 곧 마음을 가라앉혔다. 그는 헛기침을 여러 번 해대며, 말을 어렵게 이어갔다.

"아, 그건 절대 아니란다. 그건 누구의 잘못이라고 말하기 어렵다고."

그는 누구의 탓으로 돌리기를 꺼려하면서, 어머니의 말을 단호하게 뭉개버렸다.

'그래, 경찰도 밝히지 못한 아버지의 죽음이 한스 선생님의 탓이라니……. 사실 말도 안 되는 엄마만의 생각 아닌가?'

나는 왠지 그의 말이 진실 돼 보였다. 그를 믿고 싶었다. 더 나아가 나의 마음까지 열고 싶었고, 내가 겪은 일들도 솔직하게 털어놓아야겠다는 생각도 들었다.

"아빠 서재에 가봤다가 신비한 경험을 했어요."

"그래, 혹시 벽 사방에서……"

그는 정말 많은 걸 이미 알고 있는 것 같았다.

"아. 선생님도 다 알고 계셨네요. 거기서 날개 달린 사람들을 영상, 아니…… 환상으로 봤어요."

"그렇구나, 내가 예상한대로야. 평범한 사람들에게는 보이지 않는 건데, 너에게는 보이다니……"

"저는 무지 평범한데요."

"가온아, 나중에 알게 될 거야."

"그래요? 무슨 말씀인지……. 근데요, 날개 달린 사람들이나 새들은 왜 선생님을 공격하지 않죠?"

"공격은 하지. 하지만 날 쉽게 죽일 수는 없단다."

"아니, 왜죠? 조변림 사건도 아시고 있잖아요. 그것도 아주 상세하게……"

"난 지혜가 있고……. 넌 크리스 왕국이라고 들어봤나? 난 그의 후손……"

"크리스 왕국이요? 후손? 세계 역사, 아니 야사인가요?"

"그건…… 아직 모르나 보네. 나중에 말해줘야겠군."

"무슨 말씀이시죠? 제발 좀 가르쳐 주세요! 제발요."

나는 궁금해서 미칠 지경이었다. 그래서 나도 모르게 나의 어머니한테 대하듯 보채고 말았다.

그는 잠시 머뭇거리는 기색을 보이더니, 고개를 끄덕였다.

"음…… 좋아, 그래 말해주지. 너도 이젠 알 때가 됐어. 그런데 그 전에 너에게 보여줄 게 있네. 수고스럽겠지만, 왔던 길을 되돌아가 봐야 하는데 괜찮겠나?"

"그럼요. 전 젊어서 체력이 넘치거든요."

"그럼 난 늙었단 말이냐?"

나는 그의 말에 입을 가려가며, 새색시처럼 웃음을 억지로 참았다. 나에게 뭔가를 정확히 말해주기 위해서 조금 전에 지나온 길로 되돌아가는 그를 보니, 그 역시 호기심과 가르침의 열정이 남달라 보였다. 그는 자신이 지금까지 생각해 왔던 것을 확신하고 있는 것 같았다. 나는 주저하지 않고 그를 뒤따라 붙었다.

조금 전까지만 해도 잘 보이지 않았던 지하 통로의 길들이 다시 새롭게 보였다. 나는 지하통로라서 그냥 상하수도 통로처럼 길바닥이 질퍽한 진흙 정도로 되어 있을 거라고 생각했다. 가끔 오물도 밟히고.

하지만 내 신발에는 흙 한 점 묻어 있지 않았다. 놀랍게도 통로의 길은 하얀 대리석 바닥으로 이뤄져 있었다! 가끔 대리석 중간 중간에서 파스텔 색조의 별 모양 야광 빛도 흘러나왔다. 핑크빛이 감도는 양쪽 벽의 폭은 승용차 두 대가 좌우로 나란히 지나가기 충분할 정도로 넓었고, 의외로 고즈넉하기조차 했다. 이걸 전부 그가 만들었다는 건가?

나는 막대자석처럼 그를 더욱더 바싹 붙어 따라갔다. 아무리 지하 천장에 전등이 켜져 있더라도, 대략 이십여 미터마다 전등 한 개씩에만 불이 들어와 있어 조금은 어두웠고, 그에게서 초인 같은 힘을 느낀 데다 친근감도 생겼기 때문이다.

그는 마침내 가던 걸음을 멈추고, 큼직한 금고 앞에 멈춰 섰다. 금고의 문은 어른 키의 거의 두 배만 했다.

그는 금고의 비밀번호를 한쪽 손으로 가려가면서 차근차근 눌렀다. 내가 볼까 봐서…… 그런가 보다.

"쪼잔 하기는…… 비밀번호 보면 좀 어때서."

"너, 뭐라고 했니?"

그의 얼굴이 잔뜩 찌푸려졌다.

"아니, 아……뇨."

아차, 나도 모르게 입 밖으로 말이 새어나오고 말았다.

'어휴, 내 주둥이가 말썽이야.'

나는 대수롭지 않은 표정으로 일부러 지하 천장을 올려다봤다.

그 틈에 표정을 누그러뜨린 그는 문을 열려 했다. 엉겁결에 나는 그를 조금이라도 도와주는 시늉을 했다. 그 문의 비밀번호를 훔쳐보려는 의도는 없었다. 단지 그를 조금이나마 도와주고 싶어서 그렇게 한 것이다. 문의 두께가 꽤 두꺼울 거라는 생각에 나도 모르게 일어난 일이었다.

한스 선생님은 나와 함께 문고리를 잡고 천천히 문을 열려 했지만, 쉽게 열리지 않았다. 그 문은 자그마치 일 미터 두께에, 무게는 무려 200 킬로그램 정도 돼 보였다.

그런 시늉조차 내지 않았다면, 아마 예의 없는 학생으로 낙인찍힐 만했다. 그 금고는 내가 상상했던 거보다 훨씬 더 무겁고 거대했던 것이다.

마침내 굳게 닫혀져 있던 그 문이 서서히 열리고, 금고의 속이 훤히 들여다보였다. 그 속에는 온갖 잡동사니가 즐비해 있었다. 책들도 여러 권이 있었고, 나팔, 권총, 장총과 긴 칼도 보였다. 심지어 한 여인의 가슴을 두드러지게 강조한 누드 상과 함께, 새들의 박제까지 눈에 띄었다.

그는 누드 상 허리춤 바로 밑을 이리저리 헤집었다. 그러더니 그쪽에 바짝 붙어있는 선반에서 책처럼 엮은 두툼한 낡은 문서 두 뭉치와 한 손 안에 쥐어질 만한 납작한 달걀형 모양의 플라스틱 장난감 두 개를 꺼냈다. 그러고는 아쉽게도 큼직한 금고의 문은 굳게 닫히고 말았다. 내 눈엔 그저 애들 장난감 정도로 보이는 것들을, 그는 자신이 오랜 노력 끝에 만들어낸 지능형 로봇이라며, 어린아이처럼 으스댔다. 심지어 신비스런 얘기도 거리낌 없이 쏟아냈다.

"예전에 마법을 배워보려고, 여러 마법학교를 전전해가며 배워봤지만 다 허사였어."

"마법이요?"

나는 그가 정말 신기해 보일 정도였다. 눈속임하는 마술도 아니고 마법이라니…….

"나는 어쩔 수 없는 과학자인 거였어. 이성적이고 논리적인 것을 중요하게 생각하다 보니, 마법의 세계가 의심스러워 집중이 안 됐지. 자신만의 이익이나 소속해 있는 집단의 이익만을 챙기듯이 마법을 부리면, 마법은 절대 일어나지 않아. 진심 어린 애정으로 영혼에 호소를 해야 해. 난 애써봤지만, 순수성이 부족한가 봐. 난 도움을 받지 않으면, 먼저 도움 주는 게 잘 안 되거든."

그는 여러 재능이 있어 보였다. 마법사의 기질도 있을 법했지만, 스스로 그 재능을 억누르는 듯했다.

"내가 배웠던 마법을 하나 소개해줄까?"

"네? 마법을요?"

나는 호기심에 호들갑을 떨었다.

"좋아. 싫지는 않은 가보군."

그는 미소를 머금고 말을 이어갔다.

"사크리 사야……. 이 주문을 반복해. 그런데 중요한 건, 주문을 건 상대의 마음을 감동시켜야 해. 아니, 영혼까지 그 감동이 스며들어야 하는 거지."

그는 열성적으로 설명해줬다. 그가 대단해 보였지만, 그의 마법에 대한 설명은 이 정도뿐이었다.

그는 잠시 머뭇거리더니, 장난감 모양의 지능형 로봇 두 개를 위엄있고 승리감에 도취되듯 검지를 바짝 세워 가리켰다.

"이 발명품은 장난감처럼 보이지만, 엄밀히 말하면…… 무기일세."

"무기요?"

나는 이 말만 하고 입을 꾹 다물었다.

"응, 무기. 무섭나?"

"네…… 좀…… 무섭다기보다는 제가 폭력이나 살생은 워낙 싫어하는 터라……."

그는 내 말을 듣고는 고개를 끄덕이며, 모든 걸 이해했다는 학자들만의 특유하고 관대한 몸짓을 보여줬다. 하지만 그는 내 대답이 부족한 게 많았는지, 여러 말들을 이어갔다.

"그럼, 지식은 어떤가? 무섭나?"

나는 말도 안 되는 그의 질문에 애써 생각을 굴리는 걸 귀찮아하듯 피식 웃고 말았다.

"지식이 무섭다니요? 지식을 쌓으면, 원하는 대학도 가고, 출세도 할 것 같고요. 나름대로 유용하잖아요."

"그래, 그렇긴 하지. 하지만 총 갖고 있는 군인과 지식이 많은 학자가 겨루면, 학자가 이기나?"

마치 그는 날 어린애 취급하면서, 소크라테스의 산파술을 시험하는 듯했다. 기분은 상했지만, 침착하려 노력했다. 그의 묻는 말에 되레 화내거나 짜증내면, 속 좁은 계집애처럼 보일까 봐서 그랬다.

"그야 당연히 군인이 이기지만요…… 학자가 힘 있고 멋지잖아요."

그는 내 말을 듣고는 너털웃음을 지었다. 그러고는 또 침착하게 말을 이어갔다. 핀잔을 늘어놓을 분위기는 아니었다.

"학자가 힘이 있어? 멋지다고? 그건 중고등학생 때나 그렇게 생각하지. 대학교수도 선생이고, 선생은 지식을 전달하는 월급쟁이일 뿐이야. 교수들이 고고한 척이라도 하면, 어린 학생이나 뭘 모르는 사람들은 그 앞에서 목을 조아리는 바보가 된다니까. 그들을 바라보는 교수들의 마음속은 어떨까? 교수들은 칼이나 총도 없고, 돈도 많지 않은데 말이야. 아직은 네가 경험이 적어서 그렇게 판단한 거라고 이해해 두겠네. 혹시, 로스차일드 가문이라고 아나?"

그는 강의하듯 긴 호흡으로 드문드문 질문도 섞어가며 말을 이어갔다.

"로스차일드 가문이요? 알아요. 부자 가문?"

그는 이제야 흡족한 표정을 지었다.

"그렇지. 찬휘의 아들답군. 흔히 유대자본이라고 하는데, 중세기를 거쳐 현대사의 금융 중심에 자리를 잡아 세계경제를 주무르고 있는 로스차일드……. 철강엔 카네기, 철도 해리먼, 석유산업엔 록펠러…… 돈줄인 제이 피 모건(J. P. Morgan)…… 골드만 삭스…… 더 듣고 싶나?"

"……네. 제 호기심을 자극하네요."

나는 그가 지금 왜 이런 이야기를 하는지는 알 수 없었다. 하지만 그의 진지한 얼굴 표정이 나를 압도하고 있었고, 그의 말에는 강한 무게감마저 느껴졌다.

"너도 나처럼 호기심이 강한가 보군. 이들 부자들이 연방준비은행, 국제통화기금, 국제결제은행을 창설하고, 급기야 UN 국제연합이라는 세계정부도 탄생시켰지. 국제사법재판소까지도 말이야. 학자들은 이들이 세상을 더 잘 원활히 지배하도록 억지로 이론을 끼어 맞춰주고, 도와주지. 고전적인 사회, 정치, 경제 이론과 논리를 들먹거리면서……. 제일 나약한 게 학자들이라니까."

나는 그의 말을 들으면서 논리적인 비약이 심한 억측이라고 생각했다. 나는 더 이상 참지 못하고 입술을 앞으로 툭 내밀고는 언성을 높이고 말았다.

"진짜요? 참나, 원……. 그건 말도 안 돼요. 부자들이 뭐가 아쉬워서 국제기구에까지 손을 뻗치나요? 그건 국가들이 한자리에 모여 동의해서 만든 세계적인 협의기구예요. 그리고…… 소신이 강한 학자가 더 많다고요! 선생님도 학자 출신이시잖아요!"

그는 내 말이 끝나기가 무섭게 너무 침착할 정도로 말을 계속 이어갔다.

"가온군 진정하게. 꼭 내 말만 옳다는 건 아닐세. 난 지식 위에 돈이 있다는 걸 예시로 들고 싶었을 뿐이네. 이해하나?"

그는 자신의 완고한 주장에서 한 발짝 뒤로 물러선 느낌이었다. 나는 그의 말에 다시 침착하려 노력했다.

"좋아요. 그럼, 만일 선생님의 말씀이 옳다면요, 세상은 너무 서글픕니다. 돈으로 평화까지 만들 수 있다니 말이에요. 그리고 세계의 모든 정치인들, 정책을 만드는……맞다. 이들을 정책결정자들이라고 하죠?

이들은 부자들의 말을 무조건 무시할 수도 없게 될 테니까요. 저의 집도 가난하지만, 부잣집 애들한테 기죽지 않으려고……"

"오! 내 말을 그래도 이해했나 보군. 하지만 그들도 무서워하는 게 있단다."

"네? 그게 뭐죠? 너무 궁금해요, 선생님."

나는 점점 그의 대화법에 녹아들고 있었다.

"그게 바로……무기란다. 세계의 독재자, 희대의 살인마라고 불리는 히틀러. 그는 고리대금업으로 국민들의 피를 빨아먹었던 유대인을 살생무기로 대거 학살했지. 돈을 빌려주고, 한 마디로 '이자'로 배를 불리던 그들을 무기로 제압한 거야. 하지만…… 안타깝게도 역사적인 평가는 냉정했지. 현대 지식인들은 돈이 없다 보니, 아니 돈이 무서웠는지 히틀러를 올바르게 이해하려는 건 접어두고 살인마라고 몰아가기 바빴지 뭐야. 8억 5천만 달러나 하는 미사일 같은 무기. 한국 돈으로 얼마나 되는지 계산하고 있나? 계산하지 말게. 속 뒤집어지지. 이 돈이면 많은 학생들이 학교를 공짜로 다닐 수 있지 않을까 싶네. 또 말이 다른 곳으로 새어버렸군. 미안하네."

"아니에요. 괜찮아요."

나는 그의 말에 맞장구라도 쳐주고 싶었다. 그러고는 그를 지그시 쳐다보며 그의 말에 귀를 기울였다.

"고맙네. 아무튼 부자들도 무기를 각국에 팔아서 많은 돈을 벌어들이지만, 정작 핵무기나 미사일 앞에서는 꼼짝도 못한다고. 고대 시대 알렉산드로스, 프톨레마이오스 장군들도 결국 무기로 세상을 독차지하려 했어."

나는 그의 말들을 듣고는 머리가 너무 복잡해졌다. 아까만 해도 괜찮았는데. 나도 모르게 두 손으로 머리를 움켜잡고는 소리를 지르고 말았다.

"아아악…… 전 여태까지 돈도 아니고 무기도 아닌 학식이 많은 조류학자가 이 세상에서 제일 높은 줄 알았단 말이에요!"

"다시 말하겠네, 진정하게! 내 말은 단지 학설뿐이라고 여겨주게. 조류학자들에게도 내가 보여준 지능형 로봇 같은 이 정도 무기는 필수야. 새를 연구하려다가 식인 새라도 덮치는 날엔……."

그는 내 반응이 미미하자, 잠시 머뭇거리더니 설명하던 것을 이어갔다.

"자네가 내 말을 듣고는 세상이 달리 보인 모양이군. 언젠가는 자네도 깨달을 걸세. 하지만 오늘은 이 정도로 하자구나. 본론으로 넘어가 보세. 장난감처럼 생긴 이 무기는…… 새들이 공격해 올 때, 옆쪽에 있는 두 개 버튼 중에 위쪽의 노란 색 버튼을 누르면 강력한 빛을 발사시킨단다. 이 빛으로 새의 눈을 잠시 멀게 해서 떨어지게 하는 도구지. 말하자면 총인 셈이야. 우리의 음성도 알아듣지. 하지만 절대 새를 죽이지는 않는단다. 또 있다면, 사람의 눈에 아무리 발사해도 아무 효과가 없어. 새의 눈만 멀게 되도록 만든 거야."

그는 자신이 만든 물건을 쉽고 상세하게 설명하려 했다.

"그리고 어쩔 수 없이 나무에 올라가게 될 때는, 옆에 있는 아래쪽의 빨간 색 버튼을 누르면, 나무에 딱 달라붙어. 버튼을 두 번 누르면 떨어지고……. 연습을 많이 해보게. 이런 식으로 하면 분명 큰 나무라도 쉽게 오를 수 있을 걸세."

한마디로 이 무기는 우리 집의 만능열쇠처럼 다양한 기능을 갖고 있었다. 나는 그의 설명을 정확히 알아들었는지, 확인하는 질문도 잊지 않았다.

"그러면요, 그걸로 빛을 발사해서…… 새가 맞는다 해도 죽지 않는다고요? 저도 새가 피 흘리며 죽는 건 질색이에요. 사람의 눈을 멀게 하고 싶지도 않고요."

"응, 나도 마찬가지야. 새는 절대 죽지 않아. 직접 새의 눈을 향해 쏘아야 하고, 다른 부위에 쏴봤자 새는 아파하지도 않아. 자극은 조금 받겠지만……. 소용없는 거지. 새의 눈을 정통으로 맞춰도 잠시 눈이 멀게 될 뿐, 이삼십 분 지나면 다시 원상태로 돌아온단다."

그의 설명은 나의 속을 후련하게 만들 정도로 상쾌했다. 하지만 이젠 장난감 같은 무기도 더 이상 나의 궁금증을 유발시킬 수 없었다. 그의 상세한 설명 덕분에, 마치 그 무기가 나의 몸 일부가 된 것처럼 친숙하게 느껴졌다. 하지만 나는 사실 공학적인 관심보다는, 그가 설명해준 로스차일드 가문 같은 사회경제적인 현상들이나 인문 사회, 그리고 순수과학인 생물학에 더 나의 이목이 끌리는 편이었다.

이번에는 제법 두툼해 보이는 두 권의 책, 엄밀히 말하면 서류 뭉치처럼 보이는 문서들이 내 눈에 들어왔다.

"이 책, 아니 이 문서들은 뭔가요?"

"급하기도 하군."

"죄송해요. 전 궁금한 건 못 참는 성미라서요."

"알았네. 이 문서 내용의 모든 게 다 일리가 있다는 것을, 이제부터 내가 확인해 주려는 걸세."

"근데요, 문서 제목이, 아…… 새들의 서식지이네요?"

너무 긴장되는 순간이었다. 새들의 서식지! 아빠 서재에 있었던 그 책이었다.

"이건 책으로도 출간됐지. 넌 이미 봤나 보군?"

"조금이요. 또 다른 문서는……요?"

"네가 알고 싶어 하는 '크리스 왕국'이지."

그런데 크리스 왕국의 저자가 바로 한스 선생님이었다. 문서 표지에 명확하게 '존 샤인트 K. 한스'라고 인쇄되어 있었다. 이젠 놀랍지도 않았다. 그의 재능은 이미 나의 상상을 뛰어넘었기 때문이다. 나는 궁금한 게 너무 많아졌지만, 이젠 무엇부터 물어봐야 할지 알 수 없었다.

그는 나의 의중을 꿰뚫어본 것처럼 설명을 계속해 나갔다.

"기독교의 성경은 누구의 관점으로 씌었다고 생각하나?"

"……신의 관점 아닌가요?"

"그래? 이스라엘인들의 선민 관점은 아니고? 이건 종교적인 시비가 있을 수 있으니, 그냥 넘어가 보겠네. 이 문서 '새들의 서식지'는 말이야……새들의 관점으로 씌었다면, 내가 쓴 '크리스 왕국'은 철저히 인간 중심의 관점이지. 두 문서들을 다 봐야 정확한 판단을 내릴 수 있어."

그는 말 그대로 학자였던 것이다. 책이나 사물 혹은 역사는 누구의 관점으로 보느냐에 따라 완전히 달리 해석될 수 있다는 사실을 그는 말하려고 했던 것 같았다. 하지만 내가 그의 지식을 전부 이해하기에는 한없이 부족해 보였다.

"무슨 생각을 그렇게 하고 있나?"

그는 내가 골똘히 생각에 잠길 때마다, 나의 빈틈을 지적하듯이 말을 걸어왔다.

"아……아니에요. 그냥 내 자신이 한심한 것 같기도…… 근데 무슨 일이라도 일어났나요?"

나는 구부린 등줄기를 꼿꼿이 세우고는, 눈을 동그랗게 뜨며 말했다.

"정신 좀 차리게. 이제부턴 정신 줄을 놓고 있으면 큰일 날 수도 있네. 긴장하게…… 자, 이제 이 책들의 내용을 확인하러…… 가자!"

그는 그답지 않게 조용히 말하다가 돌연히 외치듯이 음높이를 바꿨다. 나도 따라 하려 했지만, 어색해서 얼버무렸다.

그는 나와 다르게 의지를 다지듯이 또 입을 크게 열었다. 이때만큼은 마치 호령으로 대군을 이끄는 총사령관 같았다.

"얼른 이 통로를 빠져나가, 조변림으로!"

마치 고함 소리와 흡사했다. 그러더니 그는 손가락 두 개를 입안으로 가져갔다.

"삐리 삐리릭…"

그는 휘파람을 요란하게 불어댔다. 그 순간은 그가 천진난만한 아이처럼 보였다.

그런데 갑자기…….

4

지하 천장에서 삼엄할 정도로 '부스럭부스럭' 하는 소리가 나는 듯했다.

'날개 달린 사람들이 우리를 공격하러 오는 건가?'

나는 섬뜩했다. 날개를 푸드덕거리는 물체들이 나를 향해 돌진해오는 것 같았다. 나는 더 이상 참지 못하고 몸을 웅크리며 눈을 감은 채 비명을 질러댔다. 이 자리를 박차고 냅다 도망가고도 싶었다. 그런데 아무 일도 일어나지 않았다.

나는 아직도 가슴이 벌렁벌렁 뛰고 있었고, 내 눈마저 쉽게 떠지지 않았다. 작년 봄 방학 때 겪었던 비행기의 '버드 스트라이크' 같은 정신적 충격이 다가오는 듯했다.

하지만 옆에서 지켜보던 한스 선생님은 아무 소리도 내지 않고 가만히 서 있는 듯했다.

'그는 나를 한심스럽다는 듯이 바라보고 있는 건 아니겠지.'

그는 좀 지나서 여유 있게 나에게 말을 건넸다.

"자네. 눈 좀 떠보게."

"선생님, 제가 다쳤나요?"

"아니, 두려워 말게. 눈을 떠보렴."

마치 그의 말은 성인의 어투와도 흡사했다.

나는 천천히 팔로 두 눈을 가렸던 것을 내리고, 진한 한숨을 한두 번 내 쉬면서 눈을 슬며시 떴다. 수십여 마리나 되는 온갖 형형색색 새들이 내 앞에 펼쳐져 있는 게 아닌가. 기계인형이나 전자로봇이 아닌 건 확실했다.

"우와, 이게 다 뭐죠?"

"내가 누구냐? 조류학자지. 내가 연구해온 새들이란다. 어느덧 친구가 되었어. 이들이 우리를 도와줄 걸세. 이번은 무시무시한 큰 새들은 부르지 않았네."

"네? 또 있어요?"

"아마 네가 그 새들을 보면……. 아니다. 다음에 말해 주지."

"궁금해요."

"괜히 말한 것 같구나. 참아. 오늘은 이 새들이 조변림까지만 안내할 거야. 다른 새들이 공격해 오더라도 우리를 보호해 줄 걸세."

"근데요, 이 레드 카나리아의 울음소리는 너무 아름답네요."

"아름답긴. 카나리아는 남몰래 일러바치는 '밀고자'라는 뜻을 갖고 있어. 이 소리가 우리의 목숨까지도 위협할 수도 있네."

"아, 겉보기와 다르군요."

그의 지혜는 남달리 출중했고, 조류들에게도 엄청난 신임을 받고 있었던 거다.

"조변림으로 가는 길은 저도 알아요. 책 표지에 있는 새들의 서식지로 가고 싶어요."

"그런데 거기는 우리끼리만 가야 할 것 같아. 오늘만큼은 내 친구 새들에게 부담을 덜어 주고 싶네. 새들 서식지는 나도 아니까, 나를 믿어보게나."

"그래그래. 가온아, 한스를 믿어봐, 믿어봐."

한스 선생님의 어깨 위에서 눈이 땡글땡글한 왕관 앵무새가 자신만만하게 말하고 있지 않은가.

'좋아. 저 앵무새를 믿어보자.'

요정처럼 푸른 빛깔 나는 새, 레드 카나리아, 해파리처럼 붕붕 떠다니는 새, 대머리 독수리 등등이 우리 친구가 되다니 놀라웠다. 황록색을 뿜어내는 반딧불의 수십 마리도 이들 곁으로 날아들어 통로가 한층 대낮처럼 밝아졌다. 그 새들은 우리 머리 위로 원을 그리며 날면서 조변림으로 가는 길을 편안하게 안내해줬다. 나는 기분이 훨씬 가벼워졌다. 해파리처럼 나는 새는 어느덧 나에게 한쪽 눈을 깜박이며 반갑게 인사하고 있었다. 그 새를 빤히 쳐다보며, 나는 정말 황홀경에 흠뻑 빠져버렸다.

5

한스 선생님과 나는 그렇게 한참을 갔다. 그는 가는 도중에 내가 지루하지 않도록 흥미 있는 질문들을 내놓고, 상세히 설명을 해줬다. 기독교의 신의 아들로 불리는 '예수'가 과연 문둥병 환자를 낫게 했을까, 등등의 질문들은 나를 미지의 고대 근동 시대로 안내했다. 그는 그 시대의 문둥병은 요즘과 달리 죄를 많이 지은 자들만이 걸리는 병으로 여겼다고 확신하고 있었다. 그는 문둥병에 걸린 자들을 죄인으로 치부한 당시 사회를 현란하게 비판해 갔다. 그러고 나서 예수가 병을 낫게 했다기보다 '문둥병 환자는 죄가 없다.'는 정결의식을 베풀었다는 역사적인 해석을 전해줬다. 그는 내가 그의 말을 듣고 나서 자료와 증거를 요구하거나 의아해할 때마다, 단지 학설일 뿐이라며, 가볍게 미소를 지어주곤 했다. 그가 조금씩 나에게 지혜를 심어주는 듯했다. 그의 말들은 그다지 신뢰할 수도 없었고, 가끔 반감도 생겼지만, 세상의 이치를 깨우치기에 충분했다.

하지만 마음 편히 그의 지혜를 듣는 시간도 서서히 사라지는 듯했다. 시간은 정처 없이 흘러갔고, 지하 천장 위 가느다란 틈새에서 태양 빛이 우리를 따갑게 비추고 있을 때는, 그곳이 밖으로 나갈 문의 틈에서 새어 나오는 빛줄기라는 것을 쉽게 직감할 수 있었다.

한스 선생님은 그 위를 가리키며, 조변림에 다 왔다는 신호를 엄지와 검지를 교차시켜 나와 새들에게 보내줬다. 어김없이 땅 위로 올라가는 긴 사다리가 멀찌감치 구비되어 있는 것이 보였다. 어림잡아 이 사다리의 길이도 지하통로로 내려가게 되어 있던 사다리와 거의 같은 길이었다.

'이 모든 걸 다 한스 선생님이 계획하여 만든 걸까? 이런 세밀한 구상을 그 혼자 했을까?'

이를 누군가 도와주지 않으면, 거의 불가능에 가깝다는 생각이 들었다. 새들은 우리가 사다리 끝까지 다 올라가는 걸 지켜보는 것 같았다. 그것들은 그제야 안심이 됐는지 사다리에 오르는 우리 발밑을 여러 차례 돌더니, 어디론가 뿔뿔이 사라져 버렸다. 우리는 서로 약속이라도 한 것처럼, 사다리 끝까지 올라가서야 거의 동시에 긴 한숨을 내몰아 쉬었다. 긴장된 순간이 조만간 찾아올 거라는 숨 고르기의 일종이었을 것이다.

그도 인간인지라, 나처럼 긴장이 안 될 수는 없을 듯싶었다. 나는 막상 여기까지 오니, 되돌아가고 싶어졌다. 심지어 아버지처럼 날개 달린 사람들의 공격을 받아 죽을 수도 있다는 생각까지 들었다. 하지만 내 의지와 상관없이 그는 담담하게 또 한 번 긴 한숨을 내쉬더니, 문을 열었다. 이젠 돌이킬 수 없는 순간까지 온 것 같았다. 눈부실 정도로 환한 태양 빛이 지하통로 안으로 쏟아져 내려왔다. 눈부실 정도였다.

우리가 도착한 여……기는 에메랄드 숲처럼 보였다. 그것도 깊은 숲 속일 듯싶었다. 여기에서 연인들이 고요하게 입맞춤하는 소리들이 들린다는 그곳!'

그런데 분위기는 엇비슷한데도 뭔가 달라 보였다.

"이젠 어디로 가면 되죠? 저는 여기가 낯설지 않아요."

"여기를 안다는 말인가?"

"네, 친구들과 가끔 온 데에요."

"그런가? 너희들이 여기를?"

"여기가 조변림 아닌가요?"

"흠…… 네가 그러면 그렇지!"

그는 조롱 섞인 웃음을 지으며, 나를 무시하는 듯했다. 내가 엄연히 여기 토박이인데 말이다. 하지만 그의 말대로 왠지 좀 낯설어 보였다. 뭔가가 앞을 턱 하니 막아버린 것 같았고, 라임빛으로 가득 차 있었다.

그런데 이제는 그가 날 무시하는 투로 '킥킥' 거리며 소리 내어 웃어 댔지만, 나의 뾰로통한 얼굴을 보고 나서는 그것도 얼마 가지 않았다. 그는 억지로 웃음을 멈추고 냉정한 얼굴을 하더니 진지하게 말했다.

"자, 지금부턴 진지해 보자. 서두르지 말고. 그리고 잃은 물건은 없는지 챙겨보자."

그는 신중하게 대처하고 있었다.

"납작한 타원형 총 두 개는 갖고 있겠지?"

"네, 여기 있어요."

"거기에 보면 튼튼한 가죽 벨트가 있어. 그걸 시계 차듯이 손목에 착용해 보게나."

나는 그의 말들을 일일이 놓치지 않고 꼼꼼히 챙기려 노력했다.

"선생님의 달걀형, 아니 타원형 총은 어디 있나요?"

나는 그가 말하는 용어로 말하려고 노력했다. 서로의 원활한 의사소통을 위해서였다. 만에 하나 서로 소통이 안 될 땐 분명히 참혹한 비극이 찾아올 것만 같았다.

"난 바지 앞 호주머니에 늘 갖고 다니지."

"오, 나무도 잘 타시겠네요?"

"하루에 한두 시간은 연습한단다."

"음, 이제 보니 선생님의 엉덩이가 원숭이처럼 생기셨네요?"

"뭐라고? 너 어쩌자는 거야!"

나도 그처럼 불편한 심기를 드러내지 않은 채, 소심한 복수를 하듯 킬킬 웃어버렸다.

"그래. 우리 이 정도로 해두자."

"네! 그렇게 하옵죠. 아차, 근데 문서들은 어디 있는 거죠? 오다가 흘린 건 아닌가요?"

"너 바보지? 네가 지금 들고 있잖아!"

"휴우, 죄송해요."

사실 긴장하고 있는 건 한스 선생님이 아니라, 바로 나였던 것이다. 다시 통로 속으로 들어가고 싶을 지경이었다.

"자, 새들의 서식지가 어디 있는지 알려면, 이 부분을 봐야 해. 이걸 읽어보렴."

그는 자상하게 '새들의 서식지'의 문서를 펴 주면서 읽을 부분을 짚어 주었다.

나는 망설임 없이 큰 소리 내어 읽었다.

"……날개 달린 사람들은 조변림 주변에 위치한…… 높이가 100미터 크기의 나무에서 산다. 나무의 지름도 거의 높이의 절반만한 초대형 나무…… 조변림 한가운데에서 얼마 떨어져 있지 않지만, 쉽게 육안으로 발견하기 어렵다."

"허허, 또박또박 잘 읽는군."

그는 내가 읽는 모습이 흡족했는지 아까하고는 상이한 평가로 입이 마를 정도로 칭찬을 아끼지 않았다.

"이야, 이거 상세하게 적혀 있네요? 수인이가 말한 곳과 비슷하네."

"너, 뭐라고 했지? 수…인이?"

그는 깜짝 놀라 했다.

"네, 수인이요. 선생님도 수인이를 아시나요?"

"아아…니, 그냥. 우리 학교 학생이잖아. 수인이가 네 친군가?"

"아주 가까운 친구죠! 아……아니에요."

"여자친구? 그……그런가 보네…… 계속 읽어보렴."

그는 마치 수인이를 잘 아는 것 같았다. 어물쩍 넘어가는 듯한 느낌이었다. 나와 수인이와의 관계는 비밀이다 보니, 더 이상의 말들을 그에게 하기 어려웠다. 그런데 지금 그게 무슨 의미가 있을까 싶었다.

'아, 수인이를 못 본 지 반년이 흘러가는 구나……'

나는 여러 생각이 교차하면서 엉킨 실타래처럼 머릿속이 뒤죽박죽하다못해 하얗게 시커멓게 되더니, 나도 모르게 멍해졌다. 그가 말하는 게 들려오지 않았다. 뇌신경이 마비된 것만 같았다.

"계속 읽어보라니까?"

그는 내가 딴청 부린다고 생각했나 보다. 목숨까지 잃을 수 있는 순간인데……. 나는 어떻게든 버텨야 했고, 정신을 차려야 했다.

나는 그럴 때마다 습관처럼 머리를 좌우로 흔들고 집중해서 읽었다.

"……이유는…… 나무 위는 잔디가 무성한 언덕 모양으로 평지와 붙어 있다. 그래서 밖에서 보면 마치 나무는 보이지 않고 언덕 정도로 여기게 된다. 그리고…… 날개 달린 사람들, 즉 새들의 서식지는 발견하기 어렵지만, 특이하게도 이들의 서식지 위에는 40여 미터 높이의 나무가 또 있다. …… 날개 달린 사람들은 왕족과 평민으로 크게 나뉘는데, 그들 모두 언덕의 평지를 뚫고 들어가야 한다. 평민들은 나무속에서 층별로 살고, 왕족은 평지를 뚫고 들어가자마자 거대한 왕궁이 보이는데…… 그곳에서 산다."

어딜 가든 노예와 귀족, 지배 계층과 피지배 계층이 있나 싶었다. 이기적이며, 불쌍한 인간들…… 같은 종족끼리 서열을 만들어 억압하고 지배하고…… 그렇게 하고 싶을까?

그런데…… 이와 중에도 문득 수인이가 떠올랐다.

이곳은 진짜 그녀의 집 위치와 거의 흡사했기 때문이다. 나도 모르게 눈물이 울컥 쏟아지려 했다.

"뭐해? 이 부분도 읽어보라니까."

그는 이리저리 책장을 넘기더니, 읽을 곳을 찾아줬다. 나는 진정하려 했다. 남자가 되어서 강한 척도 하지 못할망정 이러면 '안 되지'라는 생각까지 들었다.

"네, 알겠어요. 그러면 우리가 평지를 어떻게 뚫고 들어가요?"

"야, 그러니까 이거 읽어보라니까!"

그는 내가 답답했나 보다. 가끔은 그가 영웅인 양 자기도취에 빠져 잘난 체하는 학자 정도로 여겨지기도 했다. 하지만 나는 내 목숨을 위해서라도 그의 말을 순순히 따를 수밖에 없었다. 어쩔 도리가 없었다. 나는 그 문서를 자세히 보기 위해 내 쪽으로 좀 더 끌어당겼다.

"날개 달린 사람들만이 평지를 뚫고 들어갈 수 있다. 그들의 날개는 금방 간 칼날처럼 날카로웠다."

"제기랄, 그들만이 들어갈 수 있다고?"

나는 놀랍기도 했지만, 우리가 들어갈 수 없다는 생각이 들어 허탈했다. 만일 들어간다 해도 그들의 날개에 목이 잘릴 수도 있지 않은가.

"선생님, 학교로 다시 돌아가는 건 안 되나요? 들어갈 수도 없다고 하잖아요. 난 죽고 싶지 않은데……"

"웃기는 군, 자네가 오자고 했어!"

"오자고 했다기보다는, 그냥 궁금하다고……."

내가 생각하기에도, 난 비겁자 같았다.

"네 아빠를 기억하렴."

"아, 아빠……."

그의 말을 듣자마자, 나는 결국 눈물이 왈칵 쏟아지고 말았다. 내 오른손으로 눈물을 겨우 훔치면서 혼잣말로 중얼거리듯 말했다.

"다음부턴 아빠 얘기 꺼내시면……"

"알았네. 음… 미안하네. 그러면, 에라…… 그냥 돌아갈까?"

나는 그의 말에 이러지도 저러지도 못하고 멍하니 서 있었다. 또다시 이 생각 저 생각에 잠기고 말았다. 수인이와 모키, 교장 그리고 아버지, 어머니……. 이들의 모습이 내 눈앞에 어른거렸다. 생사도 알길 없는 수인이, 어머니의 행방……모키와 교장, 킴란스 기자, 아버지의 의문사…… 이것들을 알아내야만 했던 것이다. 없는 용기를 낼 수밖에 없었다.

"그래요, 설마 죽겠어요? 좋아요. 평지를 뚫을 건가요?"

"어허, 너의 용기가 대단하군."

"으이그, 빨리 좀 얘기해줘요. 마음 변하기 전에요."

나는 조바심을 냈다.

"좋아, 그런데 네가 믿기 어렵겠지만, 우리가 이미 평지를 뚫고 들어온 거라고."

"네? 거짓말하지 마세요! 우리는 지하에서 올라왔고, 날개 달린 사람들만이 뚫는다고 하잖아요."

나는 더 이상 그의 황당한 말들을 믿기 어려웠다.

"자네, 똑바로 서보게. 그리고 앞을 보라고. 위도 보고."

나도 모르게 뒤로 움찔 물러섰다. 내 앞에는 엄청 큰 나무가 떡하니 있어서였다. 조금 전까지만 해도 무슨 큰 절벽이 내 앞을 막고 있다고 생각했다. 그의 말에 복종하듯, 위도 쳐다봤다.

하늘 대신에 초록색 빛의 나뭇잎과 풀이 우거져 하늘을 막고 있었다. 그 나뭇잎과 풀 사이로 태양 빛이 스며들어 온 천지가 초록빛으로 가득 차 있는 거였다! 오늘이 봄 문턱에 들어선 '춘분'인데, 이곳은 바깥 세상과 달리 일찌감치 녹음이 꽤 짙고 공기도 그리 차갑지도 않다니, 놀라웠다.

이곳 토박이인 나조차도 발견하지 못한 새들의 서식지!

한스 선생님은 날개 달린 사람들처럼 언덕의 평지를 뚫지 않았다. 한 치의 오차도 없이 새들의 서식지 바로 그 아래로 들어온 것이다. 바닥을 뚫은 것이다!

그가 어떻게 알아낸 거지? 설마, 그가 날개 달린 사람? 아니면 그들의 첩보원? 나도 모르게 고개를 갸우뚱하고는 문서의 다른 부분을 읽으려고 페이지를 이리저리 넘겨댔다. 그 순간 갑자기 그가 책을 낚아챘다.

*

"지금은 내가 읽어보라는 데만 읽어!"

"네 참, 그런 게 어디 있어요!"

"내 말 들으라고 했지! 지금은 살기 위해선 여느 때보다 집중이 더 필요하다고!"

"아, 알겠어요."

나는 그의 카리스마에 압도되고 있었다. 도저히 침범하기 어려웠다. 그런데 갈수록 그는 감추려는 비밀이 많아 보였다. 그가 의심스러웠다.

나는 문득 그가 날개 달린 사람일 수도 있겠다는 생각까지 들었다.

'그래, 한번 확인해 보자. 한스 선생이 날개가 있는지 확인해보자고.'

나는 그를 속이는 작전에 돌입했다. 작전이라고 말하기엔 즉흥적이고 다소 어설프지만 말이다. 내가 특전사 출신도 아니고…….

"선생님, 그런데요……."

"왜? 뭐가 또 불만인가?"

나는 그에게 가까이 가서 뭔가를 물어보는 척하면서, 내 몸 깊숙이 간직하고 있던 호신용 칼로 그의 웃옷을 확 찢었다.

"너! 또, 왜 그래!"

그는 이젠 더 이상 놀라는 기색도 없어 보였다. 살짝 찢어진 그의 웃옷 사이로 누렇고 까무잡잡한 속살만 보일 뿐이었다.

"아니, 저는 그냥……."

"너 아직 날 믿지 못하는군."

그는 심리술사처럼 내 마음을 정확하게 읽고 있었다.

"선생님이 날개 달린 '미치광이'일 수도 있잖아요!"

"……너의 소원이 그렇다면…… 보여주겠네."

그는 나의 호신용 칼을 강제로 '확' 뺐더니, 자신의 바지 한쪽을 쭉 찢어버리는 게 아닌가.

"으아아!"

이번에는 정말 내가 소스라치게 까무러칠 뻔했다. 그의 왼쪽 다리는 털이 무성히 난 누런 살 대신에 은은한 강철과 볼트 너트로 이뤄진 '인조 다리'였던 것이다!

"놀랍나? 너의 아빠처럼 나도 날개 달린 사람들의 공격을 받고 죽을 뻔했다고."

그는 이어 음성을 높이며 강조하듯 느릿느릿한 어투로 말했다.

"다리 한쪽을 잃고 피가 엄청 흘렀는데…… 그때가 기억이 잘 나지 않아. 잠이 든 것 같기도 하고. 눈을 떠보니, 다행히 운 좋게도 어느 한 병원에 누워있었지. 내 옆엔 한 여학생이 있었고. 난 분명 죽을 거라고 생각했는데……. 그 후 몇 년을 잠도 자지 않아 가면서 날개 달린 사람들을 연구하게 됐어. 결국 내가 알게 된 사실은… 크리스 왕국의……"

"그런데요, 정말 날개 달린 사람들이 있긴 한가요? 전 본 적도 없고, 그것도 환상으로만 봤을 뿐이라고요. 지금 선생님께서 말씀하신 것들을 무조건 아무 생각 없이 믿을 수만은……"

나에겐 육안으로 보이는 물질적인 증거가 필요했다. 구체적인 경험 없이 말로만 떠드는 형이상학을 액면 그대로 믿으라는 건 무당이나 주술사들이 선동하는 미신 종교와 같아 보였다. 관념주의의 대문호이며 철학자인 칸트나 피히테, 헤겔이 들으면 무지 서운해 하겠지만 말이다.

가뜩이나 좁아 보이는 미간을 좁혀가며 내 말을 진지하게 듣고 있던 그는 간단히 딱 잘라 말했다.

"지금부턴 네 두 눈을 의심하지 않길 바라겠네."

6

그의 말이 끝나기가 무섭게, 나무 꼭대기에서 정체불명의 반나체의 한 사내가 땅 아래를 향해 급속히 떨어지고 있었다. 나도 모르게 땅 아래로 바람이 일고 있는, 그쪽으로 내 머리와 눈이 '홱' 돌아갔다.

자살인가? 아깝고도 슬픈 목숨이었다. 이런 섣부른 판단도 잠시뿐이었다. 갑작스럽게 그의 어깨 양쪽에서 날개가 쭉 펴지더니, 잔잔한 바람을 몰아 일으키면서 날아올랐다.

그는…… 날개 달린 사람이었다! 한스 선생님의 말은 거짓이 아닌…… 틀림없는 사실이었던 거다.

그런데 그 날개 달린 사람이 정말 무시무시하게 칼처럼 예리한 날개를 휘저으며 우리를 향해 날아 내려오고 있는 게 아닌가!

'우와! 정말 어깨에 날개 달린 사람이 있다니……'

나는 그 신비스런 광경에 그만 넋이 나가버렸다. 중요한 순간에 너무 떨린 나머지, 찾아오는 정신착란 증세 같았다.

"정신 차려, 가온! 조심해! 내가 준 총으로 방어하라고. 알겠지?"

"선생님! 저 좀 도와주세요! 무서워요!"

나는 너무 떨려 한 발짝도 움직일 수 없었고, 소리만 질러댈 뿐이었다. 한스 선생님은 그 순간에도 날개 달린 사람을 향해 맞서며, 내 어깨를 감쌌지만, 왠지 그가 불쌍하고, 어색해만 보였다. 그가 날 보호해줄지도 의문이었다.

예전에는 못 느꼈던 그의 다리의 불편함이 이제야 안쓰럽기까지 했다. 그는 날개 달린 사람들의 거센 공격을 받은 후유증으로 항상 엉거주춤 서 있던 거였다. 이제야 그의 말들이 조금씩 사실로 다가오고 있었다.

험상궂게 생긴 날개 달린 사람들이 굶주린 매가 먹잇감을 찾듯 우리 머리 위를 한 바퀴 빙글 돌았다. 그러더니 돌연 내가 아닌 한스 선생님을 향해, 그것의 날카로운 날개로 그의 목을 베려는 듯이 돌진했다. 그것들은 나 같은 애송이를 노려봤자, 아무 소용없다는 것을 쉽게 간파한 모양이었다. 한스 선생님은 총의 버튼을 이리저리 찾으며, 서둘렀다.

그도 숨을 죽여 가며 긴장하고 있는 게 틀림없어 보였다.

'설마 그걸 못 찾는 건 아니겠지?'

그는 어렵사리 버튼을 찾았나 보다. 그는 자신을 덮쳐 오는 날개 달린 사람을 향해 힘껏 버튼을 누르는 것 같았다. 그 날개 달린 사람은 눈에 불빛을 정통으로 맞았는지, 그의 바로 눈앞에서 '툭' 떨어지고 말았다.

"명중이야, 명중!"

나는 펄쩍 뛰며 환호성을 질러댔다.

너무 긴장된 순간이었다. 그와 나는 숨을 헐떡이듯이 심호흡을 여러 번 반복했다. 그 참이었다.

나무 중간쯤부터 날개 달린 사람들, 수십 마리가 마치 기다렸다는 듯이 나타나서 공중에서 빙글빙글 돌다가 우리를 향해 또다시 돌진해 오는 게 아닌가! 화가 잔뜩 난 듯싶었다.

나는 그들의 모습을 보고 기겁하고 말았다.

"저 죽을 것만 같아요! 집으로 돌아가야겠어요!"

"늦었네. 미안하군. 정신을 똑바로 차리라고! 내가 했던 것처럼 타원형 총구를, 새의 눈을 향하게 하고 버튼을 힘껏 눌러! 알겠나? 노란색 버튼을 잊지 말고!"

나는 꿀 벙어리가 되어 가고 있었다.

"대답 좀 하라니까!"

"휴……우! 알겠어요."

나는 긴 한숨을 내쉬며 기어들어 가는 목소리로 대답했다.

날개 달린 사람들! 여린 소녀들처럼 곱상한 얼굴들도 간혹 눈에 띄었지만, 정말 무시무시한 존재들이었다. 학교 운동장에서 봤던 새들처럼 하늘 위를 빙글빙글 돌더니, 서너 마리가 쏜살처럼 이젠 나를 향해 돌진해 오는 게 아닌가!

나는 한스 선생님의 말만 기억했다. 총의 버튼을 연이어 눌러 댈 수 밖에 없었다.

날개 달린 사람들은 날개에 맞았는지 조금 놀라는 기색만 보였다. 그러더니 나에게 또 다시 확 달려들었다. 나는 죽기 살기로 총의 버튼을 여러 번 눌러댔다. 한번은 정확히 눈을 관통한 것 같았다. 한 마리 새, 아니 날개 달린 사람이 힘없이 날개를 접고 내 앞에 떨어졌다.

"우와, 재밌다!"

나는 감정의 기복이 심했고, 공원에 놀러온 것처럼 환호성을 연거푸 울렸다.

"정신 차리라고 했지! 이건 장난이 아니라고! 죽을 수도 있어!"

그는 집중할 것을 강하게 재차 요구했다. 날개 달린 사람들이 화가 머리끝까지 치밀어 올랐나 보다. 이번엔 그는 가만히 내버려둔 채, 수십여 마리가 나를 향해 공격해 왔다. 그도 옆에서 잔뜩 긴장한 나를 도와주려고 내 곁으로 바짝 다가왔다.

내 코앞에서 새들이 툭툭 떨어져 나갔다. 그가 거의 다 맞춘 거였다. 어느새 공중에는 수십 마리가 아닌 수백 마리의 날개 달린 사람들이 큰 동심원을 그리며 돌더니, 떼거리로 나를 향해 공격해 왔다. 그도 당황해 하는 눈치였다.

그는 주저하지 않고 나에게 명령했다.

"나무에 올라타! 수가 너무 많아. 서둘러! 나무에 오르자마자 누런 버섯으로 뒤덮인 일 층 문으로 들어가!"

"네, 알겠어요!"

나는 그의 말이 떨어지기가 무섭게 뛰려 했다. 하지만 급작스럽게 달려든 날개 달린 사람의 예리한 날개 부분이 나의 어깨를 비어버렸다. 피가 흘러내렸다.

두서 마리, 아니 두세 사람이 내 피를 보고는 거칠게 나에게 달려들더니, 나의 웃옷을 확 찢어버렸다. 한스 선생님도 어쩔 수 없었는지 공격도 못한 채 가만히 바라만 보고 있을 뿐이었다. 그도 별도리가 없었던 모양이다.

'이렇게 죽는 거구나. 그래도… 아빠의 얼굴을 보게 되니까……'

난 이게 운명이라면 받아들이려 했다. 나의 지나간 짧은 삶들이 파노라마처럼 내 눈앞에 스쳐 지나갔다.

그런데 그 날개 달린 사람들이 나의 겨드랑이 쪽을 우연히 본 것 같았다. 그것들은 파랗게 질려 더 이상 나를 공격하는 것도 잊은 채, 도망가듯 나무 위로 날아가 버리는 게 아닌가.

그때 공중에서 날던 날개 달린 사람들이 나를 향해 다시 공격하려는 순간, 멀리서 사람의 목소리, 아니 한 낯익은 여자의 목소리가 들려왔다.

"공격하지 마. 그는 내 친구야!"

'그라니? 나를 말하는 건가?'

나는 얼굴을 들어 나무 위를 무심코 쳐다보았다.

'에메랄드빛 날개의 광채! 그녀는 수인이의 언니, 실오라기 천도 하나 걸치지 않은 실비아가 아닌가! 설마 내 목에 독을 뿜은 게 실비아? 아니야, 꿈이야. 꿈이어야 해!'

나를 공격하던 날개 달린 사람들이 하나둘씩 뒤로 물러나더니, 나무 속으로 사라졌다. 생각지도 못한 전개였다. 나는 비틀거리며 피투성이가 된 몸을 일으켰다.

"실비아! 실비아 너 맞지? 수인이는 어디 있어?"

나는 그녀를 향해 소리쳤다. 실비아는 머뭇거렸다.

"대답하라고! 네 동생 수인이가 어디 있냐고? 네 동생이 내 아빠를 죽인 거 맞아? 직접 보고 물어봐야겠어!"

대답이 없자, 나는 신경질 나는 투로 여러 번 소리를 질러댔다. 그녀는 그냥 멀리서 나를 한두 번 쳐다보고는, 한스 선생님에게 뭔가를 진지하게 말하는 것 같았다. 그는 거침없이 입을 열었다.

"실비아, 가온이마저도 열정을 빼앗았구나. 나한테도 행한 그런 비슷한 수법이 통할 것 같나? 다시 충고하는데, 그만 좀 욕심을 버려. 질투의 여신이 다 되어 가는구나."

그의 말에는 날이 서 있었다. 그는 실비아를 익히 알고 있었나 보다.

'실비아가 질투의 여신이 되어 간다고? 여기에 공주라도 된다는 말인가?'

그녀는 나에게 한 것처럼 그의 말을 무시하듯, 그를 힐긋 쳐다볼 뿐이었다. 심지어 가증스럽다는 듯이 그를 한두 차례 노려보기도 했다. 그녀는 아무 대답도 없이 나무 위로 사라져버렸다. 한스 선생님은 나에게 급히 다가왔다.

그는 나를 물끄러미 쳐다보고 넌지시 말을 던졌다.

"…다친 데는 없나?"

"이게 다 뭐죠? 그들이 왜 나를 살려줬죠?"

"그건 나도 아직 정확히는 모르겠네. 짐작만 갈 뿐이야."

그는 매사 이런 식이었다. 학자여서 그런지 한 치의 오차도 나지 않을 때, 그때 가서야 진실을 인정하곤 했다. 토론이나 학생들의 대학 입학시험도 그렇고, 매사 꼼꼼하다 보니, 거의 대부분이 그를 인정했던 것이다. 하지만 지금은 이런 그의 모습이 왠지 날 비꼬는 것 같고, 나의 가슴을 답답하게 만들어 폭발할 지경에 놓이게 했다.

그래서 나는 어쩔 수 없이 생각나는 대로 또 지껄일 수밖에 없었다. 그렇지 않으면 내 가슴과 배가 부풀어 올라 금방이라도 터져 버릴 것만 같아서였다.

"실비아가 날개 달린 사람이라니…… 그녀가 날 일방적으로 짝사랑한 것뿐, 난 그녀의 친구가 아니란 말이에요."

내 말을 듣고는 한스 선생님은 깊은 생각에 잠기는 듯했지만, 그건 잠시일 뿐이었다.

"나도 마찬가지였어."

그가 내뱉은 짧은 말은 충격적이었다.

"네? 뭐라고요? 실비아가 그러면…… 선생님에게도 사랑을? …… 그건 말도 안 돼요! 나이 차이가 무려……"

나는 당황한 나머지 더 이상 물어볼 말들이 떠오르지 않았다. 그도 할 말을 잃은 듯했다.

"……실비아가 나에겐 사랑 따윈 주지 않았어. 오해가 생길까 봐 미리 말해 두겠네. 하지만…… 크리스 왕국에서는 흔히 있는 일이라서……. 자신이 타고난 재능보다 더 큰 것, 많은 것들을 원한다고. 아름다움을 갖고 있었지만, 거기에 만족 못하고 지식, 지혜, 열정, 온갖 것들을 다 가지려 하지. 그게 이런 비극을…… 고려 시대나 조선 시대 왕들도 이런 의혹들을 피해 가지는 못할 걸세. 이젠 돌아가자꾸나. 그리고 수인이가 네 아빠를 죽였나? …… 아니다. 그만하자."

그는 알다가도 모를 말들을 한꺼번에 쏟아냈다. 그는 위엄이 서려 있었지만, 하던 말들을 정확히 끝맺지도 않았다.

"말씀을 드릴까 말까 고민했던 거……. 아빠 다락방에서 어렸을 때 수인이가 아빠를 죽이는 걸 환상으로 봤어요."

"첨단과학으로 범죄 조작도 가능한 세상이야. 그걸로 속단하기엔 너무 이르네."

"휴, 제 머리가 예전보다 더 복잡해졌어요."

"오늘은 이 정도로 해두자. 가자! 한시가 급해!"

"아니, 선생님이 말을 길게 꺼내 놓고는… 그러면, 왜 날 살려준 거죠? 죽일 수도 있었을 텐데 말이에요. 그리고 크리스 왕국의 비밀을 더 자세히 말해줘야죠!"

"우선 여기를 벗어나자꾸나. 돌아가서 말해주겠네. 문서들과 총들을 잘 챙기고."

그가 답답해 왔던 여러 의구심들이 지금은 사라진 것일까? 아니, 내가 궁금했던 걸 어느 정도 알게 해줬다고 생각한 걸까? 나보다는 그가 더 홀가분해 하는 것 같았다. 그는 남의 마음은 아랑곳하지 않고, 자기 자신만 아는 이기적인 학자처럼 보였다. 그는 통로의 문을 열고는 빠르고 시원하게 휘파람을 불었다. 그러자 조변림으로 안내해주었던 수십 마리의 새들이 통로 문 안쪽으로 날아 몰려들었다. 우리가 사다리로 내려가려 하니까, 우리 발밑에서 그것들은 빙글빙글 돌기 시작했다. 그들의 퍼드덕거리는 날개 짓는 소리가 경쾌하게 들려왔다. 이제야 안심이 됐다. 다행히도…… 나는 죽지 않고 살게 된 것이다. 아버지의 맑은 혼이 나를 보호해준 것만 같았다.

하지만……. 예상치 못한 급작스러운 일이 벌어지고 말았다.

7

뭔가가 요란한 소리를 내면서 우리 뒤에서 달려드는 게 아닌가. 그 순간 통로 밑에서 돌고 있던 대머리 독수리가 날개로 우리를 감쌌다. 독수리는 우리를 보호해주려고 한 몸부림이었지만, 정작 자기 자신은 구하지 못하고 그것의 목이 잘려나가고 말았다. 대머리 독수리 얼굴이 피투성이가 된 채, 통로 바닥 아래로 데굴데굴 굴러떨어졌다.

비겁하게도 날개 달린 한 사람이 우리 뒤에서 한 짓이었다. 그것도 칼날 같은 예리한 날개로 말이다! 조금 전에 총에 맞아 눈이 먼 날개 달린 사람들 중에 하나가 분했는지 깨어나자마자, 앞뒤 안 가리고 우리를 공격해온 것이다.

멀찌감치 독수리의 시신이 보였다. 훤히 드러난 그의 주름 잡힌 머릿속에서는 김이 모락모락 피어올랐다.

'아, 저 독수리가 아니었더라면, 내가 지금쯤 저렇게…….'

생각만 해도 끔찍했다. 얼른 날개 달린 사람들이 더 이상 우릴 공격 못하게 통로 문을 아무도 열지 못할 정도로 굳게 닫아버렸다. 그 순간 섬광 빛이 '팍' 터졌다.

한스 선생님은 그 섬광 빛과 함께 크게 자지러지면서 놀라고 있었다. 나도 그 못지않게 죽을 뻔하다 간신히 살아난 것처럼, 깊은 한숨을 들이 내쉬었다.

하지만 그는 섬광 빛 때문인지, 아니면 자신이 아끼는 친구 '대머리 독수리'가, 그것도 처참하게 죽어서인지는 분간하기가 좀처럼 쉽지 않았다. 여하간 우리는 살았다. 우리의 동료 같은 독수리가 죽어 마음이 아팠고, 슬펐지만 어쩔 수 없었다.

그런데 그는 여전히 사다리 중간에 멈춰서 더 이상 내려가지 않은 채, 벌벌 떨고 있지 않은가.

"으아……"

그는 실성한 듯이 턱을 뒤로 버쩍 재치더니 괴성을 질러댔다. 그러면서 어른답지 못하게 눈물을 글썽거렸다. 친구일 수 있는 새가 한 마리 죽었다고 저렇게까지 할 이유는 없지 않은가. 그의 친구 새들은 더 빠르게 우리 주위를 돌고 있었다. 독수리의 빈자리를 채우기라도 하려는 것처럼 말이다.

나는 그를 위로하려고 애썼다.

"선생님, 괜찮으세요?"

"미안하네. 정말 미안하네."

내가 그에게서 기대한 말과는 터무니없이 다른 엉뚱한 말이 돌아왔다. 서로가 동문서답하는 것 같았다. 내가 그의 친구 독수리 때문에 살았는데, 정작 미안할 사람은 한스 선생님이 아니라 내가 아닌가.

'뭐가 그리도 미안한 걸까?'

그는 날 똑바로 쳐다보지 못했고, 얼굴조차 제대로 들지 못했다. 단지 어디에선가 터져 나온 섬광 빛만이 그의 이런 모습을 설명해 줄 수 있을 것만 같았다. 새들은 섬광 빛도, 동료 독수리의 죽음도 아랑곳하지 않고 계속 우리를 안내해줬다.

단지 그 새들이 달라진 게 있다면, 우리 주위를 도는 속도가 빨라졌을 뿐이었다. 새들은 그것들의 동료 대머리 독수리를 벌써 잊어 먹은 건 아니겠지. 새들은 머리가 나빠 금세 잊어먹는다고 하던데…….

우리는 어느새 긴 통로를 지나 금고 앞에 다다르고 있었다.

8

나는 조변림의 깊은 곳에 자리 잡은 '새들의 서식지'에서 일어난 궁금증이 쉽게 사그라지지 않았다. 날개 달린 사람들이 나를 공격하지 않은 이유들이 몹시 궁금했다. 그리고 그 어느 것보다도 실비아가 나 말고도 중년의 한스 선생님에게 관심을 보였다니, 그 또한 실신할 정도였다.

그가 갖고 있는 두 문서들 중에 나에게 보여주지 않았던 '크리스 왕국'이 분명 이 같은 의문들을 해결해 줄 수 있을 거라는 확신이 들었다. 그가 당장이라도 말해줄 것 같은 '크리스 왕국', 하지만 그것의 비밀을 알기 위해 언제까지 그의 말을 기다려야 하는 걸까? 나는 조급한 마음에 물불을 가리지 않고 어떻게 해서든지 그 문서를 내 손 안에 넣어야겠다는 생각이 문득 내 뇌리를 스쳐 지나갔다.

한스 선생님이 들고 있는 문서 두 뭉치가 또렷이 내 눈에 들어왔다. 그가 두 문서 중에 먼저 '크리스 왕국'을 챙겨 금고 안에 넣으려 할 때였다.

"선생님……?"

"왜? 무슨 할 말이…… 총을 이리 주지 않겠나?"

그가 이렇게 말하면서 나를 향해 돌아서자마자, 나는 그의 눈을 향해 총구를 돌리고는 차분하게 엄지로 노란색 버튼을 온 힘을 다해 눌렀다. 그에 대한 모든 의구심을 지워버리기 위해서라도…….

그런데 그는 멀쩡히 서 있는 것 같고, 갑자기 내 앞이 침침해지는 게 아닌가. 내 눈이 멀어왔다. 그는 내가 총의 버튼을 누르는 순간, 동시에 그도 나의 눈을 향해 버튼을 누른 것이다.

나는 순간 뒤로 넘어가고 있었다. 몸에서 온 힘이 빠져나가더니 머리도 아파왔다. 오감이 마비되고, 몸을 제대로 가눌 수는 없어도 생각은 할 수 있었다. 주변의 소리들도 아주 작게나마 들려왔다. 사실 무슨 소리인지는 알아듣기가 힘들었다.

'결국, 나는…… 날개는 없지만…… 새였던 거다!'

새의 눈만 멀게 하는 총의 빛! 한스 선생님 덕분에 이 정도쯤은 '크리스 왕국'을 읽지 않아도 알게 되었던 것이다. 내가 눈을 떴을 때는 그의 연구실이 아니라 내 집, 그것도 홀로 쓰는 내방의 침대였다.

그가 어떻게 나를 여기에 데려다 줬는지는 의문조차 생기지 않았다. 심지어 육중한 새 등에 나를 태워 데려왔든, 그만의 신통술로 마법을 부렸든 간에 나는 더 이상 돌이킬 수 없는 길로 가고 있는 건 분명했다. 마침내 지혜로운 그가 먼저 내 정체를 확실하게 알게 되었던 거다. 나도 마찬가지이고…….

Canary's Wake

제5장

사라진 이들에게 기도를

1

태양 빛이 나를 따갑게 비춰왔다.

나의 어머니의 인기척 소리는 전혀 들리지 않았다. 단지, 거실에서 바스락거리는 소리가 유난히 크게 들려올 뿐이었다. 내 귀는 여느 때보다 더 밝아졌다.

'뭘까?'

이젠 더 이상 놀랄 것도 없었다. 그런데 어제보다는 내 몸이 좀 무거워졌다는 느낌은 확실했다. 일어서려는 순간 내 몸에서 '퍼드덕' 소리가 났다.

'이건 또 뭐야.'

억지로라도 나의 달라진 온몸을 일으켜 세웠다. 어지러웠고 무거웠다. 구석진 벽 거울에 힘겹게 다가가 내 모습을 비춰봤다.

밤새…… 내 겨드랑이에서 날개가 크게 자라고 만 것이다! 그것도 화려하고 신비스럽기도 한 에메랄드빛 날개……. 내가 바로 반나체의 날개 달린 사람이었다.

벽 거울에 희미하게 비춰진 또 한 사람이 있었다. 날 유심히 뒤에서 쳐다보는 그의 시선을 느낄 수가 있었다. 바로 한스 선생님이었다! 그는 내가 걱정이 됐는지 밤새 나를 지켜봤나 보다. 그는 지치고 피곤했는지 어제보다 많이 초췌해 보였다. 나는 가만히 몸을 뒤척이며 고민만 하고 있을 수가 없었다.

나는 뒤돌아서자마자 그 앞으로 가 무릎을 꿇고 흐느껴 울고 말았다. 의지할 사람이 아무도 없었거니와, 그래도 나에 대해 소상히 알고 있는 사람은 지금으로선 그가 유일했기 때문이다.

나는 그에게 물었다. 몹시 간절했다.

"이제…… 저는 어떻게 살아야 하는 거죠?"

그는 머뭇거림 없이 교과서적인 답변을 주었다.

"아니야, 넌 잘해낼 거야."

나의 대답이 없자, 말을 이어갔다.

"……일어나게. 정작 무릎을 꿇어야 할 사람은…… 가온군, 네가 아니라 나일세. 정말 미안하네."

사실 그가 미안할 것은 없었다. 뭐가 그리도 미안한 걸까. 그는 어렵게 입을 또 열었다.

"조변림으로 가는 통로는 내가 만든 게 아닐세."

나도 예상했던 거여서, 그의 말이 그리 놀랍지 않았다.

"그렇겠죠. 그 웅장한 큰길을 선생님 혼자 만드는 건 무리였을 거예요."

그는 눈썹을 치켜뜨며 머리를 좌우로 흔들었다.

"그런 뜻이 아니라, 통로는 우리 국가가 만든 걸세. 조류학의 전문가인 나를 시켜서 말이야!"

"네? 국가가요? 그건 왜죠?"

나는 아직도 그가 무슨 말을 하려는지 잘 알지 못했다. 그는 국가라는 말보다는 '정부', 자세히 말하면, 청와대와 건설부의 합작품이었다고 설명했다.

"정부가 날개 달린 사람들을 감시하다가 더 이상의 진척이 없었지. 예상치 못하게 그 수가 만만치 않게 계속 증가하다 보니…… 끝에 가서는 그들을 흔적도 없이 몰살해 버리려고 하는 거라고!"

"아, 우리 정부도 이미 알고 있었군요."

나는 그때서야 그가 말하려는 내용들을 조금은 알 것 같았다. 그런데 그 말이 그렇게까지 끔찍한 일인지는 그의 말들이 어느 정도 끝나고 있을 때야 비로소 알게 됐다.

"통로에는 감시카메라가 여러 곳에 설치되어 있어! 내 친구 새들이 그걸 돌면서 교란시킨 거라고. 그런데…… 불행하게도 독수리가 날개 달린 사람을 몸으로 막으면서 우리를 감싸려 할 때, 그 순간 통로 밑에 있던 곳의 감시카메라에 너의 얼굴이 찍힌 거야."

"그런데요, 그게 무슨 큰일이라도?"

나의 호기심과 탐구심이 어느 때보다도 더욱더 고조됐다.

"조변림에 날개 달린 사람들이 있다는 건 정부도 이미 알고 있네. 그곳을 갔다 온 사람들 대부분이 거의 다 죽었다는 것도 말이야."

나는 그의 말에 아무 대답도 할 수 없었다. 그냥 이대로 그의 말에 귀 기울여야겠다는 생각만 들었다.

"하지만…… 너는…… 살았던 거야! 조변림의 정체를 알아버린 너는…… 감시카메라에까지 찍혔다고! 무슨 말인지 알겠니?"

그는 설명을 차분하게 해오다 스스로가 흥분되었나 보다. 그의 얼굴에는 벌겋게 혈압이 올라오고 있었다.

"대체 무슨 말이에요? 그러면…… 저는 평생 날개 달린 사람들하고만 살아야 하나요? 아니면 이제 죽는 건가요? 누구 손에요? 정부? 날개 달린 사람?"

갑자기 그의 얼굴에 핏기가 사라졌다.

"네가…… 그들의…… 왕이었던 거야!"

지금부터는 그의 말이 도저히 납득 가지 않았다.

"제가 왕이라고요? 그것도 날개 달린 사람들의 왕?"

"그래 아마 비극적인 일이 다시 일어날지도 몰라. 피를 부르는 인간들과의 전쟁……."

마치 비밀스런 이야기들이 새어나갈 때면, 지붕에서 요란한 소리가 났던 것처럼, 또 시끄러울 정도로 뭔가가 지붕을 긁어대고 있었다. 그러더니 창문 너머로 수십, 아니 수백 마리 새들이 날아들어 우리를 뚫어지게 바라보고 있는 것 같았다. 좀 더 있으니까, 마침내 저 멀리 창밖에서 날개 달린 사람들과 함께 실비아가 에메랄드 빛깔을 가득 발산시키면서 나에게 손짓을 하고 있는 게 아닌가!

나는 눈살을 찌푸리면서 머뭇거렸지만, 한스 선생님은 얼른 그들을 따라가라는 몸짓으로, 두 손으로 거실 창문을 활짝 열어주었다. 그의 자상한 마음을 쉽게 읽을 수 있었다. 그는 나에게 손까지 내밀었다. 하지만 나는 그에게 정중한 인사를 하는 것도 잊은 채, 내 어깨 위에 있는 에메랄드빛 날개의 운명을 온몸으로 받아들이는 몸짓을 하며, 그를 뒤로하고 하늘 위로 솟구쳐 날아올랐다. 피할 수 없는 숙명과도 같았다.

처음엔 찬바람이 싫었고 퍼드덕거리는 날갯소리조차 낯설었지만,

얼마 지나지도 않아 상쾌한 하늘 공기 덕분에 조금씩 날갯짓도 꽤 유연해졌다. 마치 태어날 때부터 어깨 위에 날개가 있었던 것처럼, 내 몸의 일부가 되어 가고 있었다. 날갯짓이 고통스런 몸부림이라는 시적 해학은 전혀 사실이 아니었다.

어느 순간 어머니가 요즘 자주 먹던 국수가 감질나게 입에 돌았다. 국수는 새들이 즐겨하는 음식이어서 '새'로 변한 나에게 예전에 전혀 없었던 감각이 무에서 유를 창조하듯 살아났나 싶었다.

입맛을 다시며, 하늘 위에서 바라본…… 허름하고 오랜 세월에 군데군데 깨진 빨간 기와에 지붕이 뾰족한 나의 집.

'내 집은 이젠 어떻게 되는 걸까? 엄마가 은행 대출금도 다 못 갚았을 텐데…….'

나는 아직도 내 자신이 인간인지 새인지 혼란스러웠다.

그런데……바로 그때였다.

2

땅 아래 도로변에는 이미 무장한 군인들이 즐비하게 서 있는 것이 쉽게 내 양쪽 눈을 사로잡았다. 심지어 생전 보지도 못한 로켓포도 있는 것 같았다. 한스 선생님의 말은 한 치의 오차도 없이 맞아떨어지고 있었다. 수십 발의 포탄이 날개 달린 사람들, 아니 우리들을 겨냥해 날아오고 있는 게 아닌가. 포탄 한 발이 어느새 공중으로 날아와, 결국 날개 달린 사람 하나를 명중시켜 떨어뜨렸다. 눈 깜짝할 사이에 일어난 일이었다. 죽을 명분도 없었고, 이를 자세히 분석하고 해석할 겨를도 없었다.

"으아아악."

여기저기서 비명들이 터져 나왔다. 관제탑 레이더처럼 내 눈의 동공이 이리저리 움직여갔다. 국방부가 파견한 것 같은 국가특공대들이 여기저기서 사람들의 거리 진입을 차단하는 모습도 눈에 들어왔다. 이렇게 해서 이런 기괴한 사실들은 영영 비밀이 되어 버릴 것만 같았다. 조변림 사건도 이렇게 비밀이 되어 버린 거였다. 나는 처음 겪는 일들이라서 어느 누구보다 더 소스라치게 놀랄 수밖에 없었다, 죽을 수밖에 없는 순간들이 연이어 내 앞에 놓여졌다.

이제는 국가특공대의 포탄의 수십 발 수백 발이 지속적으로 날개 달린 사람들을 향해 하늘 위로 날아들고 있었다. 또 왜소해 보이는 한 날개 달린 사람의 두 쪽 날개 모두가 포탄에 맞아 천공에서 활활 타올랐다. 그들의 반격이 시작될지라도, 아마 더 큰 포탄이 하늘 위에 작렬할 것만 같았다.

'이러다가는 다 죽을지도 모른다!'

나는 하늘을 날아오르면서 누가 적인지, 동지인지 알 수 없을 만큼 혼란스러웠다. 나도 모르게 실성한 듯이 실비아를 이리저리 찾았다. 그녀가 안전한지 궁금해졌고, 자연스레 조변림으로 날개를 젓고 있었다. 나도 모르는 본능이 생겨나고 있는 거였다.

그즈음 저 아래에서 한스 선생님의 휘파람 소리가 아주 길고 은은하게 들려왔다. 나는 조금 전만 해도 인간 편이었는데……. 지금은 그의 휘파람 소리도 나를, 아니 우리 날개 달린 사람들을 공격해올 새들을 부르는 재앙의 소리일 것만 같았다. 그가 눈엣가시로 급격하게 탈바꿈되고 있었다.

어느덧 바람과 눈물이 섞여서 내 눈까지 막고 있었다. 살아야만 했다. 숭고한 생명의 이치였다. 눈물을 얼른 닦고 바람을 이겨내야 했다.

그 순간 지하통로로 함께 갔던 새들이 우리 곁으로 날아오고 있었다. 해파리처럼 나는 새도 쉽게 눈에 띄었다. 그런데 놀랍게도 그 수는 십여 마리가 아니었다. 자그마치 수백 아니, 수천 마리가 떼를 지어 우리에게로 날아오고 있었다. 이들을 우리가 물리쳐야 하는 걸까?

이렇게 생각하는 것도 오래 걸리지 않았다. 그 순간 이들이 우리를 보고 싱긋 웃더니, 겹겹이 우리를 호위하는 게 아닌가.

"수쉬쉬쉬시"

국가특공대의 로켓이 발사되면서 큰 굉음을 내며 매미처럼 날아올랐고, 미사일도 하늘 위로 우리에게 한꺼번에 빗발쳐 오고 있었다.

그런데…… 우리를 호위한 새들이 하나둘씩 포탄에 맞아 피 흘리며 땅바닥으로 떨어져 가고 있었다. 마치 미국 아칸소주나 워싱턴 펜실베이니아 애비뉴 등지에서 일어난 새떼 죽음의 기이한 비밀을 온 세상에 누설시킬 것처럼.

'아, 이들이 나를 구하러 온 거였구나!'

잠시 한스 선생님을 마음속으로나마 배신한 것 같아 가슴이 메어지고 속이 쓰려 왔다. 나는 그에게 멀리서나마 경의를 표하고, 나의 두 번째의 고향이 돼 버린 조변림, 아니 '에메랄드 숲'을 향해 온 힘을 다해 날개를 저었다.

"가온……"

바로 내 오른쪽 옆에서 나지막이 부르는 소리가 들렸다. 그 목소리는 예전 비행선에서 '버드 스트라이크'로 기절했을 때, 들려왔던 것과 흡사했다.

"누구지? 요정?"

"……아니, 실…비아."

나는 그때 요정으로 둔갑했을지도 모르는 그녀에게 반가움과 기대감 못지않게 적지 않은 분노가 치밀어 올랐다.

"실비아! 네가 나를 이렇게 만든 거니? 내 목에 독침을 놓은 게 너였지?"

"미안, 하지만……."

그녀는 나에게 사과의 말을 잊지 않고, 가까이 다가와 내 귀에 속삭이듯이 말했다.

"한스 선생을 너무 믿지 말아줘. 그는 세계 제일의 새들의 전쟁 전략가야."

실비아를 도저히 이해할 수 없었다. 그가 전략가인 건 알고 있지만, 우리를 도와준 그를 믿지 말라는 건, 아무리 봐도 터무니없는 말임에 틀림없었다.

"야! 그가 우리를 이렇게 구해주고 있는데도? 너, 대체 정신이 있는 거야, 없는 거야!"

나는 그녀에게 쏘아붙였다. 실비아가 '질투의 여신'이라는 것을 익히 들어 그녀가 믿음직스럽지 못했거니와, 조류학자의 꿈을 꾸며 평범한 삶을 원했던 나를 이 지경으로 몰아간 그녀가 못내 원망스러웠기 때문이다.

그래도 그녀는 내 생각을 부정했다.

"나를 믿어줘. 그는 크리스 왕족의 후손이지만, 날개 없이 태어났다고. 우리를 배신했고 숨어 지내게 만든 장본인이라고!"

크리스 왕국? 왕족의 후손? 이건 이미 한스 선생님에게 들은 거였다.

하지만 그는…… 지금은 알 때가 아니라며, 크리스 왕국에 대한 상세한 답변을 회피해 왔다.

서로가 더 뭔가를 말하려는 찰라, 내 옆에서 줄곧 나를 보호해주며 따라온 '해파리 새'는 국가특공대가 쏜 포탄에 맞았는지 얼굴을 잔뜩 찌푸렸다. 그러고는 내 손에 날개를 갖다 댔다가 쭉 미끄러지듯이 땅으로 떨어져 버렸다. 그 새의 가슴팍이 피범벅이 되어 있었다. 얼핏 보기에, 땅바닥엔 해파리 새뿐 아니라, 날개 달린 사람들, 한스 선생님이 보낸 새들의 시신들로 나뒹굴고 있는 게 아닌가.

실비아도 기겁한 모양이었다. 그녀는 하려는 뭔가의 말들을 더 이상 하지 못했다. 나도 그녀처럼 말문을 닫고 말았다. 줄곧 내 뒤에서 동행하고 있는 날개 달린 한 사람이 나에게 가까이 다가오기 위해, 앞쪽으로 나오고 있는 것을 쉽게 느낄 수 있었다. 왠지 그가 낯설지 않았고, 어디서 본 듯했다.

"총령님! 예전엔 죄송했습니다. 몰라 뵙고 제가 총령님의 어깨를 감히 공격했었습니다. 죽을죄를 지었습니다. 용서해주십시오!"

'아, 그는 내 어깨와 독수리의 목까지 벤 장본인이었던 거다. 어제의 적군이 오늘은 아군이라니…….'

나는 최대한 그에게 예의 있고, 공손하게 대하려 했다. 자신의 잘못을 뉘우치니, 거기에 대고 꾸짖는다는 것은 사람의 도리가 아니었다.

"내가 총령이라고요? 무슨 말인지? 그때는 정말 화가 났지만, 지금은……"

"말씀을 낮추십시오. 총령님."

날개를 힘껏 젓고 있던 실비아가 나에게 다가와 귀띔해줬다.

"총령은 왕을 의미해. 재는 네 부하야."

나는 이 순간이 황당하고 당황스럽기만 했다. 하지만 내 어깨에 화려하게 돋은 날개는 환상 아닌 현실이었고, 이것부터 해서 왕의 칭호까지…… 섣부른 판단은 뒤로 미룰 수밖에 없었다.

나는 떠오르는 여러 상념들을 억눌렀고, 앞만 보며 날아갔다. 한참을 날다가 앞을 보니, 에메랄드 숲이 바로 눈앞에 다가오고 있었다. 멀리서 쫓아오던 전투기들이 요란한 굉음을 내며, 하나둘씩 뒤로 사라져 버렸다. 국가특공대의 입장에서 보면, 수적으로나 뭐로 보나 열세이다 보니, 이곳이 그들의 최대의 적지였던 거다. 그들은 안전을 보장받기 어려울 거라고 판단했나 보다.

'전쟁이 끝난 건가? 설마…….'

거칠게 울려댔던 사이렌 소리도 천공에서 흩어지면서, 견디기조차 힘겨운 적막감이 찾아왔다.

3

한바탕 전쟁이 일어날 수도 있었던…… 그 심각한 곤경에서 벗어난 날개 달린 사람들. 그들과 나는 어느새 어머니 품처럼 아늑한 에메랄드 숲에 다다르고 있었다.

저 멀리 또 다른 날개 달린 사람들이 떼거리로 몰려들어 우리를 향해 손을 흔들고 있는 게 희미하게 보였다. 우리를 환영하기 위해 마중 나온 듯싶었다. 그들은 놀랍게도 국가특공대의 세네 배 이상 되는 규모였다.

이들 중에 몇몇이 실비아에게 반갑게 손짓하며, 날갯짓으로 신호를 보내주었다. 그러더니 그 많던 수천의 날개 달린 사람들이 뒤로 물러나 날개를 휘저어 날아가, 언덕 모양의 평지를 뚫고 그 속으로 빨려 들어가듯 사라져 버렸다.

실비아를 호위하던, 붉은 가죽옷을 입은 한 병사가 나에게 바싹 다가왔다.

"날개를 세워 주십시오. 총령님."

"네 알겠습니다."

나는 그의 말을 순순히 따랐다.

"말씀을 낮추십시오. 총령님!"

"네? 아아, 알겠네."

그 호위병도 나를 총령으로 불렀다. 이 칭호는 그들의 우두머리, '왕'의 다른 표현일 뿐이다. 실비아와 한스 선생님의 말을 빌리자면, 내가 정말 왕이란 말인가?

날개 달린 사람들이 서로의 손을 단단히 붙잡았다. 나는 한 손엔 호위병의 손을, 다른 쪽 손에는 실비아의 손을 잡았다. 그들은 날개를 바짝 세우더니, 언덕 평지로 달려들었다.

"파파파파팍각."

요란한 소리와 함께 장벽들이 깨져나갔다. 그러곤 평평한 거대한 문이 스르르 열리면서 평지 속이 훤히 들여다보이는 게 아닌가.

마침내 궁전이 보였다. 놀랍게도 이 궁전은 어머니가 장식한 아버지 서재와 거의 똑같았다! 우연의 일치이겠지……. 올해 들어서 어머니가 손수 아버지 서재를 없는 돈 써가며, 꾸미느라 정신없었는데……. 나는 그땐 관심조차 없었었지만 말이다. 이 궁전은 프랑스의 마르세유 궁전처럼 화려했다. 혹시…… 설마 어머니가 이걸 보기라도 했단 말인가.

혹시 국수를 즐겨 먹던 나의 어머니도…… 날개라도 달렸단 말인가?

날개 달린 사람들의 왕족들이 거주하는 금색 빛의 찬란한 궁전. 이곳은 중세 시대 궁전처럼 신비스럽고 고풍스럽기도 했다. 궁전 문 앞의 여러 동상들, 대략 십여 개가 마치 살아있는 것처럼 팔다리 근육과 날개가 세밀하게 하나하나 조각되어 있었다. 그것들의 눈동자의 동공이 움직이는 듯했다. 이곳 날개 달린 사람들의 서식지를 지키기 위해 용감하게 싸우다가 전사한 영웅들을 추모하는 동상 같았다. 조금 전에 우리를 맞이해주던 날개 달린 사람들이 그 동상들과 한 몸이 된 듯, 환호성을 울려 댔다.

그들의 날개 빛은 나와 실비아의 에메랄드빛 날개와 달리 흰빛이었다. 사실 회색빛에 좀 더 가까웠다. 뿜어 나오는 광채도 에메랄드빛 날개보다 서너 배 흐려 보였다. 간혹 에메랄드빛의 날개가 보였는데, 그들은 왕족처럼 희귀한 보석으로 치장한 옷을 입고 있었다.

멀찌감치 외모가 수려해 보이는 한 여인이 눈에 들어왔다.

바로 그녀는……. 내가 오랜 시간 가슴 졸이며 찾고 있었던 수인이가 아닌가!

4

"천수인!"

그녀의 날개 빛도 그들과 다르지 않은 회색빛이 감돌았다. 나는 한 손에 잡고 있던 실비아 손을 뿌리치고, 수인이를 외쳐댔다.

나는 무리들을 헤치고 먼저 수인이에게 다가가려 했다. 무리들 속으로 내가 발을 옮기자, 호위병들과 전투병들이 나를 둘러싸 보좌해줬다. 그 덕분에, 쉽사리 그녀 곁으로 갈 수 있었다. 하지만 그녀는 애써 나를 외면한 듯했다.

"뭐야, 내 눈을 똑바로 보라고! 어떻게 된 거야! 너, 내 아빠 알지?"

나는 수인이를 보자마자, 아무런 연락도 없이 사라진 그녀가 서운한 나머지 대뜸 화부터 냈다. 마치 그녀를 죄인을 다루듯 심문하고도 싶었다.

하지만 그녀는 크게 반가워하지도 않았고, 동요하는 모습도 보이지 않았다. 아니, 정색하듯 나를 멀리했다. 멀리서 보기에는 나에게 뭔가를 말하고 싶어 했고, 슬퍼 보이기도 했는데. 날 대하는 그녀의 태도에 화가 머리끝까지 올라오고 말았다. 그녀가 더욱더 의심스러워졌다.

"김찬휘, 몰라? 내 아빠라고!"

"무슨 말씀이신지요, 총령님."

그녀는 내 말에 대해 간단하게나마 이 대답밖에는 하지 않았다.

실비아는 그녀의 동생 수인이를 본척만척하는 듯했다. 그녀는 나에게 가까이 다가오더니, 더 이상 수인이에게 다가가는 것을 막는 듯, 나의 손을 확 낚아채듯이 붙잡고 하늘 위로 내 손을 번쩍 들어 올렸다. 그러더니 수천수만의 날개 달린 사람들이 조금 전보다 환호성을 더 요란하게 울려댔다. 귀청이 떨어져 나갈 정도였다. 실비아의 호위병이 천천히 나에게 다가왔다.

"실비아는 총령님의 영부인이십니다."

"뭐라고? 실비아가?"

나는 기겁했다. 수인이는 호위병의 말을 들었는지 눈가가 발갛게 되더니 눈물이 맺혀 오는 듯했다. 그녀는 서둘러 무리 속으로 유유히 사라져버렸다.

때마침, 한 오십 세 중년의 여인으로 보이는 날개 달린 사람이 나를 향해 무표정으로 날아왔다.

'아… 엄마, 나의 엄마였던 것이다. 나의 불길한 예감처럼 엄마도 새였던 것이다!'

어머니는 깜짝 놀라는 나를 감지한 것 같았다. 그녀도 이들처럼 눈에 잘 띄지 않는 하얀빛의 날개를 달고 있었고, 그녀의 긴 목엔 스카프 대신 깃털이 검푸르게 촘촘히 나 있었다. 좀 다른 건, 그녀는 마법 꽤나 부릴 수 있을 것 같은 큰 나무지팡이를 들고 있었고, 지팡이엔 새순도 돋아 있었다.

'이 지팡이로 마법을 부려 엄마랑 내가 다시 인간으로 되돌아갈 수만 있다면…….'

이런 생각이 드는 것도 잠시뿐이었다. 갑자기 그녀는 내 앞에 무릎을 꿇더니, 내 손등에 가볍게 키스를 해줬다.

'아휴, 징그러워.'

어머니가 좀 실성한 것 같았다. 그녀는 딱 한마디만 했다.

"총령님, 남의 눈치 안 보고 맘껏 하늘을 날 수 있는 우리의 시대가 오게 해주십시오."

그러더니 수인이처럼 유유히 사라져버렸다. 나는 머리가 깨질 정도로 아팠고, 혼란스러웠다.

불행을 예고한 듯 궁전에 광풍이 불어오더니, 온 사방이 어두컴컴해졌다. 천둥과 번개가 동반할 기세였다. 3센티미터 크기만 한 우박도 내려 내 머리를 뚫을 것만 같았다. 그렇지 않으면, 《잭과 콩나무》에 나오는 무시무시한 큰 거인이 이 궁전을 받치고 있는 나무를 힘겹게 타고 올라와 내 앞에 나타날 수도 있겠다는 생각이 들었다.

하지만 그 어느 누구도 움직이질 않았고 놀라는 기색도 전혀 없었다. 궁전 사방이 병풍이 드리워지듯 온갖 현란한 빛들이 모여들었다. 아버지 서재에서 보았던 것들과 매우 흡사했다. 한편의 환상과 같은 영상이 드리워져 빙글빙글 돌았다.

'이건 또 뭐란 말인가!'

5

눈부실 정도로 에메랄드빛의 날개를 한껏 뽐내는 사람만큼 큰 현란한 새. 그 새가 어디에도 구속됨이 없이 자유롭게 녹음이 짙은 숲 속을 날고 있었다. 말로 표현할 수 없을 정도로 아름다웠다. 왕처럼 보이는 군주가 그 새를 보자마자 사랑에 빠진 것 같았다. 놀랍게도 그들 사이에 아이들이 태어났다……….

"으으으…… 어찌 새의 성염색체가 사람과 일치할 수 있단 말인가!"

나도 모르게 단순한 여과장치도 없이 괴성이 튀어나오고 말았다. 하지만 다들 표정이 굳어져 있을 뿐, 내 괴성엔 아랑곳하지 않고 충격적인 장면 하나하나에 푹 빠져 있었다.

한 아이는 에메랄드빛의 날개를 갖고 태어났고, 다른 아이는 날개 없이 태어났다……. 그들은 안타깝게도 매일 사소한 것까지도 참지 못하고 다퉜다. 슬프게도 그들이 성장한 후 전쟁이 일어났다. 그들끼리의 전쟁이었다. 마침내 날개 달린 사람들이 처참히 죽은 모습만이 영상에 비춰왔다.

"실비아, 혹시 이게……"

"응, 크리스 왕국의 태동 시점을 말하는 거지. 선사시대에 있었던 씨족연맹 국가……. 원래는 날개가 있든 없든 서로 잘 어울려 지냈는데. 그 후 서로 심하게 다투다가 시기와 질투심을 못 이긴 나머지, 날개 달린 우리들만의 공동체를 꾸리게 됐어. 그런데 불행하게 그 안에서도 날개 없는 이들도 태어났지 뭐야. 날개가 있다는 건, 능력이 많다는 걸 의미했어. 하지만 언제나 시기의 대상이었어. 많은 이들이 그때 처참히 죽었고, 그 후로 날개를 숨기며 살았어. 발각되면 그대로 죽었지. 우리가 날개가 있다 보니, 날개 없는 그들은 그 자신들을 끊임없이 위협할 거라고 생각했던 거야. 그건 쓸데없는 걱정이었던 건데."

그녀는 쉴 새 없이 말을 이어가기 바빴다.

"……하지만 우리 부족 안팎의 날개 없는 그들은 마침내 동맹을 맺어 날개 달린 우리를 항상 무력으로 공격해왔고, 어쩔 수 없이 우리는 이렇게 숨어 살 수밖에 없게 된 거야. 너무 고통스럽게도……."

실비아는 이 같은 피해의식 속에서 자연스럽게 인간들과의 전쟁을 받아들이고 있었다.

"나도 크리스 왕족의 후손이니?"

"당연히 너도 크리스 왕족의 후손이지. 하지만 넌 날개 없이 태어난 거야. 당시 크리스 왕국엔 가끔 날개 없이 태어난 아이들이 있었어. 아마 그건 날개 없는 국왕의 할아버지 유전자 때문일 듯싶어. 지금은 내가 널 선택해서 우리 편이 된 거야."

"아…… 그런데 왜 나를?"

"나는 수인이를 통해서 네가 크리스 왕족이라는 걸 알았어."

"그걸 어떻게 알 수 있지?"

"크리스 왕족들은 날개를 받쳐주는 뼈대처럼, 그들의 손가락이 유난히 길고 가늘어. 너의 손가락도 그렇고. 몸도 호리호리한데다가…… 그리고 지혜와 열정 중에 최소한 한 가지만은 어느 누구보다도 특출나지. 너도 대단해."

"개뿔! 마녀 할멈도 크리스 왕족이겠다! 그리고 크리스 왕족이 나 말고도 더 있을 거 아니야. 하필 왜 나냐고!"

나는 빈정거리며 따져댔다.

"그건…… 열정이나 지혜가 없는 크리스 왕족들의 목에 아무리 우리가 날개가 돋는 독 기운을 뿜어대도 어깨에 날개가 돋지 않아…… 널 선택한 건, 너의 열정을 높이 샀고…… 그리고 또 있다면…… 너의 아빠를 저세상 사람이 되게 한 게 바로 내 불찰이었거든. 너에게 사죄를 하고 싶었어. 그래서 너를 우리들의 왕으로…… 미안해."

"뭐라고? 설마…… 네가 죽인 거?"

나는 실비아의 멱살을 꽉 잡고, 그녀를 때려눕히려는 시늉을 보였다. 그녀는 내 모습에 발발 떨었다.

"진정해! 당시 네 아빠가 우리 정체를 알아버렸어. 그걸 날개 없는 크리스 왕족의 후손인 한스 선생에게 다 말해 버렸고."

"뭐? 그렇다고 죽여?"

"절대 아니야 그건. 내가 죽이지 않았다고……. 한스 선생의 계략이 있었어. 그는 너처럼 날개 없는 평범한 인간으로 태어났어. 하지만 그는 크리스 왕족의 중요한 인물인 거야. 친혈육인 크리스와 맨날 다툰 프톨레마이오스의 계보인 현 정부의 실세이기도 하고. 박쥐 같은 인간, 한스!"

실비아는 긴장한 탓인지 식은땀을 흘려가며 논리정연치 못한 어투로 계속 설명해갔다.

"우린 당장 죽을 위기에 놓였던 거야. 네 아빠의 연구팀이 조변림에 만 오지 않았어도……. 하지만 네 아빠를 죽인 건 우리가 아닌 바로 한스 선생이야!"

나는 그녀가 무슨 말을 하는 건지 도저히 알아들을 수가 없었다.

"한스 선생이 내 아빠를 죽였다고? 너희들이 조변림 사건을 알게 된 내 아빠를 먼저 죽였어야 되는 거 아니야?"

그녀는 뭔가 숨기는 게 있는 것 같았다.

"아, 그것도 그렇겠지만, 우린 한스 선생이 더 두려웠기 때문에, 한스 선생을 먼저 해치우려고 했었어. 하지만…… 지금 말해도 넌 이해를 못 해."

"뭘 이해를 못 한다는 거야! 아빠 서재에서 환상을 봤는데, 아빠의 가슴을 갈기갈기 찢은 건 다름 아닌, 여린 아이…… 네 동생 수인이었다고!"

"가온! 그만해! 나도 짐작만 갈 뿐이야. 내가 지금 너에게 뭐라고 말한들, 넌 이해 못 한다니까!"

실비아도 한스 선생님과 비슷한 논조로 말했다. 그 둘은 지금 말해봤자 내가 이해 못 할 거라는 거다.

마침내 그녀는 내 앞에 무릎을 꿇고 말았다.

"누가 네 아빠를 저세상 사람이 되게 했든, 다 용서해줘. 이젠 넌 우리의 왕이 되었어. 돌이킬 수 없다고!"

그녀는 날 피할 수 없는 운명 속으로 내몰려 했다.

"왕 따윈 필요 없어!"

난 세상이 너무 허망했다. 수인이와의 달콤한 삶만을 꿈꿔 왔는데……. 그리고…… 한스 선생님은 우리를 돕지 않았는가.

"한스 선생이 아빠를 죽였다니! 그는 날 절대 배신하지 않아!"

나는 한스 선생님을 믿었고, 그와의 우정도 과시하고 싶었다. 하지만 실비아는 코웃음 치고 말았다.

"그는 우리 몇몇만을 죽이려고 하는 게 아니야. 초토화 시키려는 거지. 우리 날개 달린 사람들을 이간질시켜 내분을 일으키고, 이 세상에서 영원히 우리를 사라지게 하려는 거……. 그에게는 나팔이 있어."

그녀는 엉뚱한 말을 꺼내는 듯했다.

"……나팔? …… 맞아."

난 그녀가 듣지 못할 정도로 중얼거리고 있었다.

한스 선생님에게는 정말 그녀의 말대로 나팔이 있었다. 금고를 열면 확연히 눈에 띌 정도다. 허름하고 낡아 보였지만, 단단해 보였다.

"그 나팔만 불면…… 불을 먹는다는 새가…… 더 이상 말을 못하겠네. 너무 끔찍하게 당해서."

그녀에게서 갈수록 점점 상상을 초월하는 말들이 쏟아져 나왔지만, 설득력이 전혀 없어 보이지는 않았다. 나에겐 여러 기억들이 떠오르고 있었다.

"아아, 실비아, 기억이 날 것 같기도 한데, 꿈속에서 본 것 같기도…… 혹시 그 새 이름이……"

너무 머리가 아파왔다. 나는 생각날 듯 말 듯하거나 선택하기가 곤란할 때마다 늘 그랬다.

"……그럼 실비아, 넌 전쟁을 일으킬 거야?"

"이제부터는 네가 왕이야. 여기에선 너를 총령님으로 부를 거야. 하얀 날개를 달고 있는 이들은 가난한 평민인데…… 억눌린 게 많다고.

지금은 자유까지 잃었으니, 네가 전쟁을 일으키길 바라고 있어. 이것만은 잊지 않길 바래. 우리는 큰 욕심을 부리려는 게 아니야. 단지 인간들처럼 자유롭게 길을 활보하며 다니길 바랄 뿐이라는 걸…….”

“아, 그렇군! 그럼 하얀색 날개를 달고 있는 수인이는 어떻게 네 동생인 거지? …… 너랑 이복동생인가 보네.”

그녀는 이 말엔 침묵하고 말았다. 나는 어물쩍 넘어갔다.

“그럼 내 엄마는 뭐지? 귀족 아니면 평민? 그리고 전쟁에서 이기면?”

나는 허무함을 달래기 위해서라도 묻고 또 물었다.

“네 엄마는 평민이지. 말했잖아, 내가 널 선택해서…… 넌 왕이 된 거라고…… 전쟁에서 승리? 이건 우리의 오랜 바램이지. 좋아, 그럼…… 승리한 후 그 다음엔 네가 원하는 건 뭐지? 생각해 본 거라도 있니?”

“수인이에게 직접 내 아빠를 죽였는지 물어보고……. 같이 이곳을 떠나겠어.”

“그것만은 안 돼!”

그녀의 흐느낌이 들려왔다. 질투의 여신! 실비아. 그녀는 더 이상 나를 마주 대할 자신이 없었는지 어디론가 몸을 숨겨버렸다. 그즈음 실비아의 호위병이 문밖에서 나에게 천천히 다가왔다. 이제는 나의 비서관과 다름없었다.

“한스 선생 아시죠?”

“알다마다. 왜 물어보는 거지?”

나는 총령 자리로 빠르게 적응해 가는 모습을 보여주고 싶어 위엄을 갖고 냉정하게 말을 꺼냈다. 호위병은 진지한 표정을 짓더니 중대한 이야기를 건네는 듯했다.

"한스 선생…… 그가 우리에게 선전포고를 전했습니다. 때는 다음 달 1일 초저녁 6시쯤이라 합니다."

"뭐라고? 한스 선생이?"

나는 그의 지혜가 출중하다는 것은 알았지만, 국정의 실세일 거라고는 전혀 상상조차 못했다.

"지위도 총지휘관이라고 합니다. 국방부가 그를 배후 전략가에서 승격시켰답니다."

"뭐라고? 그가 전쟁의 지휘도? 그는 고등학교 교사일 뿐이라고!"

"그건 대중들에게 친근하게 다가가서 그들의 여론을 들으려는 일종의 계략이었다고 합니다. 한스 선생이 위엄 있게 대중들에게 다가가면, 대중들은 속마음을 절대 드러내지 않을 겁니다. 아마 피해버리거나 뒤에서 정치나 잘하라고 욕할 게 뻔한 거죠."

'아, 실비아 말이 맞는 건가?'

나도 모르게 깃펜을 오른손에 꽉 쥔 채, 머리를 떨어뜨려 두 팔로 파묻고는, 깊은 생각에 잠겨버렸다.

'아니야, 절대 아닐 거야. 그는 나의 선생이면서 정의로움을 아는 학자라고. 몰래 숨어 와서 기습적으로 공격해도 되는데, 공격 시간까지 알려왔잖아……'

나는 얼마 지나지 않아 진한 한숨을 여러 번 내쉬고, 머리를 꼿꼿이 세워 전방을 주시했다. 참을성 있게 내 말을 기다리고 있던 호위병은 나처럼 크게 놀란 눈치 같지는 않았다. 그는 나에게 호기심 어린 시선만을 던질 뿐이었다.

"호위병, 알겠네. 나에게 생각할 시간을 주게나. 일 보게."

"네 알겠습니다. 편히 쉬십시오, 총령님."

호위병이 밖으로 나가자마자, 얼마 지나지 않아 총령실 앞에서 바스락거리는 소리가 났다.

'왕실의 불만 세력일까? 아니면 암살자?'

나는 조짐이 이상해 들고 있던 깃펜을 급히 잉크병에 담가 버리고, 숨죽이며 바닥으로 몸을 급격하게 낮췄다. 나도 모르게 굵은 침을 꿀꺽 삼켰다.

6

초저녁 7시 15분.

"가온, 나야."

낯익은 목소리였다.

"누구지?"

"벌써 날 잊었어?"

"혹시, 수인이?"

"응, 조용히……."

나는 가슴이 철렁 내려앉았다. 그녀는 여기서 얼마나 고민이 많았을까? 그녀의 활기찬 음성을 어디에서도 좀처럼 찾아보기 힘들지 않은가.

설마 마음 약한 수인이가 나의 아버지를 죽였을 리가……. 나는 그녀만 생각하면 심장이 멈출 것 같고 피가 거꾸로 솟을 것만 같았다. 그 안에는 연민의 정도 있었다. 하지만 그녀가 죽이기라도 했다면……. 그 배신감은 영영 치유될 수 없을 것이다. 나의 내부에서 상상의 배신감과 연민의 정이 강하게 맞부딪히고 있었다.

그와 중에 그녀는 비밀스럽게 발뒤꿈치를 들고 나에게 다가왔다.

"아, 수인아!"

나는 그 자리에서 벌떡 일어나 반갑게 맞이하려 했다. 연민의 정이 상상의 배신감을 억누르고 있었다. 하지만 그녀에겐 아무 의미가 없어 보였다. 나를 보자마자, 두세 페이지 분량의 문서를 내보이기에 바빴다.

"이 문서를 꼭 봐야 해, 알았지? 나, 간다."

그녀는 낮은 목소리로 비밀스럽게 속삭이고는, 빠르게 몸을 낮춰 문밖으로 나가더니, 날 힐긋 쳐다봤다. 그것도 잠시뿐이었다. 그녀는 말할 틈도 주지 않은 채, 총령실 바닥으로 두꺼워 보이는 책문서 한 묶음을 미끄러지듯 던져주고, 왔다간 흔적조차 남김없이 사라졌다.

나는 갑작스럽게 일어난 일로 동그랗게 떴던 놀란 눈을 지그시 감았다. 그리고 긴장도 풀렸는지 나의 배 속에서 꼬르륵 소리가 났다.

그녀가 나가면서 한스 선생님처럼 조언하는 몇 마디 말을 던져 준 것 같은데, 그건 너무 작아서 들리지 않았다. 늦은 시간도 아닌데, 어떻게 총령실 주위의 살벌한 경계를 뚫고 들어왔는지는 궁금하지가 않았다. 이 궁전에도 분명 그녀만의 편이 있을 것만 같았다. 실비아가 그녀의 언니인데도 궁전에서는 공과 사가 엄격했고, 왕족과 평민이 있는 걸 보면 서로 시기하고 반목하는 계파도 있어 보였다.

'혹시…… 실비아와 수인이는 이복자매가 아닐까? 날개 색도 다른 걸 보면…….'

나는 여러 생각들이 교차되어 좌우로 머리를 흔들어 억지로라도 근거 없는 생각들을 지우려 했다. 수인이를 한동안 불신한 것에 대해서도……. 현실을 직시해야만 했다. 하지만 그녀는 날 만날 때마다 한 번도 빼놓지 않고 내 가슴에 십자가 표시를 해주곤 했는데…… 오늘은 그러지 않았다. 과거를 벌써 잊은 건가. 또 다시 생각에 잠겼다가 눈을 떠 그녀가 비밀스럽게 전해준 문서에 집중했다.

그녀가 던져 준 문서는…… 바로 한스 선생님이 아끼던 '크리스 왕국'의 요약판이 아닌가. 그가 말해줬던 그 비밀문서가 분명한 듯했다. 그 당시 상세히 알아서는 안 되는 극비문서!

'수인이가 이걸 어떻게 얻었지? 그리고 그걸 얻어 뭘 어쩌자는 거야.'

나는 탐구심을 억제하고 흥분도 가라앉히면서, 반신반의하며 겉표지를 열었다. 어김없이 수인이가 남긴 쪽지가 있었다. 예전부터 그녀에겐 나와의 소통의 도구로 쪽지 말고는 없었다.

'75페이지를 읽으렴.'

그녀답게 인정머리 없을 정도로 짤막한 메시지가 적혀 있었다. 나는 주저하지 않고 페이지를 넘겼다.

내 눈동자는 75페이지를 한 번에 읽어내려고 이리저리 구르고 있었다.

"……날개는 은밀한 여자의 성기, 마약 등을 상징하기도 하지만, 타고난 능력을 뜻하기도 한다. 남들보다 태어날 때부터 여러 가지 재능이나 혜택을 갖고 있다는 것……."

'뭔 말이야. 쓸데없는 말들 아니야. 내가 알고 싶은 게 아니라고.'

나는 극도로 흥분되어 불필요한 글들만을 모아 따로 찢어버리고 싶었다. 스스로를 진정시켜야만 했다. 나는 심호흡을 하고 다시 읽어 내려갔다.

"문명이 탄생되기 이전, 크리스 왕국시대……."

바로 이거야! 내가 찾는 바로 그 내용이었다. 요즘 들어 나의 감정 기복이 심하다 보니, 내 성격 말고는 탓할 게 아무것도 없었다.

“그 시대에는 날개가 있는 사람들이 있었고, 먼 거리를 여행했으며, 늘 공격적이었다. 마침내 인간 세계도 지배하기를 원했다.”

‘허무맹랑한 이야기네. 새가 인간을 지배하겠다는 식이네?’

나는 어느 누구를 억압하는 걸 싫어하는 새의 관점이 익숙해지고 있었다. 그래도 수인이가 읽어 보라고 준 이유는 분명히 있을 듯싶었다. 그녀는 매사 진지했으니까. 나는 글자 하나하나 읽어 내려갔다.

“에메랄드빛의 날개를 갖고 있는 큰 새는 아름다움을 소유했다. 인간들의 왕까지 아름다움으로 유혹한다면, 인간을 지배할 수 있다고 생각하게 된 것이다.”

‘이건 완전히 실비아의 말을 뒤집어 놓았군.’

나는 더 자세한 내용을 알고 싶었다.

“에메랄드빛 날개를 갖고 있는 새는 왕을 유혹해 아이를 갖게 되었는데, 평범한 사람, 하얀빛 날개와 에메랄드빛 날개 달린 사람들이 태어났다. 날개 달린 이들은 왕의 총애까지 받아 평범한 인간들과는 달리 힘든 노동은 하지 않았다. 이들은 편히 앉아 신선놀음하듯 자연을 벗 삼아 글쓰기에 몰입했다. 그래서 이들을 흔히 ‘페나(penna)’라고 불렀다.”

‘아, 페나? 새의 큰 깃털이나, 그 깃털로 만든 글쓰기 도구를 ‘펜(pen)’이라고도 하지!’

이제서 여러 가지 것들이 한꺼번에 정리가 됐다.

“페나 중에 에메랄드빛 날개가 달린 사람이 결국 인간을 지배하게 된다. 하지만 에메랄드빛 날개 달린 사람들과 하얀빛 날개 달린 사람들 사이에 권력 다툼으로 내분이 일어났고, 마침내 평범한 인간들에게 지배권을 물려주게 된 것이다.”

‘내분? 이건 또 뭐야!’

다음에 오는 마지막 글귀가 눈에 들어왔다. 실비아와 한스 선생님의 비밀스러운 관계를 극렬하게 설명한 글이었다. 실비아는 그에 대해 눈곱만치의 관심도 없어 보였는데……. 충격적인 글귀임에 틀림없어 보였다.

갑자기 누군가 멀리서 달려들어 내가 유심히 보고 있는 책 문서를 그 자리에서 확 구겨 버렸다.

나는 흠칫 놀랐다.

"실…비…아."

실비아였던 거다.

그녀는 한 손으로 그 문서 원본을 꽉 움켜쥐어 구긴 채, 날 노려보는 게 아닌가. 그녀의 눈빛은 무서운 기운으로 이글거렸다.

"가온, 아니 총령! 날 아직 못 믿는 거야! 한스 선생이 우리를 이간질하고 있는 거라고. 그는 악독하다니까!"

내 머릿속에는 이미 그 마지막 글귀가 가득 차 버렸다. 나는 그녀 앞에서 그 글귀를 기억나는 대로 소리쳤다.

"날개 달린 사람, '페나'가 날(한스) 유혹했다! 난 크리스 왕족 후손인데다가 지식을 갖고 있어 날 탐하려 했다!"

"실비아! 더 말할까?"

"그만, 그…그만해! 그건 아니라고."

나는 내가 보기에도 잔혹할 정도로 그녀의 진실을 알고 싶었다. 나는 목소리를 낮춰 가며 말했다. 혹시나 내가 역적으로 몰려 갑작스럽게 달려든 그녀의 호위병에게 죽을 수도 있을 것 같아서였다.

"……내(한스) 목에 부리를 박아 그녀의 독 기운을 나에게 옮기려 했다. 그 독의 성분은 자신과 비슷한 형질로 바꾸게 하는 효능을 갖고 있었다. 날(한스) 그들의 편으로 만들려는 것이었다. 난 뿌리쳤다. 그리고 반항했다. 내가 갖고 있는 라이플(총)로 그녀의 눈을 멀게 했다."

그녀는 듣다못해 한쪽 가슴을 움켜잡고 흐느껴 울었다.

호위병이 이상한 낌새를 알아차렸는지 총령실로 들어오려고 문을 열었다. 하지만 그녀는 들어오지 말라는 손짓을 보냈다. 나는 호위병 따윈 안중에도 없었고, 무작정 그녀에게 호소했다.

"에메랄드빛 날개는 무지 아름답지! 너희들은 아름다움 이상으로 너무 많은 것을 탐하다가 불행해진 거야. 광적으로 변하고 있는 거라고. 너, 아니 우리를 지키기 위해서라도 전쟁을 할 수밖에 없는 건가?"

그녀는 아무 말도 하지 못했다. 뭔가 변명의 말이라도 해야 하는 데 말이다. 그녀가 마치 한스 선생님의 말들을 다 인정하는 것 같아 나를 무지 당황스럽게 만들었다. 내 어깨 위에 아름답게 보였던 에메랄드빛 날개를 칼로 싹둑 잘라 버리고 싶을 정도다. 그래도 난 진정하려고 애썼다.

적반하장도 유분수지. 그녀 또한 못마땅한 표정을 지으며, 억지로 말을 이어 가는 듯했다.

"가온, 하지만… 난 한스 선생을 유혹한 적은 없어. 단지……"

"더 이상 듣고 싶지 않아!"

난 그녀가 핑곗거리를 찾으려는 듯한 모습이 진실 되어 보이지 않아 감정이 더 복받쳐 올랐다. 무의식적으로 그녀가 구긴 문서 원본의 겉표지를 찾았다. 이미 그 문서 원본은 바닥에 내동댕이쳐 있었다. 나는 그녀에게 반감을 드러내듯 몸을 구부려 그걸 주워 올려, 그 표지에 열거된 조그마한 글들을 읽어 내려갔다.

"선과 악은 쉽게 나눠지지 않는다. 이것을 구분하며 싸울 때 역사는 전쟁으로 매듭을 졌다. 하늘은 태어날 때 여러 가지를 한꺼번에 주지 않는다. 아름다움, 지혜, 지식, 열정, 부유함……. 이 모든 것을 가지려 할 때 불행이 찾아온다."

…

존 샤인트 K(크리스) 한스."

그녀는 소리쳤다.

"그의 말은 사탕발림일 뿐이야! 한스는 우리가 상상할 수 없을 정도로 탐욕이 엄청나다고. 미국의 워싱턴의 정가와 재계와도 손잡았단 말이야! 그 때문에 우리는 어쩔 수 없이 이들로부터 값비싼 군수물자나 무기 등을 사들일 수밖에 없다고."

나는 이 같은 그녀의 말에 대한 지식이 없어 뭐라고 응할 말들이 생각나지 않았다. '워싱턴 정가'라는 말에 단지 펜실베이니아 애비뉴에서 떼죽음 당한 불쌍한 새들이 떠오를 뿐이었다. 그녀의 말 다음에 무슨 말을, 어떻게 해야 할지 잘 몰랐던 것이다.

나는 그저 생각나는 대로 그녀의 말들을 모두 부정하고 싶었다.

"왕의 사랑을 한몸에 받은 페나!"

"뭐? 너, 총령! 뭐라고 했어?"

"페나! 너희들은 귀족이 아닌가? 일도 안 하고, 하릴없이 수학 방정식이나 연구하고, 때론 한가롭게 글이나 창작하며 지금의 우리를 괴롭히는 귀족 같은 너희들!"

"음…… 이것만 말해주지. 페나는 그런 뜻이 아니야. 절대 아니라고.

왕의 사랑? 웃기는군. 받기는 했지. 하지만 타고날 때부터 우리 페나는 날개도 있는데다가 능력도 많아서 오히려 왕의 주변 인물들에게 억눌려 살았어. 날개 달린 크리스 왕자가 국외로 쫓겨나는 신세도 됐다고. 왕권을 노린다는 오해로 말이야. 심지어는 형제들한테 고문도 당하고, 변사체로 강가에 버려지기도 했지. 결국 우린 날개를 옷 속에 감추고 살 수밖에 없었단 말이야! 그래서 그 고통스럽고 힘든 마음들을 글로밖에 표현할 수 없었다고! 그 마음을 네가 알아? '펜(pen)'이란 말에는 귀족들이 즐겨 쓰는 '깃털 달린 펜' 말고도 '우리 안에 가두다(penn)', '감정과 분노 따위를 억제하다'는 뜻이 녹아있다는 걸 넌 알아야 한다고!"

그녀가 시큰둥한 내 표정을 읽고는 체념하듯 또 말을 던졌다.

"그래, 네가 원하는 말들을 해볼까? 난 다른 것들도 갖고 싶었어. 그게 나의 가치였던 거야. 아니, 우리 페나의 바램이었던 거야. 그렇지 않았다면, 우린 날개 짓만 하다가 죽게 되는 운명이었던 거라고. 남들이 보기에는 아름다울지는 모르지만. 그것만으로는 공허해. 너도 너만의 가치를 지키고 싶지 않니?"

"그게 말이나 돼! 이제서 네 정체를 드러내는군. 나무는 나무대로, 새는 새 나름대로, 그 자체의 의미가 있는 거라고. 그게 사실 아니겠어?"

나는 그녀의 궤변을 고함을 질러가며, 철학적으로 응수하려 했다.

"아무튼 이젠 너도 에메랄드빛 날개를 달고 있어. 너도 새라고! 평범한 인간으로 되돌아갈 수 없는 새! 너도 우리처럼 날개를 숨기고 살 수밖에 없는 신세가 된 거라고. 인간들의 관점으로 쓰인 크리스 왕국의 문서엔 진실이 없다는 걸 인정해야 한다고! 이 바보야. 그리고 '사실'이란 말…… 그거 정말 중요하지. 하지만 우린 현실 속에서 살고 있어. 사실이 정말 뭔지 알려면, 몇 백 년 몇 천 년이 걸릴지도 몰라. 역사 사료를 지배층들이 얼마나 왜곡을 해댔는지 알아! 이런 단순한 진리도 모르니?"

그녀는 쉴 새 없이 말을 이어갔다.

"또 문명과 문화도 모르는 새가 탐욕 때문에 인간을 먼저 유혹했다는 게 말이 되냐고. 개가 사람 보면 꼬리를 흔들어 대는 게, 사람을 유혹하는 거로 보이니, 본능일 뿐이잖아! 이렇게 말해야 내 말을 조금이나마 믿을 수 있겠어?"

나는 그녀를 똑바로 쳐다볼 수가 없었다. 혼란스러운 내 머리를 깨부수고 싶을 정도로, 또 아파왔다. 내 자신의 운명의 닻을 과거로 돌이키고 싶을 뿐이었다.

하지만…… 살려면, 아니 살고 싶다면, 그녀 말대로 지금 나의 현실을 깨달아야 했다. 그녀의 생각은 나름대로 일리가 있었고, 확고했다.

결국 나도 지금은 그녀의 말대로 인간이 아닌 어쩔 수 없는 '새'였던 것이다. 날개 달린 '페나'인 것이다. 나는 내 처지를 한탄하듯 천공을 향해 울부짖었다.

그나저나 실비아와 수인이는 서로를 감싸며 인정하는 척 보이다가도 주인과 노예처럼 언제부터, 아니 언제까지 이렇게 서로 등지고 있어야만 하는 걸까?

Canary's Wake

제6장

슬픈 날개를 품어서

1

새들의 서식지와 크리스 왕국. 뭐가 옳든 그르든 간에, 이 두 문서는 둘 다 무시무시한 전쟁을 예고하고 있었다.

실비아는 전쟁을 앞두고, 거의 밥 한 끼조차 먹지 못했다. 물론 나도 마찬가지였다. 지금의 현실을 도저히 벗어날 수 없는 나로서는 실비아를 믿기는 어려워도, 겉으로나마 화해를 할 수밖에 없었다.

며칠 지나면, 전쟁의 기술을 연마하기 위한 혹독한 훈련도 기다리고 있었다. 하지만 그런다 해도 한스 선생님이 이끌 국가특공대는 페나의 전투력과는 비교가 안 될 정도로 강했다. 국가특공대는 잘 훈련된 조직력뿐 아니라, 로켓, 전투기, 미사일 등의 첨단 무기들을 갖추고 있었기 때문에, 애초부터 우리가 이기기는 불가능한 전쟁이었던 거다. 게다가 한스 선생님의 지혜까지 합세한다니, 국가특공대의 전투력은 나의 상상을 초월할 듯싶었다.

우리 페나가 갖춘 무기라고 해봤자, 고작 예리한 날개와 부리, 그리고 활, 긴 칼 정도였다. 국가특공대에게는 우리의 전투력이 하잘 것 없는 골목의 전쟁놀이 수준에 불과할 것이다. 상황이 이렇다 보니, 전쟁에 앞서 페나 사이에 전해 내려오는 '인간을 이길 병법'을 찾아내야 한다는 여론이 들끓기 시작했다. 결국은 그것을 찾아 우리 페나의 손에 움켜쥘 수밖에 없던 거였다. 하지만 그건 부담스럽게도 고스란히 내 몫이었다.

만일 실패라도 한다면…… 페나의 왕인 나의 위신은 땅바닥까지 추락하게 되고, 우레처럼 쏟아지는 반파 세력의 비난과 체제 전복 쿠데타의 우려도 배제할 수 없게 된다. 이건 피할 수 없는 내 운명이었고, 상식에 가까운 진리였다. 하늘을 혼자 못 가지듯이…….

시간은 흘러 전쟁 훈련 시점을 이틀 앞두고 있을 때였다.

나는 총령실 뒤쪽에서 호위병들과 긴 칼을 챙기고 있었다. 내가 있는 총령실은 궁정 5층 가운데 3층에 자리 잡고 있었는데, 바로 창문 아래 2층 난간에서 날개를 접은 실비아가 슬픈 표정을 지으며, 골똘히 생각에 잠겨 거닐고 있었다.

나는 호위병들에게 따라오지 말라고 하고, 창문을 열어 그녀에게 날아 내려갔다. 내가 일부러 이렇게 실비아 곁으로 날아간 건 처음 있는 일이었다.

"오, 가온!"

그녀는 나의 날개 젓는 소리를 듣자마자, 나를 등진 상태에서도 금방 나라는 걸 알아차렸다. 그녀 앞으로 다가갔다.

"……멍하니 여기서 뭘 하고 있어?"

"그러게. 머리가 좀 복잡하네. 근데…… 전쟁 준비는 잘되고 있어? 인간들과의 전쟁에서 이기고는 싶고?"

"응, 이젠 어쩔 도리가 없잖아."

그녀는 내 말을 곱씹듯이 뭔가를 깊이 생각하는 듯했다. 예상치 못한 적막감이 흘렀다. 그녀는 마침내 입을 열었다.

"그를 이길 자신 있어?"

"한스 선생? 당연히 우리가 질 거라고 보는데. 그래서…… 골똘히 많은 생각을 해봤어. 내가…… 인간을 이길 병법을 찾으러 가야겠어. 너도 그러길 바라지 않나? 그래서 날 페나로 만든 거잖아."

실비아는 시큰둥한 얼굴 표정을 지었다.

"널 페나로 만든 건…… 그래, 오늘은 그렇다고 해두지."

"뭐야. 네 조직을 위해 날 이용해 먹으려는 속셈 아니었어?"

그녀는 애써 슬픈 표정을 감추려 했다.

"이 바보 멍청이! 넌 아직도 내 마음을 모르는 거니? 너 말고도 열정 많고, 지혜도 출중한 크리스 왕국의 후손들이 여기에 널려 있다고! 전쟁에서 지면 너만 쫓겨난다고 생각하니?"

"그럼, 왜 날? …… 혹시 진실로 나를……"

"오늘은 그만 하자니까!"

이제야 그녀의 마음속이 조금이나마 들여다보이기 시작했다. 하지만 지금은 전쟁 전야와 다름없었다. 한스 선생님을 이겨야만 했다. 그 최선의 방법으로는…… 그를 이길 병법부터 찾아야 하는 거였다. 더 이상 지체할 여유가 없었다. 망설일 수도, 뒤로 물러설 수도 없었다.

내가 먼저 그녀에게 간곡히 부탁했다. 책임감 없는 모습을 보이기 싫어서만은 아니다. 이미 정해진 운명 같은 '하늘의 섭리'를 받아들이기 위해서였다.

“그럼…… 실비아…… 나, 가야겠어.”

나는 진지하게 두 손을 내밀어 그녀의 손을 붙잡았다. 그녀는 약간 당황한 듯 뒤로 한 발짝 물러섰다. 하지만 나의 손을 뿌리치지는 않았다.

“어딜? 우릴 버리고 다시 인간으로? 그건 안 된다니까!”

“아니, 한스 선생을 이길 병법을 찾으러……”

내 말에 그녀가 기뻐 날뛸 줄 알았다. 하지만 그녀의 표정은 새파랗게 질린 듯 굳어져 갔다. 기대감에 찬 표정이 아니었다.

“찾다가…… 죽을 수도 있는데……”

“우리 페나들도 ‘자유를 위해 멋지게 싸웠노라’는 하나의 징표를 남겨주고 싶어.”

“뭐, 징표?”

“음…… 숨어 비행하는 자들의 진심 어린 삶의 기록이라고나 할까. 이렇게 죽나 저렇게 죽나 비슷한 거 아니야? 죽어도 여한이 없네. 나의 크고 탐스러운 날개는 식상한지 오래고. 왕 생활도 신경 쓸 것도 많은데다가, 재미도 없네. 인간 세상으로 되돌아간들…… 가난은 지긋지긋하단 말이야. 누굴 믿기도 어렵고. 하루라도 자유롭게 하늘을 맘껏 날 수만 있다면……”

그녀는 한동안 말없이 날 빤히 쳐다봤다.

“마치 잊고 있었던 우리 선조들의 풍류[12]의 마음을 말하는 것 같아. 그러면…… 나와 같이 ‘인간을 이길 병법’을 찾아가는 거다! 알겠지?”

---

12) 풍류(風流)는 문자적 의미로 ‘바람의 흐름’을 의미한다. 어디에도 구속되지 않은 자유로운 정신, 탈속의 경지를 뜻한다. 노장과 도가 사상을 기반으로 하고 있다. 아쉽게도 조선 시대에서는 지배 계층의 문화 행위를 대표하는 말이 되어 버렸다.

나는 그녀의 말에 처음으로 온몸에 전율이 흘러, 나도 모르게 내 눈에 눈물이 적셔왔고, 오른손으로 내 맨살을 쓸어내렸다.

2

실비아는 나에게 페나 사이에서만 전해 내려오고 있는 비밀들을 나에게 여러 날을 거쳐 상세히 전해줬다. 그 비밀들은 다름 아닌…… 인간을 이길 수 있는 병법과 관련한 것이 '클레멘스'라는 노파 예언가의 무덤 안에 있다는 것이다. 그 노파의 무덤이 있는 곳은 몇 천 년 전을 거슬러 가야 알 수 있는 신비스러운 거처였다.

하지만 그 무덤이 왕가의 골짜기에 있다는 걸 모르는 페나는 거의 없었다. 거기에 가는 지도는 실비아가 고이 간직하고 있었던 거다. 페나 가운데 왕권을 부여받은 자들에게 이 지도는 전수되어 내려왔다는데. 그런데 노파의 무덤을 열더라도 그 안에는 병법이 없고, 단지 병법 첫 장이 보관된 곳을 상세히 기록한 지도 하나가 무덤 안에 보관되어 있다고 한다.

그 노파 무덤에 있는 지도를 찾고 나서, 또 다시 병법이 잘 보관되어 있는 곳으로 가야 하는 수고로움이 뒤따른다는 것이다.

첫 번째 관문인 노파의 무덤에 가려면, 열정이 있는 자만이 갈 수 있게 되어 있다. 그렇지 않으면 자이언트 지네가 나타나 살 속에 독을 뿜어 죽음을 면치 못할 수도……. 그 후 두 번째 관문은 붕붕 떠다니는 예리한 칼날과 악령을 피해 가야 하는데, 지혜가 있는 자만이 통과할 수 있게 되어 있다는 거다. 한마디로 쉽지만은 않은…… 때론 죽을 각오로 두 개의 관문을 통과해야만 얻을 수 있는 병법이었다.

명석하게도 실비아는 두 번째 관문이 쉽지만은 않다는 걸 나만큼 잘 알고 있는 듯했다. 그녀 또한 내가 열정은 있어도 어린 나이다 보니 한스 선생님처럼 지혜가 있을 거라고는 생각하지 않았다. 그래도 그녀는 이번에 실패한다 해도 살아만 준다면, 언젠간 내가 지혜와 연륜이 쌓여 분명 인간을 이길 병법을 찾아낼 거라고 믿고 있었다.

그녀는 이런 부분만큼은 나에게 논리정연하게 설명해 줬다. 나에게는 선택할 길이 많지 않아 보였다. 내 양쪽 어깨에서 퍼드덕거리는 에메랄드빛 날개는 내 자신이 '페나의 왕족'이라는 걸 누구도 의심조차 하기 어려웠다.

나는 고개를 끄덕였다.

'그래, 나는 페나다!'

소리 없는 긍정의 외침이었다. 갈등과 까닭 없는 번민이 사그라졌다. 한시가 급했다. 실비아, 그리고 호위병들과 함께 왕가의 골짜기로 날개를 펴 올렸다.

나는 비로소 나의 열정과 한스 선생님이 간직한 지혜 모두가 이들 페나에게는 반드시 필요했다는 걸 깨닫게 됐다.

3

"겁도 없군! 페나!"

한스 선생님은 그답지 않게 흥분을 감추지 못하고 마시던 와인 잔을 힘껏 내던지고 말았다. 은은한 검은 대리석 바닥에 부딪혀 깨진 유리잔

조각은 이리저리 흩어졌다. 그러면서 그 조각들은 스스로 빛을 받아 반짝거리더니, 죽어가는 가엾은 생명처럼 점점 빛을 잃어갔다. 국가특공대의 총지휘관으로 자리를 옮긴 그는, 페나가 인간을 이길 병법을 찾아 왕가의 골짜기로 떠났다는 사실을 방금 전해 들은 모양이다.

그 앞에는 페나처럼 보이는 나이 어려 보이는 여인이 얇은 하얀 천으로 얼굴을 가린 채, 그의 거동을 숨죽이며 지켜보고 있었다.

"네가 그들을 왕가의 골짜기로 유인했나?"

"유인이라뇨? 그들은 제 말을 들으려 하지도 않는 걸요."

그는 그녀를 의심하는 눈빛을 싸늘하게 보냈다.

"네가 왕과 가까운 사이잖아! 내가 준 문서는 보여 주긴 한 거야?"

그녀는 잠시 머뭇거렸다.

"문서를 본 며칠 동안은 선생님의 편이었죠. 하지만 그는 누가 뭐라 해도 페나의 왕입니다. 에메랄드 날개 빛의 광채가 놀라울 정도예요."

그는 학자 출신답지 않게 얼굴이 불그스름하게 달아올랐다.

"너도 새니, 별수 없구먼."

그녀는 그의 말에 화를 내고 말았다.

"선생님도 날개는 없지만…… 새의 피가 흐르지 않나요? 새를 무시하지 마세요!"

그는 자신의 잘못을 깨달았는지, 마음을 가라앉히고 말을 이어갔다.

"미안하네. 하지만 난 인간들을 통솔해서, 그들이 잘되게 하고 싶네. 너도 그렇지 않나? 아닌가? 너는 페나들 위에서 군림하고, 왕의 마음도 사로잡고 싶은 건가? …… 아니네. 내가 괜한 소리를 했군. 내가 페나의 왕과 이야기를 나눈 적이 있지. 그의 지혜는 약하지만…… 순수하네. 그것도 큰 무기인 거지. 무슨 수를 써서라도 마지막 관문만큼은 통과 못 하도록 막아야겠어."

잔뜩 어깨를 웅크리고 그의 말을 끝까지 경청한 어린 여인은 그의 말에 불만은 있었지만, 아무 말 없이 문을 열고 천천히 그곳을 빠져나갔다. 사라져 가는 그녀의 뒷머리 정수리 부분이 왠지 희끗희끗해 보였다. 머리카락 염색이 옅어졌다는 생각이 들 정도였다. 가엾게도 여느 때와 달리 늙은 여인네처럼 봉긋한 가슴도 쳐진 듯했다. 하지만 어려 보이는 건, 누가 봐도 의심할 여지가 없어 보였다.

4

왕가의 골짜기로 가는 길에는 매서운 찬 맞바람이 불어오고 있었고, 옅은 석양이 여전히 남아 있었다. 우리는 쉽게 남들의 눈에 띄지 않을 오렌지빛의 망토를 겹쳐 입었다. 그리고 얼굴엔 새 부리 모양의 두건도 썼다. 누가 누구인지는 통솔 경험이 많은 실비아만이 아는 듯했다.

행여나 페나의 얼굴과 몸을 드러내고 날다가 정부의 정보 정찰기라도 우연히 마주친 날에는 불필요한 소규모의 국지전이 발생할 우려도 배제할 수가 없었기 때문이다. 이 밖에도 강하고 찬 맞바람 또한 이겨내며 날아올라야 해서 망토와 두건은 여러모로 유용해 보였다.

그래도 안심이 되지 않아, 따스한 공기의 유혹을 저버리기라도 할 것처럼 우리는 하늘 높이 더 솟구쳐 날아올라 가야만 했다.

"실비아, 이렇게 날아가다가 한스 선생의 공군 레이더망에라도 포착되기라도 하면 어쩌지?"

"그럴 수도 있겠지. 하지만 걱정 마. 조금 후에 우릴 도울 새들이 날아올 거니까. 그리고 우린 최선의 노력을 다하고 있잖아. 만일…… 걸린다 해도 한스는 처음부터 우릴 간섭할 정도로 마음이 옹졸하지는 않아. 그는 결국에 가서는 우릴 더 이상 옴짝달싹 못하게 해서……"

"잠깐만…… 우릴 도울 새? 페나는 날개 달린 사람만을 말하는 거 아니니?"

그녀는 나의 질문에 성심성의껏 대답을 이어갔다.

"페나 중에는 새들도 있어. 이것들은 새인 엄마의 피만을 고스란히 물려받은 거야. 나쁜 머리를 가리켜 '새 머리'나 한자어로 '조두(鳥頭)'라고 하지? 지혜라고는 전혀 없지만, 열정은 너만큼이나 강해. 당연히 배신하지도 않아. 처참하게 죽더라도 우리를 보호하고 감쌀 거야."

"기억난다. 한스 선생이 훈련시킨 새…… 그것들도 그렇지 않나?"

"아, 한스……. 배신자 한스. 우리 새를 자기의 구미에 맞게 훈련시킨 거라고. 하지만 아무리 훈련시켜도 그 새들은 우리를 공격하지는 못해. 보디가드와 비밀 첩보원 역할 정도는 할 수 있겠지. 어렸을 때부터 생긴 본능인 거야. 인간들로부터 자라난 애완 조와는 달라. 우리 새들은 어미의 품을 그리워하거든. 하지만…… 불을 뿜는 새만은 우리의 사지를 갈기갈기 찢어……"

"불을 뿜는 새? 혹시…… 나의 환영 속에 나타난……"

"그건……"

그녀와 말하는 사이에 정말 수백 마리의 현란한 자태를 뽐내는 새들이 우리를 감싸왔다. 더 높이 솟구쳐 올라갈수록, 이에 질세라 이것들도 더 속도감 있게 우리를 따라 날아 붙었다. 우리는 뭉게구름, 새 깃털 구름들과 한데 어우러져 있게 됐다.

"오! 학교 운동장에 맴돌던 그 새들인가?"

우리의 대화는 현란한 새들의 모습에 잠시 엇나가고 있는 듯했다.

"음…… 아니, 운동장에 맴돌던 그 새들은…… 한스가 혹독하게 훈련시킨 새야."

"뭐라고? 설마, 그 새들이?"

나는 그 새들이 한스 선생님의 새라고 믿기는 어려워 의아한 표정을 짓고 말았다. 게다가 찬바람까지도 거세게 내 눈가에 부딪혀 한쪽 눈까지 찡그려졌다. 그와 중에도 실비아는 내 의중을 느꼈는지, 함께 날아오르는 호위병들 중의 하나를 이리오라고 손짓하며 부르는 듯했다.

당연히 그 호위병의 얼굴은 두건으로 가려 있는데다가, 이번에 동행할 호위병은 실비아가 알아서 차출하다 보니 그가 누구인지는 왕인 내 자신도 알기 어려웠다. 겉으로 보기엔 전쟁의 경험이 많고, 덩치도 워낙 커 보였다. 게다가 날개를 휘저어 날아가는 모습이 의젓한 걸 미뤄 짐작해 보면, 사십 대 중반의 중년 나이일 거라는 정도는 쉽게 알 수 있었다.

그 호위병은 실비아에게 가까이 날아가서 정중히 목례를 하더니, 내 옆으로 천천히 다가왔다. 그 순간…… 그 호위병을…… 가람국제고에서 언제 한번 본 것 같은 그 직감을 쉽게 지울 수가 없었다. 하지만 그건 말도 안 될 일이었다.

'그런데 그는…… 다름 아닌 구레나룻 선생님…… 바로 에머튼 선생님이었던 거다!'

두건으로 그의 독특한 긴 구레나룻까지 가리는 건 왠지 무리가 있어 보였다.

"선생님! 에머튼 선생님 아니세요?"

그는 두건을 벗어 얼굴을 보였다. 그러고는 바람이 몹시 매서운지 얼굴을 잔뜩 찡그려대다가 다시 두건을 쓰기에 바빴다.

"네, 총령님. 말씀을 낮추십시오."

"아, 네……. 여긴 어떻게?"

에머튼 선생님이 언젠가 학교 교정에서 나에게 상관을 대하듯 머리를 조아릴 때, 정신병원에 가봐야 할 거라는 생각이 들었는데. 그가…… 날개 달린 사람, '페나'일 거라고는 꿈에서조차도 상상하지 못했다.

"학교를 잠시 휴직하고 총령님을 도우러 왔습니다. 지혜를 쌓는데 도움을 드리라는 왕비님의 특별한 분부가 있어서요. 그런데…… 총령님, 기억하십니까?"

"네, 아니, 뭐를?"

"제가 교실 창문에 걸터앉은 새의 머리를 인정사정없이 뾰족한 막대기로 갈겨 대지 않았습니까? 기억하시죠? 그 새들은 한스가 보낸 정탐꾼이었고, 날개를 숨기고 사회 생활하는 페나들과 총령님을 은밀히 감시해 가면서, 조변림 사건을 철저히 은폐시키는 역할을 담당했었죠."

호위병 에머튼 선생님은 실비아의 말을 강하게 변호하듯 힘주어 설명해주더니, 뒤로 서서히 물러났다.

아, 이제야 베일에 가린 모든 일들의 실타래가 조금씩 풀려나갔다. 새가 부리로 쪼아 갈기갈기 찢어진 것 같은 학교 도서관의 신문들…… 굳게 닫힌 컴퓨터실 밑에 싸늘하게 죽어 있는 새, 그리고 나와 한스 선생님 단둘이 있는 캄캄한 교과 연구실 안을 노려보던 정체 모를 새…… 내가 직접 확인하지 못한 조변림 사건에 얽힌 나의 아버지와 내 친구 모키, 교장의 죽음에 이르기까지의 일들도 쉽게 풀려나갈 수 있을 듯싶었다. 지혜로운 한스 선생님의 지략은 어디까지인가? 다시 한 번 그의 지혜가 놀라울 뿐이었다.

'그러면…… 나처럼 새가 된 하얀빛 날개의 내 엄마는 대체 뭐란 말이지? 당최 나를 아는 척도 하지 않고. 한 손에 든 지팡이는 뭐지?'

실비아는 내가 또다시 골똘히 뭔가를 고민하는 걸 발견하고는 나에게 다시 바짝 다가왔다. 지금은 그녀가 나의 유일한 고민의 탈출구였던 것이다.

"실비아……"

"좀 충격적이니?"

"그보다, 더 궁금한 게 계속 생기네."

"……뭔데?"

"민저…… 내 이빠, 그리고 킴란스 기자, 교장, 내 친구 모키…… 누가 죽인 거지? 네가 죽인 거라고 생각해왔는데. 조변림 사건이 밝혀지는 건, 정부뿐 아니라 페나들도 꺼려하는 거 아니겠어? 교장과 모키는 죽은 건 확실하니?"

"음, 지금 말해봤자, 넌 또 날 의심할 거야. 그리고 교장 모키는 당연히 이 세상 사람이 아니지. 그건…… 한스 선생의 말이 맞아. 너무 슬퍼하지 마. 그들도 다른 세계인 이계에서 그때 겪었던 일들을 후회하지는 않을 거라고 믿어. 그들의 영혼은 순수했고, 자유를 갈망했잖아. 영혼으로나마 위로해주고…… 너의 지혜로운 판단을 기대해볼게."

내 머리가 다시 복잡해졌고, 선악이 혼동되어 왔다. 다시 제자리, 원점이었다.

"뭔지 잘 모르겠어. 그리고…… 내 엄마는 왠지 정신 나간 좀비 같다고……"

그녀는 '내 엄마'라는 말에 잠시 말을 머뭇거렸다.

"지팡이를 든 그분은…… 너의 어머니가 아니셔."

"뭐? 그럼 엄마는 어디 계신 거야? 똑같던데. 돌아가신 거야? 누가 또 우리 엄마를!"

난 겁이 덜컥 났다. 어머니가 혹시 죽기라도 하면 난 어디에도 의지할 데 없는 영락없는 고아나 다름없었다.

"진정해. 사실은…… 네 어머니는 천상에 계시고, 처음엔 하얀빛의 날개를 갖고 있었지만, 지금은 에메랄드빛의 아름다운 날개를 갖고 계셔."

"천상? 죽어서 가는 천국? 이제부턴 거짓 나부랭이 같은 말 했다가는 알아서 해!"

그녀는 고개를 끄덕이는 여유를 보이고는 활짝 웃으며, 말을 이어갔다.

"아니. 전쟁이 끝나면, 너도 가볼 수 있어. 안심해."

"네 말을 내가 믿을 것 같아? 똑바로 말하라고! 죽은 건 아니지?"

"당연하지."

"그러면, 엄마를 닮은 그 늙은 아줌마는 누구야?"

"……우리는 네 어머니를 페나로 만들려는 생각은 없었어. 그런데 우리 페나 중에 네 엄마를 닮은 사람이 있다는 걸 알게 됐어. 그리고 우리와 그녀는 아주 가까운 사이였고, 또 여러 조건에 맞게 얼굴의 모습을 이리저리 바꿀 수 있는 능력도 갖고 있어. 마치 살아남으려고 주변 환경에 적응하기 위해서 몸의 색깔을 바꾸는 동물들처럼 말이야. 지팡이로 마법을 부리는 걸까? 놀랍지 않니? 여긴 인간들 세상처럼 반목과 시기가 심한 곳이야. 서로 이간질도 하고 말이야. 네 어머니를 하얀빛 날개를 간직한 평민 페나로 만들었다고 하면, 평민들의 반발을 줄일 수 있고 화합 수 있다는 생각에…… 네 어머니 대신 그녀를…… 미안해 미리 얘기를 해줬어야 했는데……."

"아니야. 됐어. 인간들의 세계처럼 이곳도 정치적이군. 아무튼 네 말이 진심이었으면 좋겠어."

나는 어머니가 살아있다는 것만으로도 흡족했고, 행복했다. 호위병들, 실비아와 함께 모진 찬바람을 받으며 왕가의 골짜기로 더 높이 솟구쳐 날아올랐다.

5

반나절 비행한 것 같았다. 매서운 찬바람은 사라지고, 아프리카의 따스한 기운이 내 날개깃에 전해오는 듯했다. 저 멀리 바다가 보였다. 이 바다는 내 마음과 달리 평온했고, 잔잔했다. 환영은 분명 아니었다.

긴 장거리 비행에 익숙한 실비아는 여기가 어딘지 알고 있는 것만 같았다. 그녀는 호위병들에게 날갯짓으로 무언가의 신호를 보내고선, 그녀 곁에 있는 나의 손을 움켜잡았다. 우리는 갑작스럽게 급격히 하강하여 그녀에게 이끌리듯 바다처럼 보이는 물가에 외롭게 자리 잡은 섬으로 내려갔다. 어머니가 어렸을 적 가끔 내 머리맡에서 읽어주던 이 시가 이 광경과 교차됐다.

설명이 안 되는
광활한 그 땅에는
길이 없는 줄도
이제 알았습니다

길 없는 그 서늘한 땅에

이슬 묻는 풀꽃들을 헤치며

내 맨발을

조심스럽게 내립니다.

-김용택, 「사랑이라는 땅에서」

길이 없어 보이는 이곳에 내가 어떻게 용기를 내어 오게 됐는지……. 그건 아마 내가 사랑해온 모든 것을 평온하게 하려는 신비한 마력일 듯싶었다. 이 시처럼 말이다.

'설마, 여기가 왕가의 골짜기겠어?'

실비아가 먼저 푸른빛이 감도는 섬에 착지하더니, 그녀가 처음 내뱉은 말은 나의 여러 생각들을 흩어버리기에 충분했다.

"식사 호위병! 배낭을 펼쳐보게. 여기서 요기나 하고 가지. 총령님 음식은 내가 특별히 챙겼으니, 다들 편하게 먹게나."

"네, 왕비님! 갈 길이 멀지만, 금강산도 식후경이 아니겠습니까. 허허."

이들은 잡곡과 국수 가락을 토막 낸 것들을 게걸스럽게 먹어댔다. 이젠 그들이 먹는 음식이 하나도 이상해 보이지 않았다.

실비아가 나를 위해 특별히 챙겨준 음식은 다름 아닌 사과였다. 오랜만에 먹어 보는 사과…… 입에 스르르 단물이 녹아드는…… 인간의 세계에서도 만끽했던 음식이 아닌가. 그녀의 자상한 배려가 느껴졌다. 나도 그녀를 위해 뭔가를 해야 하는 걸까? 하지만…… 수인이의 언니인 그녀가 왠지 아직은 부담스럽고 어색하기만 했다.

어느새 일교차가 심한 탓인지 섬의 따스한 기운은 사라지고, 아래턱까지 덜덜 떨릴 정도로 차디찬 어두컴컴한 밤이 찾아오고 있었다. 호위병들은 제각기 섬의 제법 큰 나뭇가지로 날아오르더니, 숨죽이듯 거동을 멈추고는 곤히 잠 속으로 들어갔다.

실비아는 내 눈치만 살피는 듯했다. 나는 어색한 분위기가 부담스러운 나머지, 조용히 그녀에게 말을 걸었다.

"왕가의 골짜기는 아직 멀었니?"

"아…… 여기가 어딘지 모르나 보네."

"태평양 한가운데인가? 그런데 아까까지만 해도 바닷바람이 왠지 차갑지만은 않던데."

그녀는 내 말에 대답하기는커녕 남자처럼 호탕하게 '껄껄' 웃어댔다. 나는 더욱더 궁금해져 그녀의 대답을 재촉했다.

"어디냐고? 답답하게……."

"하하. 여긴 나일강이야. 왕가의 골짜기와는 그리 멀지 않은 아프리카…… 이집트라고."

"아니, 벌써?"

"벌써라니? 우린 거의 반나절을 날아왔다고. 인도양은 한참 전에 지났고. 너 혹시…… 마법을 쓸 줄 아니?"

"뭐? 마법?"

난 그녀 덕분에 까맣게 잊고 있던 한스 선생님의 마법이 생각났다.

"아, 농담이야. 다른 건 아니고, 여긴 예전 고대 시대부터 마법이 감도는 곳이야. 우리가 지금 있는 이곳은 나일강 중앙에 있는 아길리카 섬인데, 오리시스가 묻힌 전설적인 곳이지. 그의 아내 이시스 신전……"

"오리시스? 이시스 신전? 알지! 역사 과목은 거의 만점이었거든. 그런데 이시스 신전은 필라에 섬에 있다고 배웠는데."

"오! 제법인데. 음…… 그렇지만 학교 공부는 한계가 있기 마련이야. 예전에는 필라에 섬에 있었지만……. 그래서 아마 네 말대로 이시스 신전을 지금까지 별칭으로 '필라에 신전'이라고도 불렸겠지만. 그 이후 필라에 섬에 있는 아스완하이댐의 건설로 이시스 신전이 수몰될 위기에 처했었는데, 극적으로 이 아길리카 섬으로 이전했어. 유네스코의 도움이 없었더라면…… 생각할수록 하늘의 뜻이 기막히네. 신전을 이전할 때는 수만 명의 학자와 기술자들이 전체를 분해해서 돌 하나하나에 번호를 붙여가며 마치 퍼즐을 맞추듯 복원했다는데. 놀랍지 않니?"

"그러게……"

지금 내 눈앞에 펼쳐진 전경만 봐도, 그녀의 말대로 라임빛이 감도는 마법의 신전임에 틀림없어 보였다. 한스 선생님이 가르쳐 준 마법은 이 정도는 아니겠지…….

역사책 한구석의 주석이 기억났다. 카페인 음료를 중독되다시피 마셔가며, 밤새워 외웠던 기억들도 말이야.

'어느 날 동생 세트가 왕의 자리가 탐이 났다. 그래서 그는 연회를 열어 형 오시리스를 초대해서 살해하는 어처구니없는 일들을 벌였다.

오시리스의 아내 이시스는 솔개로 변해, 그녀의 동생 네프티스의 도움으로 생명의 입김을 불어넣어 남편 몸을 다시 소생시켰다. 그 후 이시스와 오리시스의 아들 호루스가 탄생한다. 호루스를 합법적인 파라오로 만들고…….

위대한 어머니이자 왕인 이시스. 죽음을 모르는 이시스는 이집트가 멸망해도 여전히 살아남아 헬레니즘 문명과 지중해 연안 그 너머까지 퍼져 나갔다…….

그리스도교의 부활과 성모마리아가 예수를 안고 있는 모습에서 이시스를 발견한다는데. 이집트의 여인 이시스는 세상의 눈동자. 이시스를 통해 힘든 역경을 이겨내 죽음에서 소생한 불멸의 위대함……'

"무슨 생각해? 총령."

"아, 아니야. 이시스 신진이라고 하니까. 책 읽은 게 생각나서. 그런데 원래 이시스 신전이 있었던 필라에 섬은 여기서 좀 멀어?"

그녀는 일어서더니, 오른손을 들어 내 앞쪽을 가리키며 말했다.

"아니, 저기 너머에 있어. 500미터쯤 떨어진 곳에."

나는 그녀가 가리킨 쪽을 한동안 바라보다가 주변을 둘러봤다. 섬들이 강에 이리저리 둘러싸여 있었다. 태양에 녹아들 것 같은 황금빛 모래 언덕이 눈에 들어왔다. 중앙에는 희한해 보이며 은밀하기까지 한 작은 구멍들이 있었고. 구레나룻이 긴 에머튼 선생님은 나무 윗가지에서 날 힐끔 쳐다보더니, 또 뭔가를 말해주고 싶은 게 있는지 날아 내려와 천천히 나에게 다가왔다.

"저 구멍이 궁금하시죠?"

난 에머튼 선생님에게 반말을 하는 게 아직도 어색한 나머지, 고개만 끄덕였다.

"고왕국 중왕국 시대를 거치면서 죽은 제후들과 고위 사제들의 무덤

입니다. 거기에 그들의 시신들이 곤히 누워 있습죠."

"무덤이라고? 혹시 저기에 노파 클레멘스의 무덤이? 지도도 혹시?"

옆에서 지켜보던 실비아는 내가 무척 답답했는지, 대화에 끼어들고 말았다.

"지금까지 뭘 들었어! 어젯밤에도 말했는데……. 우린 왕가의 골짜기를 가야 한다고 했잖아. 여기에서 좀 떨어진 룩소르 서쪽 강가를 가야 한다고. 아부심벨 신전을 지나면 있다고 했는데……."

"맞아. 미안 미안해. 벌써 잊어버렸네."

실비아는 나의 지식과 지혜가 의심스러웠는지, 얼굴에 실망감을 쉽게 드러냈다. 하지만 그건 잠시뿐이었다.

"그래, 호위병! 총령이 급한가 보군. 그만 쉬고 가자고. 별빛으로 가득한 새벽하늘도 아름답지 않은가. 왕가의 골짜기로 힘껏 날아가 보자고!"

나와 호위병들은 군말 늘어놓을 새도 없이 실비아를 따라 왕가의 골짜기로 힘껏 날아올랐다. 하지만 내 발아래에 달빛에 비친 잔잔하고 평온해 보이는 물결과 달리 내 마음은 왠지 모르게 적지 않게 요동치고 있었다. 나는 항상 큰일을 앞두고는 이례 그래 왔던 걸로 기억난다.

'별일 없겠지…….'

6

황량한 들판이 내 눈에 들어오기 시작했다. 이곳을 가로질러 음악 소리가 흘러나왔다. 왕가의 골짜기는 바람이 부는 날이면 음악 소리가 난다는데. 천신의 소리로 착각을 일으킬 정도였다.

어느덧 동트는 태양 빛에 반사되어 저 멀리 피라미드 양식의 왕 무덤들이 보이기 시작했다. 바위를 뚫어서 만든 분묘!

"총령, 다 왔어. 여……기가 왕가의 골짜기야."

실비아의 말이 끝나기가 무섭게, 신왕조 시대 왕인 아멘호프테프 3세의 것으로 추측되는…… 좌우로 앉아 있는 멤논 거상! 그 둘이 천천히 일어나더니 거대한 돌풍과 함께 우리에게 걸어오고 있는 게 아닌가!

갑작스런 일들에 다들 놀라는 눈치였다. 알아보기 힘든 맴논의 얼굴 형체도 되살아났다. 그들의 입안에서 제각기 자이언트 지네를 한 마리씩 꾸역꾸역 내뱉어 냈다. 죽은 후에도 다시 살아난다는 왕가의 전설이 이뤄지는 순간이었다.

무시무시한 살인적인 독침을 인간의 몸속에 뿜어내 인간의 목숨을 단숨에 앗아가 버리는 자이언트 지네!

"총령! 뭐해? 방패를 들어!"

"난 괜찮아. 실비아, 너나 조심하시죠! 호위병! 내가 아직 싸움의 전술이 미숙하니까, 누가 좀 지휘해주게!"

실비아는 내 말에 대해 거칠게 응수했다.

"자이언트 지네는 전술 따윈 통하지 않아. 방패로 독침을 막아낼 수밖에. 별도리가 없다고!"

"뭐라고? 그러면 이대로 죽을 수도 있다는 말이야?"

"그래도, 우린 살아남을 거야…… 아니, 살아남아야만 해!"

그녀는 잔뜩 긴장한 모습이 역력했고, 말을 아끼는 듯했다.

그런데 자이언트 지네는 실비아와 다른 호위병들에겐 아예 관심이 없어 보였다. 날 노려왔다. 멤논의 거친 목소리가 음악의 선율에 맞춰 들려왔다.

"방·패·를·뚫·어·라!"

자이언트 지네는 또박또박 한 글자씩 내린 이 명령에 순응하듯 갈라진 혀를 길게 뻗어내더니, 내 방패를 뚫어 내 목을 향해 들어왔다. 옆에 있던 실비아와 호위병들이 소스라치게 기겁하는 듯했다. 나도 얼떨결에 단단히 잡고 있던 방패를 자이언트 지네의 머리에 내던지고 말았다.

그 순간이었다. 요즘 들어 전혀 들리지 않았던 말발굽 소리가 요란하게 들려왔다. 천신의 선한 명령이라도 있었던 것처럼, 날개 달린 흰 백말이 우리 앞에 땅속을 헤집고 나타나더니 내가 던진 방패를 확 잡아 낚아채버렸다. 말 등엔 피 흘리며 고통스러워하는 늙은 여인이 앉아 있었다. 노파 같았다.

"클레멘스다!"

실비아와 호위병은 소리를 질러댔다.

'클레멘스? 아…… 희미한 기억…… 비행기 유리창에 환영처럼 쓰인 클레멘스!'

나도 낯설지 않은 이름이었다.

그 노파는 내가 던진 방패를 자이언트 지네가 아닌 멜론 거상의 목을 향해 던졌다. 멜론의 얼굴과 몸통이 방패로 나무가 베어 나가듯 싹둑 잘라져 나갔다. 그러고는 천공 위에서 또다시 예전 제주비행처럼 클레멘스라는 단어가 붉게 물들여졌다. 놀라운 광경이었다.

그 거칠고 강한 멜론 거상과 자이언트 지네는 뭐가 그렇게도 두려운지 땅속으로 스며들더니, 땅 밖으로 두루마리처럼 말려있는 흰 천이 소가 여물을 되새김질하듯 내뱉어져 나왔다. 흰 말과 노파는 다시 그들과 함께 땅속으로 스며들어 갔다.

실비아가 낮은 비행으로 잽싸게 흰 천을 주워들고는, 그 천에 적힌 글들을 해독하려고 두 눈을 이리저리 굴렸다.

"세인트 캐트리나 지하실에 지도가 있다."

"그걸 우리 손에 넣으면, 첫 관문을…… 통과하는 거니?"

나는 잠시 안도감에 빠졌다.

실비아는 더 집중해서 두루마리에 적힌 글들을 읽어 내려갔다. 그녀는 급작스럽게 얼굴엔 실망감이 기미처럼 잔뜩 퍼져가는 채로, 빠르게 글들을 읽어 내려갔다.

"세인트 캐트리나에 마지막, 두 번째 관문으로 가는 지도가 있다. 노파의 도움 덕분에 죽음을 면했다. …… 열정이 전혀 없는 이는 어떤 이의 도움이 있어도 죽음을 면하지 못한다. 열정이 충만한 이에게는 자이언트 지네의 입에서 독 대신 두 번째 관문의 지도를 내뿜는다."

나도 그 글을 듣는 순간, 죽음이라는 단어가 생소하지 않게 됐다.

"미안하네. 실비아, 그리고 호위병…… 내 열정이 부족한 탓에……"

마음이 약한 나는 모든 게 미안했다.

"잠시만, 여기 맨 밑의 글에 한 시간 내에 그곳으로 가지 않으면, 지하 문이 닫힌다는데. 얼른 서두르……"

우리는 그녀의 말이 끝나기도 전에, 그 자리에서 세인트 캐트리나에 솟구쳐 날아올랐다.

그 바쁜 와중에도, 클레멘스 노파가 우리를 도와준 이유가 궁금했다. 실비아는 이 노파가 가장 믿었던 궁정의 경비대장에게 배신을 당한 아픔 때문일 거라는 이해하기 어려운 말들을 전해줬다.

'아, 배신의 앙갚음이라……'

나도 모르게 깊은 상념에 빠져 들어갔다.

얼마 가지 않은 것 같은데, 벌써 저 멀리 호렙산 자락이 보이기 시작했다. 모세가 신으로부터 십계명을 받았다는 그곳! 그 바로 밑에 세인트 캐트리나 수도원이 자리 잡고 있었다.

"왜 하필 이곳에 병법을 찾는 지도를 보관해 뒀을까? 노파의 무덤도 있다는 말인데……"

나도 모르게 실비아에게 또 묻고 있었다.

"내 생각엔…… 전해 내려오는 말로는 병법 번역책임자 히도스 주교가 성직자였는데, 그가 번역을 잘못해서 목이 달아나는 형벌을 받았다고 해. 그때 왕과 성직자들 사이에 관계가 안 좋아져서 서로 갈등이 심해졌고. 아마 왕조차 이 수도원에 들어오지 못하게 출입을 막았던 것 같아. 몸을 불사르면서 말이야. 인간을 이길 병법 첫 장을 빼돌렸다는 이유로 히도스 주교처럼 저세상으로 간 호루스는, 아마 치외법권 식으로 된 이곳이 다른 어느 곳보다도 더 안전하다는 생각을 하지 않았을까 싶어."

그녀 나름대로의 일리 있는 설명에 나도 모르게 고개가 끄덕여졌다. 우리는 수도원 바로 옆 큰 나뭇가지에 올라 횃대 삼아 걸터앉았다. 나는 조바심에 내 디지털 손목시계에 눈이 갔다.

"실비아! 이십 분 정도 남은 것 같은데!"

"벌써 그렇게 됐니? 지하실이라고 했지? 호위병! 너희 둘이 먼저 앞장서게!"

"아니, 됐네! 호위병. 내가 먼저 가겠네. 내 뒤를 따라오게."

"위험해. 총령!"

"아니야, 내 열정이 부족한 탓에 이렇게까지 온 거 아니겠어. 내가 책임져야지. 방패와 칼, 그리고 나의 열정이 날 지켜줄 거야."

실비아와 호위병은 내 의지를 꺾을 방법을 좀처럼 찾지 못하고 있었다. 세인트 캐트리나의 마당을 거닐고 있는 수도사들 몇몇이 내 눈에 띄었다. 나는 나뭇가지를 박차고 세인트 캐트리나의 높은 장벽을 넘어섰다.

수도사들은 공중 비행해 넘어오는 나를 향해 고개를 돌렸다. 면포로 둘러쓴 그들의 얼굴이 내 눈에 들어왔다.

"아아악!"

수도사들의 머리와 얼굴은 없었다. 눈만 반짝이고 있을 뿐이었다. 아마도 불을 뿜어내는 왕의 포탄 공격에 대부분의 얼굴들이 불에 타버렸을 듯싶었다.

그들 중에 일곱이 나에게 손짓했다. 나는 그들을 따라 호위병, 실비아와 함께 지하로 내려갔다. 금빛 나는 상자가 지하실 한가운데 있었다. 그들은 그곳으로 우리를 인도해 주었다. 그러고는 그들의 몸이 물방울처럼 팍 터지더니, 물거품만 남기고 그들은 흔적도 없이 사라졌다.

이곳에선 마법과 마술들이 판을 치고 있다 보니, 이 같은 일들은 그리 놀라운 일에도 들지 못하는 거였다.

나는 몸을 굽혀 급히 상자를 열었다. 시간이 많지 않았기 때문이다. 지도를 둘둘 몸으로 말은 자이언트 지네! 그게 거기에 또 있는 게 아닌가. 그 아래엔 노파 클레멘스의 것처럼 보이는 유골이 있었다!

"호위병! 날 좀 도와줘! 자이언트 지네다!"

호위병들은 급히 나에게 다가오려 하다가 악령에 사로잡혔는지, 가

위눌린 듯 그 자리에서 옴짝달싹도 못했다. 실비아는 그 자리에서 눈물만 흘릴 수밖에 없었다.

나는 자이언트 지네를 향해 칼을 들어 그것의 눈을 찌르려 했다. 그런데 운 좋게도 그 지네는 두루마리에서 몸을 풀어 유골을 품고 상자 밖으로 나오더니, 지하 속으로 몸을 감춰버렸다. 천만다행이었다.

실비아의 호위병도 전기처럼 흐르는 마비 기운이 사라지면서 숨을 헐떡이며 몰아쉬고 있는 나에게 달려들었다. 나는 정신을 차리려 했다. 그리고 이 순간을 몰입하려 했다.

"여기 두루마리가 있어. 내가 확인해 볼게."

침묵이 흘렀다.

"상티밸리 무덤으로"

놀랍게도, 아니, 허망하게도 내가 살고 있는 그곳 상티밸리 골짜기에 인간을 이길 병법이 있던 거였다. 킴란스 기자, 모키, 심지어 교장도 그곳에 묻혀있는데 말이다.

나는 그 지도를 움켜잡아 가슴에 품었다. 우리 모두는 서로의 마음이 통했는지 숨 돌릴 틈 없이 나의 고향 '상티밸리 골짜기'를 향해 질주해 날아올랐다. 멀리 어디론가 자취를 감췄던 새들도 우리 곁으로 날아와 함께했다.

7

'내 운명은 어디로 질주해 가는 걸까?'

이런 상념들이 나를 복잡하게 만들었다. 그러는 사이 시간은 정처 없이 흘러 조금 전에 보였던 신비스러운 나일강은 내 머릿속에 흔적조차 남아 있지 않았다. 우린 어느덧 조금씩 상티밸리 골짜기에 가까워지고 있던 거였다. 저 멀리 국제공항이 보였다. 예전에 허름한 옷을 입은 정비사 둘이 슬픈 표정을 짓던…… 그 모습들이 기억났다. 하지만 이번만은 이륙하는 비행기가 우리를 향해 반갑게 손짓하는 것만 같았다.

정겨웠던 가람국제고도 보였다. 전혀 아무 일도 없는 듯 체육대회가 열린 모양이다. 골을 넣었는지 환호하며 서로 얼싸안느라 정신없어 보였다. 교감의 얼굴이 내 눈에 잡혔다. 그는 깊은 수심에 싸여 있을 법했지만, 그도 역시 마치 자기 아들이 골을 넣은 것처럼 얼굴엔 해 맑은 미소를 드러냈다. 그런데…… 한스 선생님은 그 자리엔 없었다.

'당연한 건데, 왜 이리 허전하고 공허한 걸까? 그는 학교를 잠시 휴직하고 국가 전투부대를 이끄는 사령관이 되어 있는데…… 이들은 이 사실을 알고는 있는 걸까? 또, 나에 대해선 어떻게 알고 있는 걸까? 중병에 걸렸다든가, 학교에 적응 못 해 전학이라도 갔다고 했을 거야. 불을 보듯 뻔하지. 내 짝꿍 세진이가 보고 싶어졌다! 에머튼 선생 아니, 호위병도 나 같은 생각을 할까? 그리고……'

나는 과거의 향수에 젖은 나머지, 지금의 내 모습을 망각하고 있었다. 이럴 때가 아니었다. 좀 더 힘껏 날개를 저어 가야 했다. 나의 관자놀이를 지그시 눌러 정신을 가다듬고는 앞을 내다보려는 참이었다. 내 두 눈이 눈물로 적셔 올라왔다. 내가 살았던 뾰족지붕의 집이 보였기 때문이다. 누군지도 모르는 사람이 문을 열고 나왔다. 아마 은행 빚을 갚지 못해 경매로 팔려…… 저 낯선 사람에게 넘어갔나 싶었다. 눈물이 정신없이 흘러 바람에 흩어졌다.

"총령? 또 무슨 생각에 잠긴 거니? 울고 있는 거야?"

바로 왼쪽 옆에서 날고 있는 실비아는 나의 속마음까지 꿰뚫는 점쟁이가 다 되어 가고 있는 듯했다. 아마 예전 추억에 잠겨있을 거라는 추측을 했을 것이다.

"아니, 그냥……. 상티밸리엔 언제 갈까? 지금 당장 가자는 말은 아니겠지? 무지 지쳤어 난……"

나는 모든 게 귀찮아졌고 두려워졌다.

"총령, 내일부터 전쟁 훈련인데…… 안색이 안 좋아 보이네. 일정을 미룰까?"

그녀는 내 대답에 귀를 기울였다. 벌써 한스 선생님과의 전쟁이 임박해 오고 있는 거였다. 용기를 내야만 했고, 결단을 내려야 했다. 마냥 미룰 수는 없었다.

천공 위를 날면서 저 멀리 아래에 킴란스 기자의 무덤이 보였고, 내 친구 모키의 것도 그 옆에 있었다. 그곳 상티밸리는 나를, 아니 우리를 예전부터 기다리고 있는 듯했다.

"그래! 지금 당장 가자. 상티밸리로 말이야."

마치 나의 이 같은 시원한 명령을 기다렸던 것처럼, 다들 망설임 없이 더 힘껏 날개를 휘저어 앞만 보고 힘차게 날아올랐다. 죽음의 골짜기로 둔갑할 수도 있는 상티밸리로 무겁게 질주해 나갔다.

새들은 우리를 더욱더 감싸 비호했다. 하지만 천공을 난 지 얼마 되지도 않았는데, 검붉은 안개가 자욱해서 어디가 어딘지 도저히 알기 어려웠다.

8

"어디에 내려야 하니?"

"음, 이곳이야. 이곳……."

실비아는 애매모호하게 대답했다.

"뭐야! 어디?"

나는 예민해지고 있었다. 초조하기까지 했다.

"너의 지인들의 무덤!"

"킴란스 기자, 모키, 교장……? 그리고 아버지?"

"……응."

나는 몹시 떨려왔다. 내가 그들 옆 무덤의 빈자리를 메울 또 하나의 시신이 될 것만 같았다. 그들의 무덤이 우리들 앞으로 다가오기 시작했다. 우리를 여기까지 감싸온 새들은 우리가 상티밸리 골짜기에 무사히 도착하자마자, 하나둘씩 자신들의 원래 보금자리를 찾아가듯, 날아가 버렸다. 이젠 우리를 보호해 줄 수 있는 것은 단 하나, 우리, 아니 내 자신밖에 없었던 거다.

에머튼 호위병이 심적 부담을 많이 느꼈는지, 갑자기 구토하기 시작했다. 그러더니 그 자리에 더럭 쓰러지고 말았다. 실비아가 그걸 보고는 그녀의 얼굴이 새파래지고 말았다. 그녀는 냉정을 되찾으려는 듯 자신의 이마를 주먹 쥔 손으로 툭툭 치고 나서는, 쓰러진 그의 눈을 열어 동공을 살폈다. 그는 기절해버린 거였다.

잠시 후, 돌풍이 불어왔다. 나뭇가지가 정신없이 흔들려 댔다. 급기야, 큼직한 버드나무가 뿌리째 뽑혀 날아가 버리기도 했다.

저 멀리 킴란스 기자 무덤 근처에서 길 잃고 방황하는 한 소년이 눈에 들어왔다. 그가 낯설지만은 않았다. 그는 먼저 이쪽을 보고 소리치는 듯했다. 그런데 그 소리는 구심점 없이 사방으로 퍼져갔다.

"가온! 너 가온, 맞지?"

그의 소리는 우렁찼지만, 심한 저음이었고, 공기 중에 음색이 흩어졌다. 우리 모두 그에게 천천히 걸어갔다.

놀랍게도 죽었다고 생각했던 나의 절친한 친구 '모키'였던 것이다!

"모키! 너 모키 아냐?"

"오, 반가워! 내 친구, 가온!"

"너 죽은 지 알았는데, 어떻게 된 거지?"

모키는 내 질문엔 대답도 않고, 날 말똥말똥 쳐다보기만 했다. 또 바로 옆쪽에서 컴퓨터로 문서를 작성하는 소리가 들려왔다. 거센 풀들로 뒤덮여 있는 무덤 뒤쪽에서 화장기가 많은 얼굴을 한 중년 남성이 날 쳐다보며, 두 손으로 컴퓨터 자판을 두들겼다. 그 곁으로 거위벌레들이 날아들었다. 그는 킴란스 기자인 것이다! 나는 그가 살아있다는 것이 믿기지는 않았지만, 나의 논리적인 이성이 마비될 정도로 무척이나 반가웠다.

"아저씨 여기서 뭐 하세요? 아저씨도 살아 있었네요!"

모키와 킴란스 기자는 날 포근히 안으려고 가까이 다가왔다. 그들은 서글퍼 보였고, 싸늘한 기운도 감돌았다.

"잠시만, 총령! 그들은 분명 죽었다고. 내 말을 믿으라고! 그들은 악령이야, 악령!"

실비아는 나에게 호통치듯 소리쳤다.

"여기 분명 살아 있는데. 한스 선생과 너는 거짓말쟁이야! 내가 두 번

속을 줄 알고!"

모키와 킴란스 기자는 나를 끌어안았다. 그러고는 그들은 날 놓지 않았다.

"왜 이러지? 모키야, 킴란스 아저씨…… 이젠 놓아줘. 답답하다고. 제발!"

"악령이다! 총령! 피해. 어서! 조만간 서슬 퍼런 칼날이 너의 목을 베러 날아올 거야!"

실비아의 경고를 무시한 게, 죽음까지 치닫게 되는 걸까? 열정만을 앞세워 온 나는 이렇게 죽을 운명이었던 건가? 뒤늦게나마 한스 선생님의 말이 기억났다. 하나도 아니고, 둘 다를 부정해서는 안 되었던 거다. 더더욱이 종합적으로 이해했어야 했다. 나의 지혜는 여기까지라는 말인가.

결국은…… 여러 개의 긴 칼이 나를 향해 거침없이 날아왔다. 아…… 내가 틀렸던 것이다. 나도 모르게 두 눈을 감아버렸다. '퍼드덕'거리는 날개 젓는 소리와 함께 새들의 비명만이 들려왔다.

막상 눈을 떠 보니, 내 앞에는…… 날아온 서슬 퍼런 칼날에 정작 목이 잘려나간 건, 다름 아닌…… 새들이었다. 새들이 처참하게 피를 흘리며 죽어가고 있었다. 이 순간에도 새들은 날 보호하려고 여기까지 날아온 거였다.

가슴 한편을 칼로 도려내듯 에려 왔고, 눈물이 흘러나왔다. 난 온 힘을 다해서 실비아가 던져준 방패를 잡아 그 악령들의 머리를 쳐버렸다.

악령들은 마치 쇠가 녹아 버리듯 허물거리더니, 땅속으로 스며들었다. 하지만 그것이 끝이 아니었다. 또다시 그것들이 땅속을 비집고 나와 나의 발목을 움켜잡고는 땅속으로 끌고 들어가는 게 아닌가.

"으악!"

나는 총령답지 않게 아이들처럼 비명을 질러댔다. 바로 그때였다. 악령들의 눈에는 나 말고도 또 다른 물체를 감지했는지, 급히 내 발목을 놓아 버리고는 작은 불빛이 반짝거리는 물체로 다가갔다. 그 물체에 사정없이 칼들이 날아들었다.

"무인정찰 헬기다!"

실비아는 호위병들과 함께 자지러질 정도로 소리쳤다. 나는 그 틈을 노려 늪처럼 질퍽질퍽한 흙더미에 반쯤 잠긴 몸을 빼서 하늘 높이 훨훨 날아올랐다. 실비아와 호위병들도 내 뒤를 따라 날아올랐다.

무인정찰 헬기는 엔진에 칼이 박혔는지 불길이 솟더니, 어느새 잿더미가 되어 버렸다.

다행히 기절해 있던 에머튼 호위병은 깨어났다. 우리는 서로의 손을 움켜잡고는, 얼른 그곳을 빠져나와 에메랄드 숲을 향해 날아갔다. 이젠 어쩔 수 없이 페나의 요새로 갈 수밖에 없는 거였다. 나의 지혜의 한계로 두 번째 관문을 통과하는 데에는 실패하고 만 것이다.

"미안해, 실비아……"

"아니야, 내가 너에게 믿음을 못 준 게 더 미안할 뿐인걸. 다음에 또 기회가 있으니까 맘 편히 생각해."

나는 그녀의 말이 큰 위로가 됐다. 그런데 악령까지 두려워한 무인정찰 헬기가 내 마음에 걸렸다.

"실비아! 그 헬기는 대체 뭐지?"

"무인정찰 헬기를 말하나 보네. 한스가 보낸 정탐 헬기! 그는 우리를 헬기를 통해 감시하고 있었던 거야. 우리 페나 내부에 밀고자가 있는 게 분명해. 누군지는 짐작은 가는데……정확하지는 않아…… 우린 밀고자를 은어로 '카나리아'라고 부르지."

"카나리아……"

나는 이 같은 복잡한 세상이 인간들 사이에서만 있는 줄 알았는데. 하나의 생명체와도 비슷한 페나의 운명공동체를 깨뜨리려는 카나리아. 그는 누구란 말인가?

Canary's Wake

제7장

전쟁 전야에 입맞춤을

1

어느덧 시간은 흘러 한스 선생님이 선전포고한 날이 점점 다가오고 있었다. 인간을 이길 병법은 끝내 우리 손에 거머쥐지 못했다. 그가 보낸 무인정찰 헬기 덕분에, 목숨만은 부지했나, 싶을 정도로 자존심도 상해 있었다. 심지어 수인이를 페나의 카나리아로 여기는 소문도 떠돌았다. 하지만 증거는 불충분했다.

그러다 보니 실비아는 수인이를 끊임없이 의심하고 있었다. 나는 그럴 때마다 머리가 지끈거려 그들을 본척만척할 수밖에 없었다. 이런 여러 고민들을 잊기 위해서라도 나는 국정운영에 더 집중했고, 한 달여일 동안은 전쟁의 수장으로서 아무 말 없이 혹독한 훈련을 받아야만 했다.

긴 칼을 휘두르는 법, 예리한 날개로 공격하는 법, 그리고 전투병들과 회의하고 전략 세우는 법들을 날마다 밥 먹듯이 연습했다. 그리고 궁전의 각 부처별 불만들이 생기지 않도록 당정회의도 가졌다. 심지어 하얀빛 날개 달린 사람들이 전쟁 이전에 에메랄드빛의 날개를 갖고 있는 나와 실비아를 몰아낼 거라는 갖은 음모들이 있었지만, 헛소문으로 매듭졌다. 나는 궁전 밖에서 잠깐 머리도 식힐 겸 혼자 거닐다가 나의 어머니처럼 생긴 하얀빛 날개가 달린 중년 여인과 우연 곁에 마주친 적이 있었다. 하지만 그녀는 내 앞에서 고개를 조아리고는 자신이 들고 다니는 지팡이에 있는 잎사귀를 다듬고 있을 뿐이었다. 내 건강이나, 심지어 나를 둘러싼 여러 음모에 대해 관심조차 보이지 않았다.

날개 달린 사람들은 국방부를 방어만 하지 않겠다는 적극적인 의미로 '군사부'로 불렀다. 군사부는 내가 전쟁 훈련을 힘들어할 때마다, 용기를 북돋아 주었다. 나로서도 이 전쟁을 거부하거나, 나의 에메랄드빛의 날개를 스스로 자른다고 해도 지금의 상황을 바꿀 수가 없던 거였다. 하늘의 모진 섭리였다. 이걸 인정해 갔다. 나는 에메랄드빛의 날개를 갖고 있는 왕족의 군사부 장관과 함께 전쟁에 참여하여 전 부대를 진두지휘할 수밖에 없던 거였다.

한스 선생님도 나처럼 총 책임자이다 보니, 자신의 임무에 충실할 수밖에 없었고. 지혜가 출중한 그는 마침내 인간들의 기대를 한 몸에 받고 국가특공대를 쥐락펴락하기에 이르렀다.

전쟁 하루 전날 밤은 진한 포도주를 생각나게 했다. 다들 긴장한 탓인지 간혹 술잔 부딪히는 소리가 옆방에서 들리는 듯했다. 밤새 마신 술통이 수천에 달했지만, 따져보면 한 사람당 포도주 두잔 정도의 분량이었다. 그만큼 전쟁에 참여하는 날개 달린 사람들의 수는 5천이 넘었다. 한스 선생님이 선전포고한 초저녁도 마침내 두 시간 채 남겨두지 않고 있었다. 연인들은 죽음을 예고한 듯 촉촉한 눈빛을 바라보며, 날개로 서로를 얼싸 안아 입맞춤해 주었다.

아, 피를 부르는 전쟁이 기다리고 있었다.

2

드디어 고즈넉이 석양이 지고 있었다. 에메랄드 숲은 바깥 세계와 차단된 지 오래였다. 일찌감치 국가 전투병들이 한 손엔 장총과 허리춤엔 칼을 차고 숲의 주변을 둘러싸고 있는 게 보였다. 여분의 탄환도 잊지 않고 준비한 듯했다.

반 친구 세진이가 무슨 소식이라도 들었는지 숲 주변에 어물거리다가 총과 칼로 무장한 전투병들의 총부리에 놀라 허겁지겁 달아나고 있는 모습이 내 눈에 들어왔다. 그는 나와 눈이 우연히 마주쳤는지 한동안 멍하니 나를 쳐다보더니 불거진 눈시울을 훔치며 몸을 감춰버렸다. 세진이 말고도 그런 친구들이 여럿 됐다.

또 자신이 공주라도 된 것처럼 으스대던 우리 반의 아이돌 스타 여배우는 바쁜 방송촬영에라도 늦었는지, 어려 보이는 한 전투병의 손을 잡고 하소연하고 있었다. 그 전투병은 상관에게 무전기로 연락을 취하는 것 같더니만, 지프차 한 대가 그녀 앞에 섰다. 특혜처럼 보였다. 그녀는 머리가 땅에 닿을 정도로 인사하고는 그 지프차를 타고 멀리 가뭇없이 사라졌다. 아마도 방송국으로 빠져나가는 길까지 국가 전투병들이 가로막았나 보다.

그리고 매 수업시간마다 딴짓했던 서영이와 알미안. 이들이 불현듯 생각났다. 알미안에게 얼떨결에 맞은 아래턱이 쑤셔오는 듯했다. 아름다운 기억으로 남길 바랐다. 그들은 이 시간에도 한층 업그레이드된 버전의 '날개 달린 종족' 게임과 흥미 위주의 '무녀' 이야기에 흠뻑 빠져 있을 게 분명했다. 그게 정말 사실이라는 걸 알게 된다면, 그들은 나에게 뭐라고 말할까. 심지어 내가 '페나의 왕'이라는 사실을 알게 되는 날엔 기절초풍할 노릇일 거다. 이때만큼은 그들에게 면죄부를 주련다.

그런데 불쌍하게도 새까만 한 박쥐 한 마리만은 가야 할 동굴을 못 찾았는지, 이리저리 헤매고 있었다. 몹시 안타까웠다. 그 박쥐는 그만 한가롭게 담배 피우고 있던 전투병이 던진 단도에 맞아 그 자리에 푹 떨어지더니, 몸을 잠시 부르르 떨더니만 움직임조차 없었다. 아마도 그 박쥐는 죽었을 듯싶다. 앞으로 닥쳐올 내 운명이 아니길 빌고 싶을 뿐.

그러고는 어김없이 전쟁은 시작되고 말았다. 하늘도 의식했는지 맑은 오렌지빛 하늘이 검푸른 하늘로 둔갑해 버렸다. 여기저기 흩어져 있는 들꽃들도 머리를 푹 숙였다. 이 순간만큼은 오로지 죽음과 노동만이 신성해 보였다. 새롭게 창조되거나 출산한다는 것은 잔혹한 되새김질에 불과했다. 인간을 이길 병법도 환영처럼 내 손가락 사이로 불타오르며, 모래알처럼 흩어지고 있었다.

3

"발사!"

한스 선생님의 어김없는 명령이 떨어지자, 창조와 출산의 가치는 땅에 파묻혀 버리고 죽음만이 엄습해 왔다.

텅 빈 천공 위로 공포탄이 3발 정도 큰 광음을 내며 발사됐다. 군악

대의 백파이프 소리도 뒤따른 듯했다. 공포탄에 반사되는 빛줄기로 주변에 황갈색 벽돌 건물들이 한껏 빛을 발했다.

우릴 보고는 전쟁하기 전에 이처럼 오묘하면서도 잔혹한 신비를 맘껏 즐기고 나서 백기를 들고 항복하라는 메시지 같았다. 우연찮게 저 멀리 바닷가가 보였다. 국방부는 해상 전쟁도 대비했는지, 고기잡이 큰 어선 뒤에 항공모함도 쉽게 눈에 들어왔다. 인적 드문 갯벌에는 무장한 공군들과 해군들이 벌써 즐비하게 늘어서 있었다.

이것들은 아군의 진지를 위협하기에 충분했다. 이곳에서 놀았던 유년 시절의 전쟁놀이가 이제는 서로 총부리를 겨누는 전쟁으로 급격하게 변모된 거였다.

"기죽지 마!"

"그럼, 당연하지……."

"자, 저들의 목을 힘껏 베어버리겠어!"

페나들이 서로 격려하며, 목숨까지 걸 기세로 의지를 다지는 목소리가 들려왔다. 군사부 장관도 성스러운 전쟁임을 목청껏 드높여 소리 질렀다. 하지만 죽음을 앞에 둔 절규에 가까웠다.

우리 페나들은 전쟁의 전통을 이어받듯, 공포탄 대신에 엄청난 행렬로 줄을 지어 한 손엔 큰 북을 들었다.[13] 그 북소리가 에메랄드 숲에 고요하게 깔렸다.

나는 그 소리에 힘입어 공포탄에 아랑곳하지 않고 페나들에게 배운 칼 솜씨와 예리한 날개로 마침내 수없이 많은 국가 전투병들의 배를 갈랐다. 페나들도 이를 따라 하듯 허공에 대고 긴 칼을 휘두르며 앞으로 진격해 나갔다.

---

13) Cremense 1: 2-3 인용.

이들은 반격이 예상되었는지 겹겹이 서로를 에워싸 진군해 가기도 했다. 또한 누구라도 국가 전투병들이 쏜 총탄에 맞기라도 하면, 뒤로 후송됐다. 그 뒤에는 평범한 인간들이 다니는 간호학교에서 어렵게 날개를 숨기며 공부한 간호병들이 대기하고 있었다. 하지만 그럴수록 그들의 반격은 더 거칠게 되돌아왔다.

우리는 무기라고 해봤자, 긴 칼과 예리한 날개밖에는 없었다. 한스 선생님의 군대는 현대식 장총 하나만으로도 우릴 손쉽고 거세게 제압할 수 있었다. 더군다나 그들은 로켓포, 아파치와 '작은 새'로 불리는 전투기, 첨단 통신기 등등이 있어, 그들이 보기엔 우리의 공격은 골목의 전쟁놀이 수준에 불과했던 거였다. 속된 말로 그들의 상대가 안 되는 거였다. 그래도 그들이 우리를 지금까지 쉽게 공격할 수 없는 이유들은 충분히 있었다.

그들은 페나들의 규모를 정확히 예측할 수가 없었다. 에메랄드 숲에 서식하는 페나들의 수를 알 수 있다고 해도, 날개를 숨기고 사회생활을 하는 이들을 쉽게 파악할 수 없던 거였다. 또 우리를 공격하면, 일반 민간인들을 보복할 우려가 있었기 때문이다. 그것이 바로 조변림 사건이었던 거다. 조금이라도 날개 달린 사람들의 정체를 아는 이들이 생겨나면, 이들은 우리 페나들의 표적이 되어 가차 없이 죽게 되었던 거…….

그리고 더 두려웠던 건, 페나들의 지칠 줄 모르는 열정이었다. 내가 그들의 총령이 되면서 그 정도는 배가되고 있었다. 우리는 뒤로 물러설 줄 몰랐고, 자유를 되찾고 싶은 열망이 무엇보다 강했다. 지금 세상과 작별을 고하기에는 너무 이른 감이 들었다.

4

페나들은 날개를 예리하게 세워 전투병들의 목을 향해 돌진해 가는 전술을 세웠다. 처음에는 이 전술이 적지 않은 효과를 봤다. 우리의 지칠 줄 모르는 공격으로 목에 잔뜩 피를 흘린 전투병의 동료들이 우리를 향해 총을 겨눠 발사를 했지만, 우리는 땅바닥에 몸을 굴려 피해 갔다. 페나들의 수도 자그마치 5천 정도여서 국가 전투병들의 피해도 만만치 않았다.

그런데 바로 옆에서 '활을 잘 쏜다는 궁수'가 전투기 유리창 틈새로 우리를 겨냥하고 있었다. 그 활이 내 신복 같은 부하의 가슴팍에 정통으로 꽂혔다. 눈을 뜨고 도저히 볼 수 없을 정도였다.

"총령님, 부디……"

그는 죽어가는 그 순간에도 전쟁의 승리를 바랐다. 나는 그를 향해 아무 말도 할 수 없었다. 그의 몸에는 어느새 죽음의 독 기운이 퍼졌는지, 날개를 퍼드덕대지도 못하고 깊은 물속에 빠지듯 땅바닥으로 쭉 가라앉아 버렸다. 그는 나에게 칼 쓰는 법을 가르쳐 줬었는데, 내가 기술적으로 잘 못하더라도, 칼은 생명의 눈물과 한이 맺혀 있는 마음과 같은 것이라며, 칼의 도를 가르쳐 줄 정도로 삶의 의미를 소중히 생각한 무사였다.

그의 죽음은 전쟁의 의미를 상실시키기에 충분했다. 전쟁이 한참 전개되고 있을 때도 무엇을 위해 싸우는지도 알 수 없었다.

하지만 궁전 조각상 중에 군림하듯이 서 있던 영웅 하나가 목이 댕강 잘려나가면서, 이런 생각도 과거 시간 속에 묻혀버렸다. 칼을 잘 쓰는 국가 전투병들이 단도를 던진 게 조각상에 우연히 적중했던 것이다. 마치 내 목이 날아간 듯한 기분이었다. 나는 적잖은 화가 치밀어 올라왔고, 속마저 까맣게 타들어 갔다. 그때서야 정신이 바짝 들었다. 이 전쟁은 반드시 이겨야만 하는 것이다. 전쟁이 팽팽하게 펼쳐지자, 마침내 한스 선생님은 나팔을 빼어 들었다. 그가 나팔을 불게 되면, 이 세상에서 가장 잔혹한 새가 등장한다고 했다.[14] 이건 내가 페나들에게 들은 가장 믿을 수 있었던 말이었다.

"올 것이 왔어! 총령! 마음을 단단히 하고."

실비아가 지친 목소리로 정색했다. 그와 중에도 그녀는 긴장의 고삐를 늦추지 않기를 주문했다.

수천의 하얀빛 날개의 페나들은 지레 겁먹었는지 공격하다 말고 뒤로 후퇴하고 있었다.

나는 몹시 안타까웠다. 이러다가 정말 몰살될 것만 같았다.

"이봐, 다들 물러서면 다 죽어! 침착하란 말이야! 초선 부대! 긴 칼을 단단히 세워!"

나는 훈련 받은 대로 명령을 쏟아냈다. 하지만 후방에 있는 페나들에게는 빈 메아리처럼 들린 것 같았다. 그들은 에메랄드 숲을 가로질러 산기슭 쪽으로 도망가기 바빴다. 열정만으로는 이 전쟁을 이길 수 없다는 걸 누구보다 더 잘 아는 모양이었다.

국가특공대가 투하한 포탄에 맞아 날개 잃은 페나들은 더 이상 날 수 없어 팔다리로 바삐 도망쳤다. 불행하게도 다리마저 다친 페나들은 그 자리에 털썩 주저앉아 죽음만을 기다리는 눈치였다. 간혹 살고자 팔로 기어가기도 하고, 한 다리를 잃어 피투성이 된 채로 껑충껑충 뛰어가는 이들도 있었다.

---

14) Cremense 2: 9-10. 인용.

한스 선생님은 압승을 하고 있는데도 냉혈 인간처럼 망설임 없이 나팔을 또다시 불어댔다. 실비아의 말대로 정말 올 것이 오고 말았다. 나무들이 소용돌이로 인해 뿌리째 뽑혀 멀리 날아갔고, 건물들도 산산조각 부서지면서 벽돌들이 이리저리 튀었다.[15] 군중의 웅성거리는 소리, 황급히 뛰어가는 말발굽 소리도 요란히 들려오기 시작했다.

그러는 와중에 늙은 여인네의 구슬피 흐느끼는 소리가 희미하게 들려오면서, 엄청 큰 새 두 마리가 저 멀리서 나타났다. 이것들은 괴물처럼 험상궂은데다가 강렬한 인상에 새 주둥이는 육식동물 같은 날카로운 이빨을 간직하고 있었다.[16]

그 무시무시하다는 '화식조'였다!

5

화식조의 부리는 주둥이라고 부르는 게 더 적절해 보였다. 그것의 부리는 너무나 육중했다. 그걸로 육식 생물조차 게걸스럽게 먹어 댔다.

불을 삼킨다는 화식조. 그것은 악당이 분명했다. 석탄재도 먹는다는 전설도 있다. 게다가 뿔처럼 생긴 볏은 투구처럼 보였다. 크기가 2.5미터 이상에 몸무게도 150킬로그램이 훨씬 넘어 보였다. 수컷보다는 암컷이 크다고 하는 데, 아마도 암컷일 가능성이 높아 보였다.

예전에 신비스럽게 어디선가 날아 들은 푸른 빛깔의 화식조! 그땐 꿈으로만 여겼었는데…….

---

15) Cremense 2: 30-32. 인용.

16) Cremense 2: 40-41. 인용.

하지만 그것은 선천적으로 날지 못하는 조류이다. 당연히 화식조는 이 전쟁에서도 날 수 없었다.

'꿈속에서는 뭐든지 날지 않나? 그래, 그건 현실이 아니야. 우린 훨훨 날 수 있는 날개가 있잖아. 부딪혀 보자고! 용기를 내자고!'

나는 화식조가 날 수 없는 약점을 이용해야겠다는 생각이 들었다. 하지만 그런 허황된 낙관도 잠시뿐이었다.

화식조는 엄청난 괴력으로 요란한 소리를 내며 강력한 근육 덩어리의 두 다리로 달려오고 있었다. 그때 앞머리에 프로펠러를 갖고 있는 전투기들이 페나들을 향해 날아들었다. 프로펠러의 회전수를 급속히 늘리더니, 페나들의 날개에 프로펠러를 갖다 대었다. 그들의 날개가 그것에 '파팍팍' 갈리더니, 붉은 피가 공중에 난사됐다. 그들은 갑작스러운 전투기 공격에 정신이 나가버렸다. 이젠 날 수 있는 날개마저도 피투성이가 되어 제구실을 못하는 듯 그들은 땅바닥으로 추락해 나뒹굴었다.

그 두 마리의 괴물 같은 화식조는 전투기의 프로펠러로 날개가 찢겨지거나, 날개 한쪽을 잃어 날 수 없는 페나들에게 달려들어 게걸스럽게 그들을 먹어 치웠다. 이리저리 피가 튀겼다. 참혹했다. 한마디로 깔끔하게 전쟁을 마무리하겠다는 한스 선생님의 전략이었다. 이젠 그의 승리로 끝날 거라는 건 어떤 누구도 의심할 여지가 없어 보였다.

하지만……. 화식조들이 날지 못해서인지 전쟁은 쉽게 매듭을 짓지 못하고 있었다. 그것들은 공중전이 불가능했기 때문이다. 처음과 달리 전투기의 도움도 무색해져 갔다. 가끔은 페나들이 무더기로 전투기의 프로펠러에 달려들어 자폭했다. 전쟁의 광신자처럼 말이다. 전투기의 프로펠러에 그들의 몸이 한꺼번에 끼어 프로펠러가 원활히 작동되지 않으면서 그들과 함께 추락하기도 했다. 화식조의 약점을 전투기가 대처했지만, 우리는 이걸 육탄으로 막아내면 된다는 것을 알아낸 것이다. 슬픔이 가득 담긴 성스러운 전쟁이었다. 시간이 흐를수록 긴 칼을 프로펠러에 던져 전투기를 그 자리에서 추락시키는 방법도 찾아냈다. 한스 선생님의 전략도 여러모로 한계가 엿보였다. 내 생각이 아주 틀린 것만은 아니었다.

그런데 그들의 한계 못지않게 나의 전쟁 전략은 그의 전략의 한 수 아래였던 것이다. 나의 에메랄드빛 날개의 위력도 여기서 끝나게 되는 걸까. 전투기들이 제구실을 못하면서 갯벌에 대기 중이던 공군들이 점점 가세하고 있었다. 로켓도 빗발치듯이 날아왔다. 불꽃들이 하늘 위로 치솟아 올랐다. 하나둘씩 날개 잃은 페나들이 땅 아래로 떨어지면서 화식조의 먹잇감이 되어 가고 있었다. 실비아의 얼굴은 더욱더 창백해져 가고 있었다.

괴물 같은 화식조들은 이리저리 살폈다. 뭔가를 찾는 듯했다. 마침내 그것은 머리를 들어 하늘을 자유롭게 날고 있는 나와 실비아를 노려봤다.

하지만 화식조는 타조처럼 발 빠르게 달릴 수는 있어도 날 수 없기 때문에, 우리를 더 이상 공격할 수가 없었다.

화식조들은 공격을 지휘하고 있는 우리들이 땅 아래로 떨어지길 기대하고 있는 것 같았다.

운명처럼 우리에게도 아찔한 순간이 찾아왔다. 실비아와 나의 날개가 국가특공대가 쏜 포탄에 동시에 맞게 되었던 것이다. 실비아는 오른쪽 날개에 불이 붙었고, 나는 양쪽 날개가 찢겨졌을 뿐 아니라 옆구리에 어느새 5센티미터 만한 총알까지 박혀 있었다. 엔진에 구멍 나 기름이 새어나오듯 내 옆구리에서 피가 줄줄 새어나오고 있었다! 실비아는 중심을 잃더니, 땅 아래로 떨어졌다. 나도 서서히 어지럽더니, 침몰하고 있다는 것을 느낄 수 있었다.

기다렸다는 듯이, 화식조가 먼저 땅 아래로 떨어진 실비아의 날개를 날카로운 주둥이로 갈기갈기 찢어버렸다. 붉은 피가 이리저리 튀었다. 페나들은 다들 화들짝 놀라 물러서면서 앞다퉈 도망가고 있었다.[17] 나도 땅 아래로 곤두박질치듯이 빠른 속도로 떨어지고 있었다. '엇' 하는 순간에 실비아는 화식조에게 처참하게 먹히고 말았다. 그것은 일 분도 채 넘기지 않았다. 실비아의 잔인한 운명이었다. 마지막 인사도 없이 내 곁을 홀연히 떠나고 만 것이다. 그녀의 호위병은 벌써 달아난 지 오래였고.

나는 이대로 떨어져 죽어도 여한이 없었다. 밝게 웃는 아버지의 얼굴이 스쳐 지나가고 있었다.

바로 그때 수인이는 어디선가 날아들어 공중에서 떨어지는 날 간신히 붙잡아 자신의 품에 안았다. 나의 어머니처럼 생긴 늙은 여인네는 여전히 마법이라도 부릴 듯한 지팡이를 들고 저 멀리서 날 품 안에 안은 수인이를 따라오고 있었다. 그 순간 또 다른 괴물 화식조가 수인이를 공격하려 했다.

그때 마침 한스 선생님의 휘파람 소리가 들려왔다.

얼마 전 나와 그를 지켜준 새들을 부르고 있었던 거다. 해파리 새, 앵무새들, 심지어 바다 위를 나르는 앨버트로스까지 수십 수백 마리가 수인이와 나를 감싸 화식조의 공격을 막아주는 게 아닌가.

---

17) Cremense 2: 45-47. 인용.

국가특공대의 공격은 지칠 줄 몰랐다. 전투기까지 날아들었다. 궁수도 떼거리로 몰려들어 우리를 겨냥하고 있었다. 어디서 또 포탄이 날아왔는지 나의 몸에 맞은 것 같았다. 아니, 이미 살 속에 포탄 조각이 파묻혀 있었던 거 같았다.

영특했던 한스 선생님도 예상치 못했던 일일까? 그는 국가를 배신할 수도 없는 일이라서 괴물 같은 새를 보내 실비아만 죽일 생각이었던 건가?

그는 더 크게 휘파람을 불어댔다.

한 폭의 병풍처럼 현란한 색들을 뿜어내는 새들을 아까보다 훨씬 더 많이 날아들게 하여 나와 수인이를 감싸게 했다. 나는 죽어가고 있었다. 해파리 새의 부리엔 납작한 타원형 총이 물려 있었다. 한스 선생님이 나보고 이걸 갖고 나무 위로 올라가라는 메시지처럼 느껴졌다. 이제서 그의 마음이 나에게 전해지고 있었지만, 더 이상 내 마음대로 몸이 움직여지지 않았다.

그런데 그가 나와는 다른 편이 되었는데도 왜 나를 감쌀까? 선악의 구별을 '자기편 논리'로 풀어야 하는 건 아닐까?

단순하지만, 우리가 지금까지 걸어왔던 역사의 흐름이었다. 풀리지 않는 숙제 같았다. 수지 타산이 맞지 않는데도, 왜 그는 유독 약한 나를 보호하려고 하는 걸까? 이런 것들은 죽음을 목전에 두고 있는 나의 고개마저도 갸웃거리게 했다.

이유가 뭐든 간에 전쟁은 모든 걸 다 앗아가고 있었다. 전쟁에선 강하고 약한 것이 좀처럼 구별되지 않았다.

한스 선생님은 멀리서 눈시울을 적시고 있었다. 우리를 둘러싼 새들은 화식조에게 거의 다 먹혀 버렸고, 이젠 우리도 그것에 먹힐 운명이었다.

수인이는 한스 선생님을 울먹이는 눈빛으로 쳐다봤다. 그는 잠시 생각에 잠기더니, 그녀에게 큰 소리로 주문했다.

"화식조의 등에 가온이를 안고 올라타! 바로 지금!"

그녀는 다른 방도가 없었는지, 그의 말을 순순히 따랐다.

수인이와 한스 선생님, 그들은 이미 절친한 사이였던 것이다. 아니면……. 이것까지 생각하기에는 상황이 너무 위태로웠다.

화식조는 어렵사리 자신의 등 위에 올라탄 수인이와 나를 이리저리 흔들며 떨어뜨리려고 했다. 상황이 좀처럼 수그러들지 못하고 더욱더 긴박해져만 갔다. 가까이서 땅 아래에 떨어진 날개 달린 사람들과 새들을 잡아먹고 있던 또 다른 화식조가 우리를 발견한 것 같았다. 그것은 한 치도 망설임 없이 우리를 향해 달려들었다.

한스 선생님은 죽어가고 있는 나에게 외쳐댔다.

"내가 가르쳐준 마법의 주문을 외워!"

정신이 몽롱한 나는 그가 다급히 말하고 있는 주문의 기억을 머릿속에서 이리저리 찾아내야만 했다.

"내가 너무 이성적이고 논리적이어서 실패했었던 그 주문 말이야! 선악을 구분하는 머리로는 새를 이해 못 한다고 했지! 화식조에게 약한 걸 보호해달라고 부탁해. 마법이 통할 거야!"

"빨리 어서! 자, 마지막이야. 가온! 정신 차려!"

나는 그때서야 감고 있던 눈을 서서히 떴다.

"수인아, 내가 아직 살아있는 거니?"

나는 꿈꾸는 것처럼, 몽롱했다.

"응."

그 순간 화식조가 수인이의 날개 한쪽을 날카로운 발톱으로 긁어버리려고 달려들었다. 다행히 수인이가 그걸 재빠르게 눈치채고 피해버린 바람에 화식조의 공격을 간신히 모면할 수 있었다.

수인이 자신도 죽음이 두려웠는지 숨을 여러 번 헐떡였다.

"가온! 한스 선생이 말하는 게 대체 뭐야?"

"음, 마법! 그래 마지막이다……."

나는 눈을 감고 화식조에게 나의 애절한 영혼을 불어넣듯이 큰 소리로 중얼거렸다.

"사…크리 사야 사크리 사야…!"

화식조가 갑자기 움찔거렸다. 한스 선생님도 멀리서 느꼈나 보다.

"가온! 다시 한 번만 해봐! 어서!"

나도 화식조의 널찍한 등 핏줄이 굵어지고 있는 느낌이 들었다. 피의 흐름이 거세게 빨라지는 느낌이었다.

"사크리 사야 사……"

6

화식조 두 마리에게 강한 맞바람이 불어왔다. 그것은 몸을 한 번 더 움찔거렸다. 이 새들은 날개를 어떻게 펴야 할지 머뭇거리는 듯했다.

그것들은 서로 약속한 듯 날개를 크게 펴더니, 훨훨 날아오르는 게 아닌가![18] 노파 클레멘스의 예언이 이뤄지는 순간이었다.

18) Cremense 1: 50-52. 인용.

수인이와 나는 화식조의 등 위에서 신비스러운 감흥을 느꼈다. 달아나던 페나들도 뒤돌아서서 우리를 지켜봤다.

하지만 내 몸에서 피가 얼마나 흘렀는지 알 수는 없었지만, 내가 죽어가고 있다는 것은 확실했다. 화식조는 더 이상 우리를 공격하지 않았다. 악당의 모습은 온데간데없이 사라져버렸다. 그것은 그 자리에서 날고 있을 뿐이었다. 누군가가 공격해오지 않는 한, 그것은 조금 전처럼 공격성을 드러낼 것처럼 보이지 않았다. 심지어 그것의 바로 밑에서 날개에 불이 붙어 활활 타고 있는 페나들에게 다가가 불을 삼켜버리기까지 했다.

수인이는 나에게 입맞춤하고는 화식조의 등 위에서 나를 안아 하늘로 솟구쳤다. 지핑이 든 여인네도 우릴 뒤따랐다. 우리의 모습은 끝없이 펼쳐지는 천공 속으로 들어가 버렸다.

국가특공대는 죽어가고 있는 총령인 나를 멀리서 한없이 바라보다가 서서히 뒤로 사라졌다.

페나들의 서식지를 떠받쳤던 100여 미터 크기의 나무 밑동도 전투기와 로켓포의 잦은 폭격을 견디지 못했는지, 그대로 꺾여 나갔다. 그러면서 서식지의 지붕처럼 보인 언덕이 광풍에 휩쓸려 쓰러지듯 갈라지더니 푹 주저앉아버렸다. 더 이상 아래로 날아 파고 들어갈 수 없을 정도로 화염이 짙은 엄청난 불길이 하늘 위로 타올랐다. 홀로 죽어가는 나는……우리의 끝이 어디일지 궁금했다. 검붉은 안개로 뒤덮인 땅바닥에는 페나들의 시신 썩는 냄새로 가득했다.

그리고 시간은 끝없이 흘러갔다. 거친 폭풍우가 휘몰아치기도 하고, 가끔은 맑은 별이 뜨기도 했다.

Canary's Wake

제8장

날아오른 어린 새 베니

*

고풍스러운 반원형의 계단식 대학 강의실. 청록색 페인트칠이 살짝 벗겨진 창가에는 담쟁이덩굴이 반쯤 뒤덮여 있었다. 그 틈으로 따사로운 빛이 새어 들어왔지만, 바람은 씽씽 불어댔다.

이 강의실을 둘러싸고 있는 흰 벽에는 20세기 다윈으로 불리는 조류학자 에른스트 마이어의 사진이 뎅그러니 걸려 있었다. 그는 이 세상이 순수 인간들을 중심으로 움직이지 않는다는 것을 목소리 높여 주장해온 이단아였다.[19] 누군가가 와서 그의 사진을 흠집을 내려 했는지, 사진의 액자 모퉁이가 두 군데나 깨져있었다. 그리고 바로 옆에 헤라클레이토스, 아리스토텔레스 등의 고대 사상가들의 액자도 여럿 걸려 있었다. 이런 곳은 실용적인 공학보다는 자연과학이나 논리학과 라틴어를

19) '항상 호기심을 주체할 수 없었다.'고 언론 인터뷰에서 말해 왔던 그는 1904년부터 2005년까지 진화생물학자로 조류분류학 등의 연구에 몰입했었다. 생물학의 역사와 철학을 개척한 인물이기도 하다. 언론에서는 그를 '신다윈주의 학자로서 다윈의 자연선택이론과 현대유전학을 결합한 진화이론을 지지한 학자'로 설명해 왔다.

가르치는 순수 학문의 전당처럼 보였다. 여기서 그 액자 사진의 인물들 못지않게 열변을 토하며 강의하는 교수가 있었다. 그는 마치 이 강의실에 적합한 학자처럼 현실에 쓸모 있어 보이는 이야기들은 입 밖에도 꺼내지 않았다. 그렇다고 허황된 건 아니었다.

그는 여러 세파를 겪었는지 굽은 어깨에 몸은 야위었고, 늙어도 보였다. 하지만 희끗희끗한 콧수염과 그리 길지 않은 곱슬머리는 잘 정돈되어 있었다. 그는 한쪽 다리가 불편했는지, 오른손으로 네모 반듯한 교탁 위를 받쳐 그의 몸을 가까스로 지탱했다.

그는 귀찮을 정도로 흘러내리는 금테안경을 이따금 치켜 올리며 고대 생물과 조류학을 힘겹게 강의했다. 강의실을 가득 메운 천여 명의 학생들은 의자에 등도 붙이지 않은 채, 그 교수가 상세하게 적은 칠판 글씨와 강의에 열중했다. 다들 그 교수의 강의를 한마디도 놓치지 않으려고 노트 구석구석에 깨알 같은 글자들을 적어 넣느라 분주해 보였다.

하지만 그 교수는 너무 진지한 분위기가 싫었나 보다. 때때로 자신이 어렸을 적 배고파서 날아다니는 잠자리의 날개를 떼어내고 그것의 가슴 고깃덩어리를 단숨에 먹어치웠다고 하자, 여기저기서 폭소와 함께, 여학생들의 작은 비명도 흘러나왔다.

그 교수는 한참을 말하다가 목이 잠겼는지, 여러 번 헛기침을 하고는 자신의 손목시계를 물끄러미 쳐다봤다. 강의가 끝나려면 아직 20여 분 정도 남아 있었다. 하지만 그는 마이크에 입을 보다 더 가까이 가져가더니 오늘 강의는 이 정도로 마치고 다음에 이어 강의하겠다며, 그의 급속히 저하된 체력 고갈을 이유로 들었다. 강의를 마치겠다는 그의 말이 끝나기가 무섭게 학생들의 볼멘소리가 강의실에 울려 퍼졌다. 하지만 그 교수는 이에 아랑곳하지 않고, 예전처럼 마이크를 끄고 다소 몸이 불편한 듯 절뚝거리며 강단에서 내려왔다.

그의 의지대로 강의가 끝나기는 했지만, 여러 학생들이 떼거리로 강단 앞에 몰려들어 질문을 하느라 그의 주변을 떠날 생각을 하지 않았다. 교수는 몹시 지쳤나 보다. 마침내 그는 얼굴을 찡그리며 다음 수업 시간에 대답할 것을 거듭 약속했다.

그럼에도 수업 듣던 한 여학생이 멀찌감치 서 있다가 더 이상 기다리기가 힘들었는지, 못다 한 질문을 하려는 듯 그 교수에게 달려갔다.

"저, 교수님! 죄송한데요……"

"학생, 다음 시간이라고 했지!"

그는 짜증이 섞인 말투를 섞어 응했다.

하지만 그 학생은 다름 아닌…….

"아, 수…인이구나. 변한 게 없어. 그대로야. 근데…… 한국국립대 학생이 되었나 보군. 놀랍네."

그의 얼굴에는 화색이 돋아났다.

"네, 한스 교수님. 교수님이 이 대학에서 강의하시는 걸 우연히 지나가다가 보게 되었어요. 학생들이 교수님을 무지 좋아하던데요."

"그냥 예전처럼 선생이라고 부르지. 내 제자가 되려고 아부하려는 건가? 이젠 나는 늙어가……. 머리도 군데군데 빠져서 중절모도 써야 될 듯싶네."

한스 선생님은 나이가 들어가고 있어 어느 누구도 제자로 받아들일 생각이 없었던 모양이다.

"그게 아니라, 정말 멋진 강의였어요!"

수인이는 나름대로 확신에 차서 말한 것이다.

"내 강의를 끝까지 들었나? …… 그래도 새들은 선악을 구분해가면서 싸우지는 않지. 선악은 시대마다 다르게 해석되기도 하고. 자기 종족만을 지키려 하기보다 약한 것을 감싸잖아. 나는 그걸 말하고 싶었네."[20]

하지만 모든 새가 다 그렇다는 건 아니다. 그가 훈련시킨 새들이 유별날 수도 있었다. 그녀는 그의 말에 과거가 생각난 모양이다. 그녀는 애써 그에게 따지려 하지 않았다.

"아름다웠던 기억들이었어요, 그렇죠? …… 선생님 강의는 강의실에서든 밖에서든 항상 멋지시네요."

"늙은이를 놀리는군."

수인이와 한스 선생님은 학생들 틈을 비집고 어렵게 강의실 문밖으로 나왔다. 뒤따라 나오던 학생들이 체념하듯 하나둘씩 멀리 사라졌다.

*

그들은 이제야 느긋한 걸음으로 웃으며 한적한 호숫가를 바라보고 있는 널찍한 교문을 나섰다.

그때 멀리서 한 마리의 새가 그들 곁으로 날아들었다. 언제부터인지는 모르지만, 이들의 주위를 맴돌고 있었던 것 같다.

아주 귀여워 보였지만, 애절한 눈빛을 머금고 있는 하얀 빛깔의 새.

"오우, 수인이를 닮은 아름다운 새네."

그는 탐구심의 본능이 발동했는지 오른손으로 안경테 한쪽을 잡아 그의 눈 가까이 밀어붙이고는, 그 새를 자세히 들여다봤다.

순간 그는 깜짝 놀라는 듯했다.

---

20) Cremense 2: 15-16. 인용. 한스 선생은 클레멘스의 내용을 알고 있다는 단서이다.

"아니, 날개에 에메랄드빛의 동그란 무늬가 있잖아! 혹시……가…온…도 닮은 건가?"

그는 무척 당황한 눈치였다. 그의 마음이 쉽게 가라앉지 않은 모양이었다.

"가온이를 살려줬나 보군. 그의 열정도 필요했나? 나도 그러길 바랐지만……. 그러면 그는 지금 어디 있지?"

"눈치가 빠르시네요. 선생님이 최고의 학자라는 것을 제가 잠시 깜박 잊었네요. 가온이가 천상에서 기뻐할 거예요."

"천상? 나도 얼른 그를 보고 싶네."

그런데 그가 뭔가 잊은 듯이 말을 꺼냈다.

"네가 비밀로 해달라고 해서… 가온이에겐 이것만은 말하지 않았네."

"뭐죠? … 아, 그건 비밀로 해주셔야 해요. 꼭이요!"

그녀는 그가 말하고자 하는 의미를 쉽게 알아차리고는 진땀을 빼며 비밀로 유지해 주길 간곡히 부탁했다.

"물론이지. 실비아만 불쌍하게 됐어. 내가 실…비아의 요구를 거절했을 때, 날개 달린 사람들이 나를 죽이려고 수없이 달려들었지. 실비아가 전쟁에 관여하지 못하게 날 막았잖아. 기억나나?"

"네……. 알다마다요. 근데 그런 얘기 너무 따분해요."

그녀는 그의 말들이 머릿속으로 잔인한 그림처럼 스쳐 지나갔나 보다.

"그때… 왜… 나를 구해줬지?"

그녀는 아무 말도 못 하고 머뭇거렸다.

"너의 도움은 평생 못 잊지. 네가 나에게 편지 공세를 해가며 내 지혜를 가져가려고 한 것 말고는…… 너의 부탁을 거의 다 들어준 거 같은데."

그는 마음속에 담아 놓은 게 많았나 보다.

"우리는 연인처럼 벌거벗고 침대에 누워서 도란도란 이야기를 나눴지. 그때 네 언니, 실비아를 죽여 달라는 너의 부탁은…… 조변림의 사건이 만천하에 알려지는 걸 두려워한 정부의 부탁과도 일치하기도 하고……. 가온이의 아빠, 킴란스 기자, 교장, 모키…… 너와 나를 얼마나 원망하고 있을까? 개죽음당한 실비아도 말이야. 내가 너무 거칠게 새들을 훈련시켰…나……"

"그만 하세요! 그 그…만. 선생님은 가온이를 처참하게 죽일 수 있었잖아요? 왜 살려줬죠? 그래도 그가 분명 다시 부활하여 인간들을 공격해 올 텐데요. 그때 국방부, 무기업자와 은밀한 거래로 그에게 군무기를 값비싸게 팔려는 거 아닌가요? 그 이익으로 워싱턴 정가를 지원해 가면서 그들의 환심을 사려는 거 내가 모를 줄 알았나요? 또 가끔씩은 수천 마리의 새들을 죽이면서까지 엉뚱한 무기실험이나 하시지나 마세요! 약자를 보호한다든가, 순수한 우정이라는 거추장스러운 말씀을 늘어놓고서는, 정작 강한 무기는 팔지 않을 거면서!"

그녀는 더 이상 그의 말을 견딜 수 없었던 것 같다. 그녀는 괴로워하는 표정이 역력했고, 숨조차 제대로 쉬지 못했다. 그래도 그는 묻고 싶은 게 더 있었는지 주저하다가 끝내 참지 못하고 말을 내뱉고 말았다.

"너도 제법이군. 그러면 넌? 흑갈색 머릿결의 실비아와 다른 희끗희끗한 머리카락…… 그것들을 검정 염색약으로 물들여 가면서 같은 핏줄인 양…… 마치 콩쥐나 신데렐라라도 되고 싶은 욕망으로 들끓고 있는 너의 가련함. 이젠 가온이가 잃어버린 유리구두를 되찾아 네 발에 신겨줄 것만 같은가? 신데렐라 원작엔 유리구두가 아니라 갈색 가죽 구두일 걸, 아마……"

그녀는 그의 말에 수긍하지 못한 듯 고개를 좌우로 가로 지을 뿐이었다. 그는 마침내 학자답지 않게 흥분해 가며, 넘어서지 말아야 할 말들을 거침없이 쏟아내고 말았다.

"실비아의 자리를 탐한 건가? 지팡이의 새순만 다듬으며, 얼굴 모양과 날개 색을 척척 바꿀 정도의 마법을 부리는 너의 엄마. 얼굴에 주름이 골골이 흉터처럼 깊게 패이고, 지팡이라도 없으면 절뚝거릴 수밖에 없는…… 그녀는 너 덕분에 살아있겠지? 설마 요괴 같은 네 엄마가 페나 왕, 가온이의 아빠와 그의 친구를 잔혹하게 죽여 놓고선…… 뻔뻔하게 장모가 될 수 있을 거라고 믿고 있는 건 아니겠지?"

그는 당연히 수인이가 이에 대한 대답을 꺼려할 거라고 생각했나 보다. 그는 그녀의 말을 기다릴 기미도 보이지 않은 채, 주머니에서 하얀 천을 꺼내 이마에서 흘러내리는 땀방울을 닦아냈다. 잠시 침묵이 이어졌다. 그는 더 하고 싶은 말이 있었는지 긴 한숨을 내뱉고 천천히 또 입을 열었다.

"실비아는 여왕이었지만, 백성만 위하고 정작 가족을 나 몰라라 한 게 이런 비극을 낳은 게 아니겠어? 네 엄마는 대비인데도 거지꼴로 다녔다고 생각했으니, 네 이복 언니 실비아한테 불만이 쌓인 거겠지. 어느 날부턴가 널 괴롭히는 모습이 사라졌겠지? 앞뒤 가리지 않고 네 얼굴로 탈바꿈하면서까지…… 급기야 우리를 도우며, 날개 달린 사람들의 정체를 아는 이들을 무참히 죽였고. 네가 실비아보다 페나들의 안위를 지키는 더 많은 업적을 쌓게 해서…… 네 엄마는 네가 피 한 방울 섞이지 않았지만, 그녀 대신 여왕이 되길 바란 거. 이해는 되는데……. 그래도…… 네 엄마보다 더 나쁜 건 바로 너야! 너는 엄마에게 환심을 얻기 위해 아무도 모르게 모든 걸 일러바쳤어. 음모와 배신은 군사무기보다 더 악랄한 거라고! 그것도 모자라 가온이의 친구 세진이에게 스위스 명품시계까지 사주며 꼬드겨, 가온이마저도 믿지 못해 그를 염탐하도록 시켰잖아. 이렇게까지 해서 넌 무엇을 얻었나? 넌 환자야, 정신병자! 반사회적 인격장애, 소시오패스(sociopath)라고 들어는 봤겠지?"

그녀는 이런 그의 말들에 대해 평정심을 잃지 않으려는 듯, 몸을 앞으로 숙여 숨을 연거푸 몰아 내쉬었다.

"그건 당신도 마찬가지라고요!"

그녀는 끝내 몸을 꼿꼿이 세우고는 이 말만 하고, 넋 나간 표정으로 그 자리에 서 있을 수밖에 없었다. 그는 애써 허공에 흐트러진 그녀의 시선을 무시하며, 땅바닥에 누군가가 오래전에 버린 것 같은 담배꽁초와 커피 종이컵을 아무 의미 없이 밟아댔다.

이들의 곁을 돌고 있던 수인이와 나의 분신 새, '베니'.

나는 베니를 통해 이들의 말들을 우연히 듣고 말았다. 나는 나의 분신 새의 이름을 가장 사랑하는 어린 아들이라는 뜻으로 '베니'라고 지어줬다. 어느새 베니의 눈에서 눈물이 주르르 흘러내리고 있었다.

*

나의 열정 덕분에 한스 선생님보다 마법을 더 쉽게 배울 수 있게 됐나 보다. 화식조를 날게 하고 공격을 자제시킨 건 나의 마음이 그것에 애절하게 전해져서였다. 이젠 그가 가르쳐 준 마법으로 나의 영혼이 베니의 몸에 스며들 수 있으니 말이다.

'여러모로 지팡이를 든 여인네가 네 엄마라고 속 시원히 말하기가 무엇보다 힘들었다는 거. 그리고 너의 가족을 차마 욕할 수 없었던……실……비아. 나는 널 이해할 수 있단다. 너의 모든 노력이 수포로 돌아간 건 아닐 거야. 암, 아니겠지. 너의 말을 좀 더 귀담아들었어야 했는데. 내 마음이 너무 아프고, 널 기다릴 수만 있다면……'

나는 베니의 몸을 통해 한스 선생님이 늘 해왔을 것 같은 한숨을 진하게 내쉬었다. 눈물도 하염없이 흘러내렸다.

그런데 나와 달리 베니의 몸은 부르르 떨리고 있었다. 유심히 베니를 들여다보니, '살아남은 페나들이 이 세상을 지배할 거'라는 노파 예언가 클레멘스의 한 구절이 베니의 머리에 떠올랐던 것이다. 나의 어린 새, 베니는 천상 위로 힘껏 날개 저어 치솟아 올랐다. 겉으론 가슴 설레며 사랑하지만, 병적인 흑백논리의 칼질을 앞세워 서로를 속박하려고 안달 난 사람들……. 이들을 이길 병법을 찾아와 다시 부활할 것처럼 말이다.

'천수인, 너라는 빛이 내 눈을 멀게 했구나.'

어느덧 수인이와 한스 선생님 위에 새들이 날아와 빙글빙글 돌고 있었다. 그리고 어디에선가 이들 발밑에 쥐와 도마뱀 두 마리가 호박을 들고 나타났다. 하지만 그것도 잠시일 뿐, 이것들은 물거품처럼 터져 땅속으로 스며들었다.

〈끝〉

에필로그

마음씨가 너그럽고 지적으로 보이는 한 중년 남자가 새를 다루는 솜씨가 마치 일류급 조류 조련사 같았다. 언뜻 보기엔 학자의 얼굴을 하고 있어 어울려 보이지는 않았다.

그의 머리 위를 원을 그리며 돌고 있는 수십 마리의 새들이 갑작스럽게 싸늘한 기풍을 느꼈는지, 그를 에워 감싸 보호했다.

그 순간 검은색 세단 중형 차량이 어둠 속을 뚫고 나타났다. 이 자동차는 망설임도 없이 옅은 라임빛의 전조등을 밝히며 온화한 얼굴의 이 중년 남자에게 다가와 멈춰 섰다.

국가기밀 정보원으로 보이는 정장 차림의 남자가 진지한 표정을 지으며, 차 뒷좌석에서 내려 그에게 가까이 갔다. 그 남자는 중년 남자의 귀에 대고 뭔가를 속삭이더니, 급히 그곳을 빠져나갔다. 중년 남자의 얼굴에는 온화한 미소는 온데간데없이 사라지고, 사나운 기운만이 얼굴에 가득 차올라왔다.

급작스러운 돌변이었다.

"공격해! 갈기갈기 찢어버려!"

차마 그의 입엔 담기 힘든 이런 말들이 연거푸 새들을 향해 쏟아냈다.

그를 에워 감싼 새들이 이 말들을 알아들은 모양이다. 새들은 며칠씩 굶주린 독수리처럼 먹이를 발견한 듯, 대상을 찾아 맹렬히 그의 머리와 피부 가죽을 쪼아댔다.

하나는 차를 급히 몰고 가다가 새들의 공격으로 가드 라인에 부딪히더니 그 자리에서 급정거했다. 내 또래쯤 되어 보이는 하얀 우윳빛 피부의 여자아이는 멈춰 선 그 차량의 운전석으로 다가가, 자신의 날개로 낯익은 누군가의 가슴팍을 인정사정없이 찢어버렸다. 아이는 우는 것도 잊은 채, 거칠게 뒤덮인 야생포도 줄기 속을 향해 뒤돌아보는 순간, 그 아이의 얼굴은 주름진 얼굴로 돌변했고 한쪽 손에는 새순이 돋은 긴 지팡이를 들고 있었다.

다른 하나가 절벽에 있을 때도 그 하얀 우윳빛 피부의 여자아이는 그의 등을 밀어 떨어뜨리자마자, 급히 지팡이를 들고 높이 날아올랐다. 나머지들도 별반 다르지 않게 죽어 갔다.

그들은 한마디의 변명도 못한 채, 비명만 지르고 저세상으로 가버린 것이다. 그들 곁에 유일하게 남아 있는 것은 새들의 깃털뿐이었다.

천공에서 코를 '횡' 풀면서 여유롭게 이를 지켜보던 호전적인 젊은 두 남자가 기겁하여 그들의 요새로 뒷걸음쳐 질주했다. 그 아래 갈대 속에서 비밀스러운 진한 포옹을 나누고 있던 서영이와 말을 탄 장군 조각상을 닮은 젊은 남자도, 가깝게 들려온 비명에 놀라 얼굴을 가려가며 허겁지겁 달아나기 바빴다. 그 남자는 언뜻 보기엔 무기거래상 아들 알미안은 아닌 듯했다.

하지만 또 다른 하얀 날개를 지닌 어린 여자아이는 이들과는 사뭇 달라 보였다. 아이는 냉혈 인간처럼 야생포도 줄기 속으로 숨어 들어가 그 틈새로 이 모든 장면들을 고스란히 지켜봤다. 그러고 나서 아이는 휴대전화를 자신의 바지 주머니에서 빼어 들어 누군가에게 밀고(密告)하듯 전화를 걸고는, 유리 구두 한 짝을 벗어 던지고 그 자리를 떠났다.

작가의 말

– 맘껏 하늘을 날리라

나는 전업 소설가는 아니다. 하지만 뭔가에 홀린 것처럼 이 책 《카나리아의 흔적 Canary's Wake》을 쓰고 싶어 미칠 지경이었다. 마음만 다급해졌다. 그럴수록 한 글자도 쓸 수가 없었다. 모든 게 뒤틀려갔다. 고질병인 편도선염도 불청객처럼 찾아와 내 몸을 뜨겁게 달궜다.

그때가…… 마침 하늘이 노을로 붉게 물들어 갈 무렵일 듯싶다.

나는 그즈음 독일의 고고학자 하인리히 슐리만이 남긴 글을 우연히 접한 적이 있다. 지금 생각해보면 호재였다. 이 글들을 단숨에 읽어 내려가면서, 내 몸의 열을 잊게 했고 마음속에서 쉴 새 없이 꿈틀거리는 마법적인 신비가 '사실일 수 있다'는 깨달음을 느꼈다고나 할까.

그가 쓴 책 옆에 가지런히 놓인 40페이지 분량의 《잭과 콩나무》. 가난한 홀어머니와 함께 사는 잭이 콩나무를 타고 하늘나라에 올라가 거인의 보물을 훔쳤다는 기막힌 이야기가 적혀 있다. 나는 이 같은 영국 민화마저도 사실일 가능성을 열어 놓게 됐다. 천상의 세계에 도달할 큰 콩나무가 어디엔가 있지 않을까? 망상만은 아니지 않을까?

이 글들을 호기심 있게 곱씹은 그날, 나는 예수회에서 설립한 학교도서관 1층 로비에 있었다. 학자답지 않게 구청장의 선거를 도우며, 종교에 심취한 고대 사상 전공교수를 만나기 위해서였다. 밖의 기온은 한여름 날씨답게 푹푹 찌고 무더웠지만, 도서관 내부만큼은 적절한 에어컨 가동 덕분인지 땀 냄새 따윈 어디에도 없었고 상쾌했다.

그런데 한참을 기다리고 있어도 그는 아무 연락도 주지 않아 조바심이 극에 달했고, 짜증이 서서히 밀려오기 시작했다. 체념하는 방법을 항상 연습해 온 나는, 그가 교통체증이나, 급작스러운 발병으로 늦어질 수밖에 없을 거라고 애써 생각을 돌렸다. 결국 나의 발걸음은 모퉁이를 돌아 자연스레 도서관 열람실로 옮겨졌고, 책벌레처럼 이리저리 낯선 책들을 찾아 책장을 넘겨댔다. 그때 먼지로 자욱한 누런 겉표지의 닳고 닳은 고서를 발견했다. 마치 그 안에 마법 주문서라도 있을까 싶어, 한 장 한 장 페이지를 넘겼다. 아무도 이 책을 찾지 않아서일까? 페이지 곳곳마다 거미줄이 뒤엉켜 있었다. 나는 당연히 짧은 레이스 달린 얇은 옷소매로 정성스레 책에 묻은 거미줄과 먼지를 닦아내는 것도 잊지 않았다.

이 책이 바로 하인리히 슐리만이 1877년과 1881년에 집필한 《미케네》, 《일리어드》였다. 그는 이 책들 안에서 '신화 속에 등장하는 내용들이 역사적 사실'이라는 주장을 거침없이 피력했다. 이처럼 자신감에 넘친 그의 주장은 나를 몹시 들뜨게 만든 것이다.

심지어 그가 1868년, 신화와 전설 속에서만 존재하는 트로이와 미케네의 유적을 발견했다는 후담은 날 새로운 상상의 세계로 내몰았다. 신화와 전설 속의 존재가 공상에 그치지 않고, 엄연한 역사 속에 있을 가능성이었다. "신화는 신성한 역사"라는 말이 내 입안에서 맴돌다 나도 모르게 크게 내뱉고 말았다.

허름한 무명 두루마기를 입은 것처럼, 신비스럽기도 하고 초라해 보이는 한 중년 남자가 내 목소리를 듣고 다급히 달려왔다. 멀리 흐릿하게나마 내 눈에 들어온 그의 모습은 영락없이 청빈을 강조한 도미니크 수도회의 수도사 같았다. 설마 1200년대 수도사가 환생할 리가? 잠시 월급을 제때 받지 못하는 이 도서관의 직원일 거라는 느낌이 들었다. 나는 조용하고 경건한 도서관에 반갑지 않은 손님으로 오인 받은 것 같아 나에게 가까이 다가온 그에게 정중히 인사부터 했다.

그런데 그는 나의 어깨를 '툭' 치더니 웃어댔다. 그는 다름 아닌 내가 애타게 기다린 고대 사상 전공교수였다. 알고 보니, 약속 장소를 서로 다르게 알고 있던 거였다. 그도 가만히 기다리고 있을 수가 없어 책을 읽고 있었던 모양이다. 그가 한 손에 쥐어 든 책표지에는 민망하게도 알몸의 날개 달린 '그리스의 니케 여신'이 그려져 있었다. 나는 경영대학에서 커뮤니케이션 입장에서 광고홍보 이론을 강의한 적이 있었는데, 스포츠용품 브랜드 '나이키'가 '니케 여신'을 착안한 이름이라고 설명할 정도로 나에겐 아주 낯익은 그림이었다.

이날 도서관 지하 1층 카페에서 그 교수와 골치 아픈 현실 정치는 물론이고, 빈부격차가 심한 우리 사회에 대해 여러 이야기를 나눴다. 그런데 이런 이야기를 나누면서, 하인리히 슐리만의 글들이 계속 나의 머릿속에 맴돌았다. 그리고 '니케 여신'도 말이다.

신화학에 대해서도 말을 꺼내고 싶었다. 하지만 종교성이 강한 그에게서 '허구'라는 일상적인 진단을 듣는 게 싫어서였을까. 아니면……

편도선염으로 내 목이 컬컬해져서일까. 그에게 이에 대한 단 한마디의 말도 하지 못했다. 서로 다음엔 세속인처럼 술이라도 한잔하자며, 헤어짐을 아쉬워했다. 아마 그의 머릿속에는 나와 다르게 약주 대신 자줏빛 포도주가 먼저 떠올랐을지도 모른다.

나는 그날 밤 다행히 몸의 열은 내렸지만, 눈이 휘둥그레질 정도로 신비한 체험을 했다. 나의 목을 조르려고 벽을 뚫고 날아오는 사람…… 그를 나의 한 손으로 막아 버렸고, 그는 다시 그 벽을 뚫고 어디론가 되돌아가 버렸다. 아무도 이 얘기를 믿을 수 있는 사람은 없겠지만 말이다. 상상의 '니케 여신'이 날 사로잡고 있다고 생각했다.

마침내 이 같은 신비와 사실들이 진정한 나의 열정과 노력으로 한데 묶여 소설로 출간하기에 이르렀다. 엄밀히 말해서 사회성이 뒤섞인 판타지 소설이다. 그러다 보니, 이 책에서 설명하고 묘사한 모든 내용들이 허구라고 말하면, 왠지 서운한 감이 든다. 역사적인 맥락에서 보면, 다소 내용이 창조되고 과장된 부분이 있다는 것을 인정하지 않겠다는 것은 아니다.

아무튼 이 책에서 등장하는 날개 달린 사람들 '페나', 그리고 그들의 왕이면서 주인공 '가온'.

비행의 능력을 숨기며 살 수밖에 없는 이들처럼, 맘껏 자신의 능력을 발휘할 수 없는 그런 이들은 우리 주변에 적지 않다. 당연히 이들이 우리와 함께 생활하고 있다는 건 사실일 수밖에 없다. 이들은 다른 이들이 갖고 있지 않은 여러 능력이 있다. 게다가 사고력도 뛰어나 남들에게 시기와 배척을 받을까 두려워 이를 숨기고 하루하루를 살아가고 있다. 겉으로만 아둔해 보일 뿐이다.

이들을 인정해 달라. 이들은 세상이 아무 생각 없이 던져 준 마음의 상처 때문에 밤새 눈물로 지새우기도 하며, 하염없이 순진하고 마음 또한 가난하다. 당연히 당신 위에 서려 하지도 않을뿐더러, 허구한 날 '미안하다'는 말을 입에 달고 다닐 것이다.

아니, 진짜 날개 달린 사람들이 있냐고?

단언컨대, 이들은 분명 '존재'한다. 남들에게 들키지 않으려고 자신의 옷 속에 날개를 꼭꼭 숨기고, 지금 이 순간에도 너의 집 앞 거리를 활보하고 있다. 속박으로부터 자유롭고 싶어 하는 '풍류의 마음'을 간직한 채.

이렇게 말해도 믿지 못하겠는가? 의심이 생긴다면, 한번쯤은 당신을 가둬둔 좁은 새장 같은 삶에서 벗어나 볼 필요가 있다.

테오도리쿠스 왕의 호의로 궁정의 고위직에 올랐지만, 반역죄로 고소되어 사형에 처해졌던 중세 비운의 사상가 보에티우스. 그를 알고 있는가?

그의 명언이 어렴풋이 기억난다. 인간은 새에게 감미로운 먹이를 줘 자유의 상실을 보상하려 했지만, 새는 바깥 풀밭을 볼 때, 먹이를 잊고 다시 자유롭게 되기를 열망한다고 했다. 당신의 영혼도 자신의 성찰을 통해 이렇게 상실된 보물을 되찾으려 할 것이다. 언젠가는 당신이 지금까지 해왔던 생각과 판단에 반역을 하고 싶을 때가 온다는 걸 기억하길 바란다.

신화 속에서만 있을 것 같은, 날개 달린 사람들. 그들은 배알도 없고 배짱도 그리 두둑하지는 않다. 하지만 당신이 인정하지 않아도 날개 달린 그들은 노력 없이 왕자비가 되려는 신데렐라의 꿈만을 기다리지 않을 것이다. 지금도 그들은 늘 그래왔듯이 숨어서 진솔한 삶을 눈물겹게 나누며 기록하고 있다. 지혜와 경험이 적어 간혹 자신도 모르게 견디기 힘든 실수도 하면서. 그래도 궁궐 무도회가 아닌, 부엌 아궁이에서 홀로 재를 뒤집어쓴 채 일하는 이들도 참여할 수 있는 삶…… 그런 '신성한 역사'를, 그들은 오늘도 만들어 가고 싶어 하지 않을까.

그럼에도……. 이 모두를 허망하게 하고 무력하게 만드는 이들이 있다. 누구를 탓하기도 어려운 저마다의 다른 입장이라는 암초에 걸려, 우리 안에 잔인하게 숨어 있는, 음모와 배신에 휩싸인 밀고자의 아이콘, '카나리아'.

2013년 8월

따사로운 연구소 창가에서